El hombre que confundió a su mujer con un sombrero

Oliver Sacks

El hombre que confundió a su mujer con un sombrero

Traducción de José Manuel Álvarez Flórez

EDITORIAL ANAGRAMA
BARCELONA

Título de la edición original:
The Man Who Mistook His Wife for a Hat

Revisión técnica del doctor F. Sabanés Magriñá, especialista en psiquiatría y representante de la Sociedad Catalana de Psiquiatría

Ilustración: Pablo Amargo

Primera edición en «Argumentos»: marzo 2002
Primera edición en «Compactos 50»: julio 2019

Diseño de la colección: lookatcia, a partir de Julio Vivas y Estudio A

ISBN: 978-84-339-0226-9
Depósito Legal: B. 6969-2019

Printed in Spain

Liberdúplex, S. L. U., ctra. BV 2249, km 7,4 - Polígono Torrentfondo
08791 Sant Llorenç d'Hortons

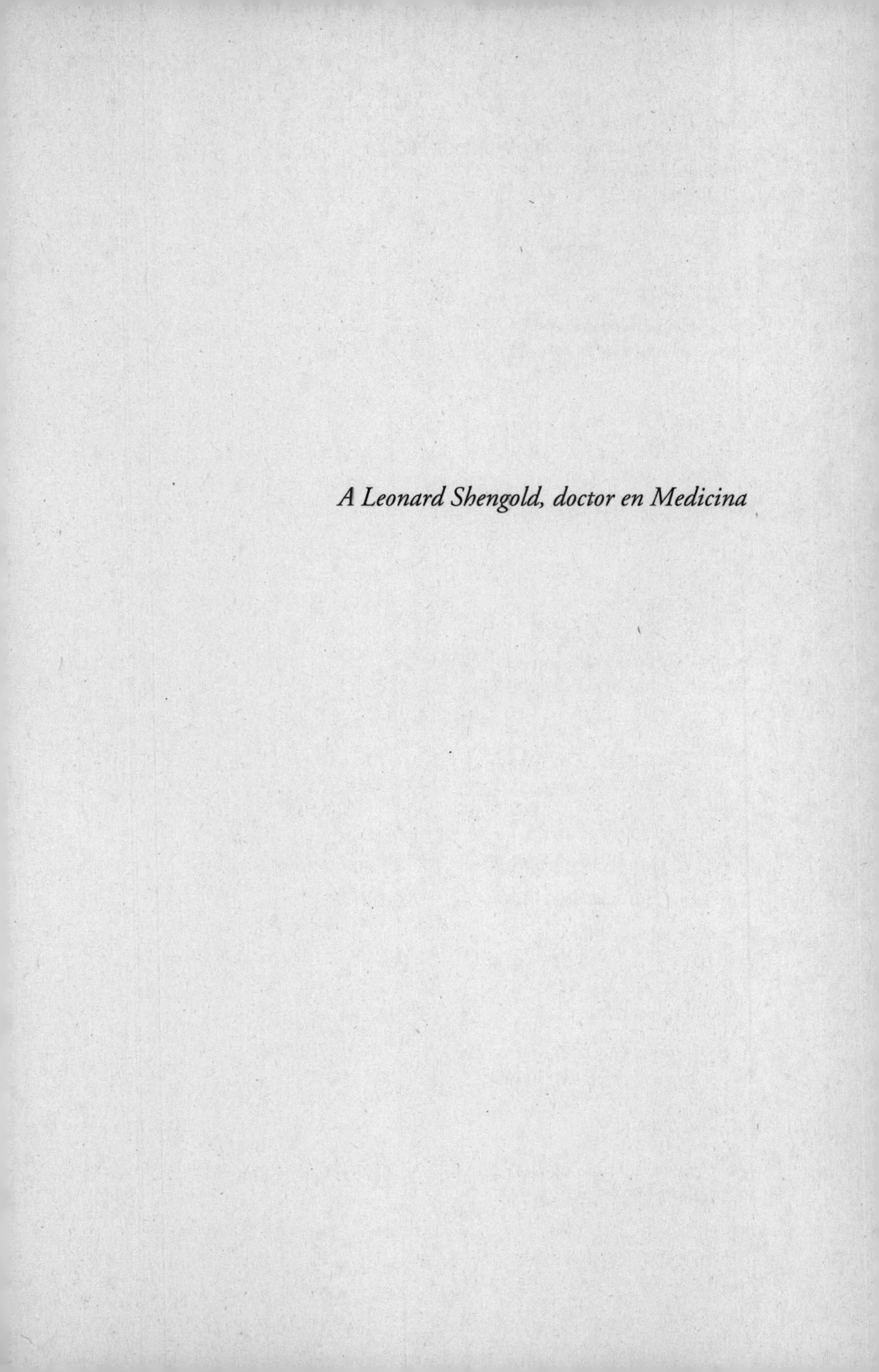

A Leonard Shengold, doctor en Medicina

PREFACIO

«Lo último que uno establece al escribir un libro», comenta Pascal, «es lo que debería exponer primero.» Así que, después de escribir, reunir y ordenar estos extraños relatos, tras elegir un título y dos epígrafes, he de examinar a continuación lo que he hecho... y por qué.

La duplicidad de los epígrafes y el contraste que ofrecen (el contraste, en rigor, del que habla Ivy McKenzie entre el médico y el naturalista) corresponden a una duplicidad indudable en mí: me siento a la vez médico y naturalista; y me interesan en el mismo grado las enfermedades y las personas; puede que sea también, aunque no tanto como quisiera, un teórico y un dramaturgo, me arrastran por igual lo científico y lo romántico, y veo constantemente ambos aspectos en la condición humana, y también en esa condición humana quintaesencial de la enfermedad... los animales contraen enfermedades pero sólo el hombre cae radicalmente enfermo.

Mi trabajo, mi vida, giran en torno a los enfermos... pero el enfermo y su enfermedad me hacen pensar cosas que de otro modo quizás no pensaría. Hasta el punto de que me veo forzado a preguntarme como Nietzsche: «En cuanto a la enfermedad: ¿no nos sentimos casi tentados a pensar si podríamos arreglárnoslas sin ella?»... y a considerar los interrogantes que plantea *fundamentales por naturaleza.* Mis pacientes me hacen cavilar constantemente, y mis cavilaciones me llevan constantemente a los pacientes, de modo que en las historias o estudios que siguen hay un trasiego continuo de una cosa a otra.

Estudios, sí, pero ¿por qué historias o casos? Fue Hipócrates quien introdujo el concepto histórico de enfermedad, la idea de que las enfermedades siguen un curso, desde sus primeros indicios a su clímax o crisis, y después a su desenlace fatal o feliz. Hipócrates introdujo así el historial clínico, una descripción o bosquejo de la historia natural de la enfermedad, que expresa con toda precisión el viejo término «patología». Tales historiales son una forma de historia natural... pero nada nos cuentan del individuo y de su historia; nada transmiten de la persona y de la experiencia de la persona, mientras afronta su enfermedad y lucha por sobrevivir a ella. En un historial clínico riguroso no hay «sujeto»; los historiales clínicos modernos aluden al sujeto con una frase rápida («hembra albina trisómica de 21»), que podría aplicarse igual a una rata que a un ser humano. Para situar de nuevo en el centro al sujeto (el ser humano que se aflige y que lucha y padece) hemos de profundizar en un historial clínico hasta hacerlo narración o cuento; sólo así tendremos un «quién» además de un «qué», un individuo real, un paciente, en relación con la enfermedad... en relación con el reconocimiento médico físico.

El yo esencial del paciente es muy importante en los campos superiores de la neurología, y en psicología; está implicada aquí esencialmente la personalidad del enfermo, y no pueden desmembrarse el estudio de la enfermedad y el de la identidad. Esos trastornos, y su descripción y estudio, constituyen, sin duda, una disciplina nueva, a la que podríamos llamar «neurología de la identidad», pues aborda los fundamentos nerviosos del yo, el viejo problema de mente y cerebro. Quizás haya de haber, inevitablemente, un abismo, un abismo categorial, entre lo físico y lo psíquico; pero los estudios y los relatos, al pertenecer inseparablemente a ambos (y son éstos los que me fascinan en especial, y los que presento aquí, en realidad), sirven precisamente para salvar ese abismo, para llevarnos hasta la intersección misma de mecanismo y vida, a la relación entre los procesos fisiológicos y la biografía.

La tradición de relatos clínicos ricos en contenido humano conoció un gran auge en el siglo diecinueve y luego decayó, con la aparición de una ciencia neurológica impersonal. Luria decía: «La capacidad de describir, que tanto abundaba entre los grandes neurólogos y psiquiatras del siglo diecinueve, ha desaparecido casi totalmente... Hay que revivirla.» Él mismo intenta revivir la tradición perdida en sus últimas obras, en *La mente de un mnemonista* y en *El hombre con un mundo destrozado.* Por tanto los historiales clínicos de este libro se entroncan en una tradición antigua: la tradición decimonónica de que habla Luria; la tradición del primer historiador médico, Hipócrates; y esa tradición universal y prehistórica por la que los pacientes han explicado siempre su historia a los médicos.

Las fábulas clásicas tienen figuras arquetípicas: héroes, víctimas, mártires, guerreros. Los pacientes nerviosos son todas estas cosas... y en los extraños relatos que se cuentan aquí son también algo más. ¿En qué categoría emplazaríamos, en esos términos míticos o metafóricos, al «marinero perdido», o a los otros extraños personajes de este libro? Podemos decir que son viajeros que viajan por tierras inconcebibles... tierras de las que si no fuese por ellos no tendríamos idea ni concepción alguna. Precisamente porque me parece que sus vidas y periplos tienen el don de lo fabuloso he utilizado la imagen de *Las mil y una noches* como epígrafe, y me he visto forzado a hablar de relatos y fábulas además de casos. En esos territorios anhelan unirse el científico y el romántico (a Luria le gustaba hablar de «ciencia romántica»). Son territorios que se hallan en la intersección de hecho y de fábula, esa intersección que caracteriza (lo mismo que en mi libro *Despertares)* las vidas de pacientes que se narran aquí.

¡Pero qué hechos! ¡Qué fábulas! ¿A qué las compararemos? Quizás no dispongamos de mitos, metáforas o modelos. ¿Ha llegado quizás el momento de nuevos mitos, de símbolos nuevos?

Ocho de los capítulos de este libro han sido publicados ya: «El marinero perdido», «Manos», «Los Gemelos» y «El artista autista» en *The New York Review of Books* (1984 y 1985) y «Ray, el *ticqueur* ingenioso», «El hombre que confundió a su mujer con un sombrero» y «Reminiscencia» en *The London Review of Books* (1981, 1983, 1984) donde la versión, más breve, del último se titulaba «Oídos musicales». «A nivel» se publicó en *The Sciences* (1985). Un relato muy primerizo de uno de mis pacientes (el «original» de Rose R. de *Despertares* y de la Deborah de Harold Pinter de *A Kind of Alaska,* inspirado por ese libro) puede encontrarse en «Nostalgia incontinente» (publicado en principio con el título de «Nostalgia incontinente inducida por L-Dopa» en el número de primavera de 1970 de *Lancet).* De mis cuatro «Fantasmas», los dos primeros se publicaron como «curiosidades clínicas» en el *British Medical Journal* (1984). Dos piezas cortas proceden de libros anteriores: «El hombre que se cayó de la cama» de *Con una sola pierna,* y «Las visiones de Hildegard» de *Migraña.* Las doce piezas restantes son inéditas y completamente nuevas, y se escribieron todas en el otoño y el invierno de 1984.

Tengo una deuda muy especial con mis revisores: primero con Robert Silvers de la *New York Review of Books* y con Mary-Kay Wilmers de la *London Review of Books;* luego con Kate Edgar, Jim Silberman de Summit Books de Nueva York, y Colin Haycraft de Duckworths de Londres, que tanto hicieron por dar forma a la versión final del libro.

Entre mis colegas los neurólogos he de manifestar mi especial gratitud hacia el difunto doctor James Purdon Martin, al que mostré videocintas de «Christina» y de «Mr. MacGregor» y con el que analicé por extenso a estos pacientes; «La dama desencarnada» y «A nivel» son expresión de la deuda que con él contraje; al doctor Michael Kremer, mi antiguo «jefe» en Londres, que en respuesta a *Con una sola pierna* (1984) describió un caso suyo muy similar (están ahora agrupados en «El hombre que se cayó de la cama»); al doctor Donald Macrae, cuyo caso extraordinario de agnosia visual, casi cómicamente similar al mío, no llegó a descubrirse, accidentalmente, hasta dos años después de que hubiese escrito mi relato (se menciona resumido en la posdata de «El hombre que confundió a su mujer con un sombrero»); y muy especialmente a mi íntima amiga y colega la doctora Isabelle Rapin, de Nueva York, que analizó muchos casos conmigo; ella fue quien me presentó a Christina (la «dama desencarnada») y conocía desde hacía muchos años a José, el «artista autista», de cuando era niño.

Quiero agradecer también su generosidad y ayuda desinteresada a los pacientes (y en ocasiones a sus familiares) cuyas historias cuento aquí, que sabiendo (como sabían muchos) que no era posible ayudarlos directamente a ellos, permitieron de todos modos que explicase sus vidas (y hasta me animaron a hacerlo), con la esperanza de que otros pudieran aprender y comprender y ser capaces, quizás, un día, de curar. Los nombres y algunos detalles circunstanciales los he cambiado, lo mismo que en *Despertares,* por razones de secreto profesional y personal, pero mi propósito ha sido preservar el «talante» esencial de sus vidas.

Deseo expresar, por último, mi gratitud (más que gratitud) a mi propio mentor y médico, al que dedico este libro.

O. W. S.
Nueva York,
10 de febrero de 1985

Hablar de enfermedades es una especie de entretenimiento de *Las mil y una noches.*

WILLIAM OSLER

El médico (a diferencia del naturalista) se ocupa... de un solo organismo, el sujeto humano, que lucha por mantener su identidad en circunstancias adversas.

IVY MCKENZIE

Primera parte

Pérdidas

INTRODUCCIÓN

La palabra favorita de la neurología es «déficit», que indica un menoscabo o incapacidad de la función neurológica: pérdida del habla, pérdida del lenguaje, pérdida de la memoria, pérdida de la visión, pérdida de la destreza, pérdida de la identidad y un millar de carencias y pérdidas de funciones (o facultades) específicas. Tenemos para todas estas disfunciones (otro término favorito) palabras negativas de todo género –afonía, afemia, afasia, alexia, apraxia, agnosia, amnesia, ataxia–, una palabra para cada función mental o nerviosa específica de la que los pacientes, por enfermedad, lesión o falta de desarrollo, pueden verse privados parcial o totalmente.

El estudio científico de la relación entre el cerebro y la mente comenzó en 1861, cuando Broca descubrió, en Francia, que las dificultades en el uso significativo del habla, la afasia, seguían inevitablemente a una lesión en una porción determinada del hemisferio izquierdo del cerebro. Esto abrió el camino a la neurología cerebral, y eso permitió, tras varias décadas, «cartografiar» el cerebro humano, adscribir facultades específicas (lingüísticas, intelectuales, perceptuales, etcétera) a «centros» igualmente específicos del cerebro. Hacia finales de siglo se hizo evidente para observadores más agudos (sobre todo Freud en su libro *Afasia)* que este tipo de cartografía era demasiado simple, que las funciones mentales tenían todas una estructura interna intrincada y debían tener una base fisiológica igualmente compleja. Freud se planteaba esto en relación, sobre todo, con ciertos trastornos del reconocimiento y la percepción para los que acuñó el término «agnosia». En su opinión, para entender plenamente la afasia o la agnosia hacía falta una nueva ciencia, mucho más compleja.

Esa nueva ciencia del cerebro/mente que vislumbrara Freud afloró en la Segunda Guerra Mundial, en Rusia, como creación conjunta de A. R. Luria (y su padre, R. A. Luria), Leontev, Anokhin, Bernstein y otros, que la llamaron «neuropsicología». A. R. Lurio consagró su vida al desarrollo de esta ciencia inmensamente fructífera, ciencia que tardó mucho en llegar a Occidente, considerando su importancia revolucionaria. La expuso, sistemáticamente, en una obra monumental, *Funciones corticales superiores en el hombre,* y, de una forma completamente distinta, en una biografía o «patografía», en *El hombre con un mundo destrozado.* Aunque estos libros eran casi perfectos a su manera, había todo un campo que Luria no había tocado siquiera. *Funciones corticales superiores en el hombre* abordaba sólo las funciones correspondientes al hemisferio izquierdo del cerebro; Zazetsky, sujeto de *El hombre con un mundo destrozado,* tenía asimismo una lesión enorme en el hemisferio izquierdo... el derecho estaba intacto. De hecho, la historia toda de la neurología y la neuropsicología puede considerarse una historia de la investigación del hemisferio izquierdo.

Un motivo importante de este menosprecio del hemisferio derecho, o «menor», como siempre se le ha llamado, es que si bien resulta fácil demostrar los efectos de lesiones de localización diversa en el lado izquierdo, los síndromes del hemisferio derecho son mucho menos claros. Se consideraba, en general de modo despectivo, que era más «primitivo» que el izquierdo, la flor exclusiva de la evolución humana. Y así es, en cierto modo: el hemisferio izquierdo es más complejo y está más especializado, es una excrecencia muy tardía del cerebro primate, y sobre todo del homínido. Por otra parte, el hemisferio derecho es el que controla las facultades cruciales de reconocimiento de la realidad con que ha de contar todo ser vivo para sobrevivir. El hemisferio izquierdo es como una computadora adosada al cerebro básico del ser humano, está dotado de programas y esquemas; y la neurología clásica se interesaba más por los esquemas que por la realidad, por eso cuando afloraron por fin algunos de los síndromes del hemisferio derecho se consideraron extraños.

Había habido tentativas anteriores (Anton en la década de 1890 y Pötzl en 1928, por ejemplo) de estudiar los síndromes del hemisferio derecho, pero esos intentos habían sido extrañamente ignorados también. En *The Working Brain,* uno de sus últimos libros, Luria dedicaba una sección, breve pero estimulante, a los síndromes del hemisferio derecho, y concluía:

> Estas deficiencias, de las que no se ha hecho aún ningún estudio, nos remiten a uno de los problemas más fundamentales: el del papel del hemisferio derecho en la conciencia directa... El estudio de este campo, de suma importancia, no se ha abordado hasta el momento.... Será objeto de análisis detallado en una serie de artículos específicos... cuyo proceso de publicación ya está en marcha.

Luria escribió finalmente algunos de esos artículos, en los últimos meses de su vida, cuando estaba ya enfermo de muerte. No habría de verlos publicados, ni se publicarían en Rusia. Se los envió a R. L. Gregory, a Inglaterra, quien los publicó en su *Diccionario Oxford de la mente.*

Se suman aquí dificultades internas y externas. No es que sea difícil sino que es imposible que pacientes con ciertos síndromes del hemisferio derecho perciban sus propios problemas (una peculiar y específica «anosagnosia», utilizando un término de Babinski). Y es sumamente difícil, hasta para el observador más sensible, imaginarse el estado interior, la «situación», de tales pacientes, pues ésta se halla casi inconcebiblemente alejada de todo lo que uno haya podido conocer. Los síndromes del hemisferio izquierdo son, por el contrario, relativamente fáciles de imaginar. Aunque sean tan frecuentes los síndromes de un hemisferio como los del otro (¿por qué no habrían de serlo?) hallaremos un millar de descripciones de los correspondientes al izquierdo en la literatura neurológica y neuropsicológica por cada descripción de un síndrome del derecho. Es como si esos síndromes fuesen, en cierto modo, ajenos al carácter mismo de la neurología. Y sin embargo son, como dice Luria, de fundamental importancia. Y en tal medida que quizás exijan un nuevo tipo de neurología, una ciencia «personalista» o (como le gustaba decir a Luria) «romántica», pues afloran aquí, para que los estudiemos, los fundamentos físicos de la persona, el yo. Luria creía que el mejor modo de introducir una ciencia de este género era a través de un relato, de un historial clínico detallado de un individuo con un trastorno profundo del hemisferio derecho, un historial clínico que fuese al mismo tiempo complementario y opuesto al del «hombre con un mundo destrozado». En una de las últimas cartas que me escribió, me decía: «Publica esos historiales, aunque sólo sean esquemas. Es un campo lleno de prodigios.» He de confesar que a mí me intrigan de un modo especial estos trastornos, pues abren, o prometen, campos apenas imaginados hasta el momento, que nos muestran una neurología y una psicología más abiertas y amplias, emocionantemente distintas a la neurología del pasado, más bien rígida y mecánica.

Así pues, lo que ha atraído mi interés, más que los déficits en un sentido tradicional, han sido los trastornos neurológicos que afectan al yo. Dichos trastornos pueden ser de varios tipos (y no sólo pueden deberse a menoscabos de la función sino también a excesos) y parece razonable considerar por separado las dos categorías. Pero hemos de decir desde el principio que una enfermedad no es nunca una mera pérdida o un mero exceso, que hay siempre una reacción por parte del organismo o individuo afectado para restaurar, reponer, compensar, y para preservar su identidad, por muy extraños que puedan ser los medios; y una parte esencial de nuestro papel como médicos, tan esencial como estudiar el ataque primario al sistema nervioso, es estudiar esos medios e influir en ellos. Ivy McKenzie expuso esto con gran vigor:

> Porque ¿qué es lo que constituye una «entidad de enfermedad» o una «nueva enfermedad»? El médico no se ocupa, como el naturalista, de una amplia gama de organismos diversos teóricamente adaptados de un modo común a un entorno común, sino de un solo organismo, el sujeto humano, que lucha por preservar su identidad en circunstancias adversas.

Esta dinámica, esta «lucha por preservar la identidad», por muy extraños que sean los medios o las consecuencias de tal lucha, fue admitida hace mucho en psiquiatría, y, como tantas otras cosas, se asocia sobre todo con la obra de Freud. Así, éste, consideraba los delirios de la paranoia no como algo primario sino como tentativas, aunque descaminadas, de restablecer, de reconstruir un mundo reducido al caos absoluto. Siguiendo exactamente esa tónica, Ivy McKenzie escribió:

> La patología fisiológica del síndrome de Parkinson es el estudio de un *caos organizado,* un caos provocado en primer término por la destrucción de integraciones importantes; y reorganizado sobre una base inestable en el proceso de rehabilitación.

Mientras *Despertares* era el estudio de un «caos organizado» producido por una enfermedad única aunque multiforme, lo que sigue es una serie de estudios similares de los casos organizados debidos a una gran variedad de enfermedades.

El caso más importante en esta primera sección, «Pérdidas», es, en mi opinión, el de una forma especial de agnosia visual: «El hombre que confundió a su mujer con un sombrero». Lo considero de vital importancia. Casos como éste ponen en entredicho las bases mismas de uno de los axiomas o supuestos más enraizados de la neurología clásica: en concreto, la idea de que la lesión cerebral, *cualquier* lesión cerebral, reduce o elimina la «actitud abstracta y categórica» (en expresión de Kurt Goldstein), reduciendo al individuo a lo emotivo y lo concreto. (Hughlings Jackson expuso una tesis muy similar en la década de 1860.) Ahora, en el caso del doctor P., veremos el *opuesto* mismo de eso: un hombre que ha perdido del todo (aunque sólo en la esfera de lo visual) lo emotivo, lo concreto, lo personal, lo «real»... y ha quedado reducido, digamos, a lo abstracto y categorial, con consecuencias particularmente disparatadas. ¿Qué habrían dicho de *esto* Hughlings Jackson y Goldstein? He imaginado muchas veces que les pedía que examinaran al doctor P. y luego les decía: «¿Qué me dicen *ahora,* caballeros?»

1. EL HOMBRE QUE CONFUNDIÓ A SU MUJER CON UN SOMBRERO

El doctor P. era un músico distinguido, había sido famoso como cantante, y luego había pasado a ser profesor de la Escuela de Música local. Fue en ella, en relación con sus alumnos, donde empezaron a producirse ciertos extraños problemas. A veces un estudiante se presentaba al doctor P. y el doctor P. no lo reconocía; o, mejor, no identificaba su cara. En cuanto el estudiante hablaba, lo reconocía por la voz. Estos incidentes se multiplicaron, provocando situaciones embarazosas, perplejidad, miedo... y, a veces, situaciones cómicas. Porque el doctor P. no sólo fracasaba cada vez más en la tarea de identificar caras, sino que veía caras donde no las había: podía ponerse, afablemente, a lo Magoo, a dar palmaditas en la cabeza a las bocas de incendios y a los parquímetros, creyéndolos cabezas de niños; podía dirigirse cordialmente a las prominencias talladas del mobiliario y quedarse asombrado de que no contestasen. Al principio todos se habían tomado estos extraños errores como gracias o bromas, incluido el propio doctor P. ¿Acaso no había tenido siempre un sentido del humor un poco raro y cierta tendencia a bromas y paradojas tipo zen? Sus facultades musicales seguían siendo tan asombrosas como siempre; no se sentía mal... nunca en su vida se había sentido mejor; y los errores eran tan ridículos (y tan ingeniosos) que difícilmente podían considerarse serios o presagio de algo serio. La idea de que hubiese «algo raro» no afloró hasta unos tres años después, cuando se le diagnosticó diabetes. Sabiendo muy bien que la diabetes le podía afectar a la vista, el doctor P. consultó a un oftalmólogo, que le hizo un cuidadoso historial clínico y un meticuloso examen de los ojos. «No tiene usted nada en la vista», le dijo. «Pero tiene usted problemas en las zonas visuales del cerebro. Yo no puedo ayudarle, ha de ver usted a un neurólogo.» Y así, como consecuencia de este consejo, el doctor P. acudió a mí.

Se hizo evidente a los pocos segundos de iniciar mi entrevista con él que no había rastro de demencia en el sentido ordinario del término. Era un hombre muy culto, simpático, hablaba bien, con fluidez, tenía imaginación, sentido del humor. Yo no acababa de entender por qué lo habían mandado a nuestra clínica.

Y sin embargo había algo raro. Me miraba mientras le hablaba, estaba orientado hacia mí, y, no obstante, había algo que no encajaba del todo... era difícil de concretar. Llegué a la conclusión de que me abordaba con los oídos, pero no con los ojos. Éstos, en vez de mirar, de observar, hacia mí, «de fijarse en mí», del modo normal, efectuaban fijaciones súbitas y extrañas (en mi nariz, en mi oreja derecha, bajaban después a la barbilla, luego subían a mi ojo derecho) como si captasen, como si estudiasen incluso, esos elementos individuales, pero sin verme la cara por entero, sus expresiones variables, «a mí», como totalidad. No estoy seguro de que llegase entonces a entender esto plenamente, sólo tenía una sensación inquietante de algo raro, cierto fallo en la relación normal de la mirada y la expresión. Me veía, me registraba, y sin embargo...

–¿Y qué le pasa a usted? –le pregunté por fin.

–A mí me parece que nada –me contestó con una sonrisa–, pero todos me dicen que me pasa algo raro en la vista.

–Pero usted no nota ningún problema en la vista.

–No, directamente no, pero a veces cometo errores.

Salí un momento del despacho para hablar con su esposa. Cuando volví, él estaba sentado junto a la ventana muy tranquilo, atento, escuchando más que mirando afuera.

–Tráfico –dijo–, ruidos callejeros, trenes a lo lejos... componen como una sinfonía, ¿verdad, doctor? ¿Conoce usted *Pacific 234* de Honegger?

Qué hombre tan encantador, pensé. ¿Cómo puede tener algo grave? ¿Me permitirá examinarle?

–Sí, claro, doctor Sacks.

Apacigüé mi inquietud, y creo que la suya, con la rutina tranquilizadora de un examen neurológico: potencia muscular, coordinación, reflejos, tono... Y cuando examinaba los reflejos (un poco anormales en el lado izquierdo) se produjo la primera experiencia extraña. Yo le había quitado el zapato izquierdo y le había rascado en la planta del pie con una llave (un test de reflejos frívolo en apariencia pero fundamental) y luego, excusándome para guardar el oftalmoscopio, lo dejé que se pusiera el zapato. Comprobé sorprendido al cabo de un minuto que no lo había hecho.

–¿Quiere que le ayude? –pregunté.

–¿Ayudarme a qué? ¿Ayudar a quién?

–Ayudarle a usted a ponerse el zapato.

–Ah, sí –dijo–, se me había olvidado el zapato. –Y añadió, *sotto voce*–: ¿El zapato? ¿El zapato?

Parecía perplejo.

–El zapato –repetí–. Debería usted ponérselo.

Continuaba mirando hacia abajo, aunque no al zapato, con una concentración intensa pero impropia. Por último posó la mirada en su propio pie.

–¿Éste es mi zapato, verdad?

¿Había oído mal yo? ¿Había visto mal él?

–Es la vista –explicó, y dirigió la mano hacia el pie–. *Éste* es mi zapato, ¿verdad?

–No, no lo es. Ése es el pie. El zapato está *ahí.*

–¡Ah! Creí que era el pie.

¿Bromeaba? ¿Estaba loco? ¿Estaba ciego? Si aquél era uno de sus «extraños errores», era el error más extraño con que yo me había tropezado en mi vida.

Le ayudé a ponerse el zapato (el pie), para evitar más complicaciones. Él, por otra parte, estaba muy tranquilo, indiferente, hasta parecía haberle hecho gracia el incidente. Seguí con el examen. Tenía muy buena vista: veía perfectamente un alfiler puesto en el suelo, aunque a veces no lo localizaba si quedaba a su izquierda.

Veía perfectamente, pero ¿qué veía? Abrí un ejemplar de la revista *National Geographic* y le pedí que me describiese unas fotos.

Las respuestas fueron en este caso muy curiosas. Los ojos iban de una cosa a otra, captando pequeños detalles, rasgos aislados, haciendo lo mismo que habían hecho con mi rostro. Una claridad chocante, un color, una forma captaban su atención y provocaban comentarios... pero no percibió en ningún caso la escena en su conjunto. No era capaz de ver la totalidad, sólo veía detalles, que localizaba como señales en una pantalla de radar. Nunca establecía relación con la imagen como un todo... nunca abordaba, digamos, su fisonomía. Le era imposible captar un paisaje, una escena.

Le enseñé la portada de la revista, una extensión ininterrumpida de dunas del Sahara.

–¿Qué ve usted aquí? –le pregunté.

–Veo un río –dijo–. Y un parador pequeño con la terraza que da al río. Hay gente cenando en la terraza. Veo unas cuantas sombrillas de colores.

No miraba, si aquello era «mirar», la portada sino el vacío, y confabulaba rasgos inexistentes, como si la ausencia de rasgos diferenciados en la fotografía real le hubiese empujado a imaginar el río y la terraza y las sombrillas de colores.

Aunque yo debí de poner mucha cara de horror, él parecía convencido de que lo había hecho muy aceptablemente. Hasta esbozó una sombra de sonrisa. Pareció también decidir que la visita había terminado y empezó a mirar en torno buscando el sombrero. Extendió la mano y cogió a su esposa por la cabeza intentando ponérsela. ¡Parecía haber confundido a su mujer con un sombrero! Ella daba la impresión de estar habituada a aquellos percances.

Yo no podía explicar coherentemente lo que había ocurrido de acuerdo con la neurología convencional (o neuropsicología). El doctor P. parecía estar por una parte en perfecto estado y por otra absoluta e incomprensiblemente trastornado. ¿Cómo podía, por un lado, confundir a su mujer con un sombrero, y, por otro, trabajar, como trabajaba al parecer, de profesor en la Escuela de Música?

Tenía que rumiarme bien aquello, que verlo otra vez... y verlo en el ambiente familiar, en su casa.

Al cabo de unos días fui a ver al doctor P. y a su esposa a su casa, con la partitura de la *Dichterliebe* en la cartera (sabía que le gustaba Schumann), y una serie de extraños artilugios para las pruebas de percepción. La señora P. me hizo pasar a un soberbio apartamento que evocaba el Berlín *fin-de-siècle.* Presidía la estancia un majestuoso y antiguo Bösendorfer, y alrededor había atriles de música, instrumentos, partituras... Había libros, cuadros, pero la música era lo básico. Llegó el doctor P., un poco encorvado, y avanzó, distraído, la mano extendida, hacia el reloj de péndulo, pero al oír mi voz se corrigió y me dio la mano. Nos saludamos y hablamos un rato de los conciertos y actuaciones musicales del momento. Le pregunté, tímidamente, si podría cantar.

–¡La *Dichterliebe!* –exclamó–. Pero yo ya no puedo leer la música. Tocará usted el piano, ¿de acuerdo?

Dije que lo intentaría. En aquel venerable y maravilloso instrumento hasta mi interpretación sonaba bien, y el doctor P. era un Fischer-Dieskau veterano pero infinitamente suave, que combinaba una voz y un oído perfectos con la inteligencia musical más penetrante. Era evidente que en la Escuela de Música no seguían teniéndolo como profesor por caridad.

Los lóbulos temporales del doctor P. estaban intactos, no cabía duda alguna: tenía un córtex musical maravilloso. ¿Qué tendría, me preguntaba yo, en los lóbulos parietal y occipital, sobre todo en las partes en que se producen los procesos de la visión? Llevaba los sólidos platónicos en el equipo neurológico y decidí empezar por ellos.

–¿Qué es esto? –pregunté, extrayendo el primero.

–Un cubo, por supuesto.

–¿Y esto? –pregunté, esgrimiendo otro.

Me preguntó si podía examinarlo, y lo hizo rápida y sistemáticamente:

–Un dodecaedro, por supuesto. Y no se moleste con los demás... ése de ahí es un icosaedro.

Era evidente que las formas abstractas no planteaban ningún problema. ¿Y las caras? Saqué una baraja. Identificó inmediatamente todas las cartas, incluidas las jotas, las reinas, los reyes y el comodín. Pero se trataba, claro, de dibujos estilizados, y era imposible determinar si veía rostros o sólo ciertas pautas. Decidí mostrarle un libro de caricaturas que llevaba en la cartera. También en este caso respondió bien mayoritariamente. El puro de Churchill, la nariz de Schnozzle: en cuanto captaba un rasgo podía identificar la cara. Pero las caricaturas son también formales y esquemáticas. Había que ver cómo se las arreglaba con rostros reales, representados de forma realista.

Puse la televisión, sin el sonido, y me topé con una película antigua de Bette Davis. Se estaba desarrollando una escena de amor. El doctor P. no fue capaz de identificar a la actriz... pero esto podría deberse a que la actriz nunca hubiese entrado en su mundo. Lo que resultaba ya más sorprendente era que no lograba identificar las expresiones de la actriz ni las de su pareja, aunque a lo largo de una sola escena tórrida dichas expresiones pasaron del anhelo voluptuoso a la pasión, la sorpresa, el disgusto y la furia, a una reconciliación tierna. El doctor P. no fue capaz de apreciar nada de todo esto. No parecía enterarse de lo que estaba sucediendo, de quién era quién, ni siquiera de qué sexo eran. Sus comentarios sobre la escena eran claramente marcianos.

Cabía la posibilidad de que parte de sus dificultades se debiesen a la irrealidad de un mundo hollywoodiense de celuloide; pensé que quizás tuviese más éxito identificando caras de su propia vida. Había por las paredes fotos de la familia, de colegas, de alumnos, fotos suyas. Cogí unas cuantas y se las enseñé, no sin cierta aprensión. Lo que había resultado divertido, o chistoso, en relación con la película, resultaba trágico en la vida real. No identificó en realidad a nadie: ni a su familia ni a los colegas ni a los alumnos; ni siquiera se reconocía a sí mismo. Identificó en una foto a Einstein por el bigote y el cabello característicos; y lo mismo sucedió con una o dos personas más.

–¡Ah sí, Paul! –dijo cuando le enseñé una foto de su hermano–. Esa mandíbula cuadrada, esos dientes tan grandes... ¡Reconocería a Paul en cualquier parte!

¿Pero había reconocido a Paul o había identificado uno o dos de sus rasgos y podía en base a ellos formular una conjetura razonable sobre su identidad? Si faltaban «indicadores» obvios se quedaba totalmente perdido. Pero no era sólo que fallase la cognición, la *gnosis;* había algo fundamentalmente impropio en toda su forma de proceder. Abordaba aquellas caras (hasta las más próximas y queridas) como si fuesen pruebas o rompecabezas abstractos. No se relacionaba con ellas, no contemplaba.

Ningún rostro le era familiar, no lo veía como correspondiendo a una persona, lo identificaba sólo como una serie de elementos, como un objeto. Así pues, había gnosis formal pero ni rastro de gnosis personal. Y junto a esto estaba su indiferencia o ceguera a la expresión. Un rostro es, para nosotros, una persona que mira... vemos, digamos, a la persona, a través de su *persona,* su rostro. Pero para el doctor P. no existía ninguna *persona* en este sentido... no había persona exterior ni persona interior.

Yo había parado en una floristería de camino hacia su apartamento y me había comprado una rosa roja un poco extravagante para el ojal de la solapa. Me la quité y se la di. La cogió como un botánico o un morfólogo al que le dan un espécimen, no como una persona a la que le dan una flor.

–Unos quince centímetros de longitud –comentó–. Una forma roja enrollada con un añadido lineal verde.

–Sí –dije animándole–. ¿Y qué cree usted que es, doctor P.?

–No es fácil de decir. –Parecía desconcertado–. Carece de la simetría simple de los sólidos platónicos, aunque quizás tenga una simetría superior propia... creo que podría ser una inflorescencia o una flor.

–¿Podría ser? –inquirí.

–Podría ser –confirmó.

–Huélala –propuse, y de nuevo pareció sorprenderse un poco, como si le hubiese pedido que oliese una simetría superior. Pero accedió cortés y se la acercó a la nariz. Entonces, bruscamente, revivió.

–¡Qué maravilla! –exclamó–. Una rosa temprana. ¡Qué aroma celestial!

Comenzó a tararear *«Die Rose, die Lillie...».* Parecía que el olor podía transmitir la realidad pero la vista no.

Pasé a hacer una última prueba. Era un día frío de principios de primavera y yo había dejado el abrigo y los guantes en el sofá.

–¿Qué es esto? –pregunté, enseñándole un guante.

–¿Puedo examinarlo? –preguntó, y, cogiéndolo, pasó a examinarlo lo mismo que había examinado las formas geométricas.

–Una superficie continua –proclamó al fin– plegada sobre sí misma. Parece que tiene –vaciló– cinco bolsitas que sobresalen, si es que se las puede llamar así.

–Sí, bien –dije cautamente–. Me ha hecho usted una descripción. Ahora dígame qué es.

–¿Algún tipo de recipiente?

–Sí –dije–, ¿y qué contendría?

–¡Contendría su contenido! –dijo el doctor P. con una carcajada–. Hay muchas posibilidades. Podría ser un monedero, por ejemplo, para monedas de cinco tamaños. Podría...

Interrumpí aquel flujo descabellado.

–¿No le resulta familiar? ¿Cree usted que podría contener, que podría cubrir, una parte de su cuerpo?

No afloró a su rostro la menor señal de reconocimiento.[1]

Ningún niño habría sido capaz de ver allí «una superficie continua... plegada sobre sí misma» y de expresarlo así, pero cualquier niño, hasta un niño pequeño, identificaría inmediatamente un guante como un guante, lo vería como algo familiar, asociado a una mano. El doctor P. no. Nada le parecía familiar. Visualmente se hallaba perdido en un mundo de abstracciones sin vida. No tenía en realidad un verdadero mundo visual, lo mismo que no tenía un verdadero yo visual. Podía hablar de las cosas pero no las veía directamente. Hughlings Jackson, hablando de pacientes con afasia y con lesiones del hemisferio izquierdo, dice que han perdido el pensamiento «abstracto» y «proposicional», y los compara a los perros (o compara, más bien, a los perros con los pacientes con afasia). El doctor P. actuaba, en realidad, exactamente igual que actúa una máquina. No se trataba sólo de que mostrase la misma indiferencia que un ordenador hacia el mundo visual sino que (aún más sorprendente) construía el mundo como lo construye un ordenador, mediante rasgos distintivos y relaciones esquemáticas. Podía identificar el esquema (a la manera de un «equipo de identificación») sin captar en absoluto la realidad.

Las pruebas que había realizado hasta aquel momento no me revelaban nada del mundo interior del doctor P. ¿Era posible que su imaginación y su memoria visual se conservasen intactas? Le dije que imaginase que entraba en una de nuestras plazas locales por el lado norte, que la cruzase, con la imaginación o la memoria, y que me dijese por delante de qué edificios podría pasar al cruzarla. Enumeró los edificios que quedaban a su derecha, pero ninguno de la izquierda. Luego le pedí que imaginase que entraba en la plaza por el sur. Sólo mencionó de nuevo los edificios del lado derecho, pese a ser los mismos que había omitido antes. Los que había «visto» interiormente antes no los mencionaba ahora; era de suponer que no los «veía» ya. No cabía la menor duda de que los problemas que tenía con el lado izquierdo, sus déficits del campo visual, eran tanto internos como externos, biseccionaban su imaginación y su memoria visual.

¿Y qué decir, a un nivel superior, de su visualización interna? Pensando en la intensidad casi alucinatoria con que Tolstoi visualiza y anima a sus personajes, le hice preguntas al doctor P. sobre *Ana Karenina.* Recordaba sin problema los incidentes, no había deficiencia alguna en su dominio de la trama, pero omitía completamente las características visuales, la narración visual y las escenas. Recordaba lo que decían los personajes pero no sus caras; y aunque podía citar textualmente, si se le preguntaba, gracias a su notable memoria, una memoria casi literal, las descripciones visuales originales, dichas descripciones eran para él, según se hizo evidente, algo absolutamente vacío y carente de realidad sensorial, imaginativa o emocional. Así pues, había también agnosia interna.[2]

Pero esto sólo sucedía, según se pudo comprobar, con ciertos tipos de visualización. La visualización de caras y escenas, de lo visual dramático y narrativo..., se hallaba profundamente alterada, era prácticamente inexistente. Pero cuando inicié con él una partida mental de ajedrez, no tuvo la menor dificultad para visualizar el tablero o los movimientos..., no tuvo ninguna dificultad, de hecho, para darme una soberana paliza.

Luria decía de Zazetsky que había perdido por completo la capacidad para los juegos pero que mantenía intacta su «vívida imaginación». Zazetsky y el doctor P. habitaban mundos que eran imágenes especulares el uno del otro. Pero la diferencia más triste que había entre ellos era que, como decía Luria, Zazetsky «luchaba por recuperar las facultades perdidas con la indomable tenacidad de los condenados», mientras que el doctor P. no luchaba, no sabía lo que había perdido, no tenía ni idea de que se hubiese perdido cosa alguna. ¿Qué era más trágico o quién estaba más condenado: el que lo sabía o el que no lo sabía?

Una vez terminada la revisión, la señora P. nos mandó sentarnos a la mesa, donde había café y un delicioso surtido de pastas. El doctor P., con evidente apetito, canturreando, se abalanzó sobre las pastas. Rápida, ágil, automática y melodiosamente atrajo hacia sí las fuentes y fue cogiendo pastas en un gran flujo gorgoteante, una canción comestible de alimentos hasta que, de pronto, se produjo una interrupción: se oyó un golpeteo ruidoso y perentorio en la puerta. Sorprendido, desconcertado, paralizado por la interrupción, el doctor P. dejó de comer y se quedó congelado, inmóvil en la mesa, con una expresión de desconcierto ciego, indiferente. Veía la mesa, pero ya no la veía; no la percibía ya como una mesa llena de pastas. Su esposa le sirvió café: el aroma le cosquilleó el olfato y lo devolvió a la realidad. Se reinició la melodía de la hora de comer.

¿Cómo puede ser capaz de hacer las cosas? ¿Qué pasa cuando se viste, cuando va al retrete, cuando se da un baño? Seguí a su esposa a la cocina y le pregunté cómo se las arreglaba, por ejemplo, para vestirse.

–Es lo mismo que cuando come –me explicó–. Yo le coloco la ropa que va a ponerse en el sitio de siempre y él se viste sin ningún problema, canturreando. Todo lo hace así, canturreando. Pero si hay algo que lo interrumpe y pierde el hilo, se paraliza del todo, no reconoce la ropa... ni su propio cuerpo. Canta siempre: canciones para la comida, para vestirse, para bañarse, para todo. No puede hacer nada si no lo convierte en una canción.

Mientras hablábamos me llamaron la atención los cuadros de las paredes.

–Sí –dijo la señora P.–, era un pintor de grandes dotes además de cantante. La Escuela hacía todos los años una exposición de sus cuadros.

Fui examinándolos lleno de curiosidad, estaban dispuestos por orden cronológico. El primer período era naturalista y realista, la atmósfera y el talante vívidos y expresivos, pero delicadamente detallados y concretos. Luego, con los años, iban perdiendo vida, eran menos concretos, menos realistas y naturalistas, mucho más abstractos, y hasta geométricos y cubistas. Por fin, en los últimos cuadros, los lienzos se hacían absurdos, o absurdos para mí..., meras masas y líneas de pintura caóticas. Se lo comenté a la señora P.

–¡Ay, ustedes los médicos son todos unos filisteos! –exclamó–. Es que no es capaz de apreciar la *evolución artística*... de ver que renunció al realismo de su primer período y fue evolucionando hacia el arte abstracto y no representativo.

«No, no es eso», dije para mí (pero me abstuve de decírselo a la pobre señora P.). Había pasado del realismo al arte no representativo y al arte abstracto, ciertamente, pero no era una evolución del artista sino de la patología..., evolucionaba hacia una profunda agnosia visual, en la que iba desapareciendo toda capacidad de representación e imaginación, todo sentido de lo concreto, todo sentido de la realidad. Aquella serie de cuadros era una exposición trágica, que no pertenecía al arte sino a la patología.

Y sin embargo, me pregunté, ¿no tendría razón en parte la señora P.? Porque suele haber una lucha y a veces, aún más interesante, una connivencia entre las fuerzas de la patología y las de la creación. Quizás en su período cubista pudiera haberse dado una evolución artística y patológica al mismo tiempo, confabuladas para crear formas originales; ya que, si bien podía ir perdiendo capacidad para lo concreto, iba ganándola en lo abstracto, adquiriendo una mayor sensibilidad hacia todos los elementos estructurales, líneas, límites, contornos: una capacidad casi picassiana para ver, y representar también, esas organizaciones abstractas incrustadas, y normalmente perdidas, en lo concreto... Aunque en los últimos cuadros sólo hubiese, en mi opinión, agnosia y caos.

Regresamos al gran salón de música presidido por el Bösendorfer. El doctor P. tarareaba ya su última pasta.

–Bueno, doctor Sacks –me dijo–. Ya veo que le parezco a usted un caso interesante. ¿Puede decirme qué trastorno tengo y aconsejarme algo?

–No puedo decirle cuál es el problema –contesté–, pero le diré lo que me parece magnífico de usted. Es usted un músico maravilloso y la música es su vida. Lo que yo prescribiría, en un caso como el suyo, sería una vida que consistiese enteramente en música. La música ha sido el centro de su vida, conviértala ahora en la totalidad.

Esto fue hace cuatro años... No volví a verlo más, pero me pregunté con frecuencia cómo captaría el mundo, con aquella extraña pérdida de imagen, de visualidad, y aquella conservación perfecta de un gran sentido musical. Creo que para él la música había ocupado el lugar de la imagen. No tenía ninguna imagen corporal, tenía una música corporal: por eso podía desenvolverse y actuar con la facilidad con que lo hacía, pero si cesaba la «música interior», se quedaba absolutamente desconcertado y paralizado. E igualmente con el exterior, el mundo...[3]

En *El mundo como voluntad y representación,* Schopenhauer dice que la música es «voluntad pura». Cómo le habría fascinado el doctor P., un hombre que había perdido completamente el mundo como representación, pero que lo había preservado totalmente como música o voluntad.

Y esto, por suerte, persistió hasta el final, pues a pesar del avance gradual de la enfermedad (un proceso degenerativo o tumor enorme en las zonas visuales del cerebro) el doctor P. enseñó música y la vivió hasta los últimos días de su vida.

POSDATA

¿Cómo hemos de interpretar esa extraña incapacidad del doctor P. para interpretar, para identificar un guante como un guante? Es evidente que en este caso, a pesar de su facilidad para formular hipótesis cognitivas, no era capaz de hacer un juicio cognitivo. El juicio es intuitivo, personal, global y concreto: «vemos» cómo están las cosas, en relación unas con otras y consigo mismas. Era precisamente este marco, esta relación, lo que le faltaba al doctor P. (aunque su juicio fuese despierto y normal en todos los demás aspectos). ¿Se debía a una falta de información visual o a un proceso de información visual defectuoso?, (ésta habría sido la explicación de una neurología esquemática, clásica). ¿O faltaba algo en la actitud del doctor P., que le impedía relacionar lo que veía consigo mismo?

Estas explicaciones, o formas de explicación, no son mutuamente excluyentes: al ser formas distintas podrían coexistir y ser ciertas ambas. Y esto lo admite, implícita o explícitamente, la neurología clásica: implícitamente lo admite Macrae cuando considera inadecuada la explicación de los esquemas defectuosos, o de la integración y el proceso visual defectuosos; y explícitamente Goldstein cuando habla de «actitud abstracta». Pero lo de actitud abstracta, que admite «categorización», no parece aplicable tampoco en el caso del doctor P... ni quizás al concepto de «juicio» en general. Pues el doctor P. *tenía* una actitud abstracta... en realidad no tenía nada más. Y era precisamente esto, ese carácter absurdamente abstracto de su actitud (absurdo porque no se mezclaba con ninguna otra cosa) lo que le impedía percibir identidades o detalles individuales, lo que le privaba del juicio.

Curiosamente, aunque la neurología y la psicología hablen de todo lo demás, casi nunca hablan del «juicio»... y sin embargo es en concreto el desmoronamiento del juicio (en sectores específicos, como en el caso del doctor P. o, de un modo más general, como en pacientes con el síndrome de Korsakov o con afectación del lóbulo frontal, como veremos luego en los capítulos doce y trece) lo que constituye la esencia de muchos trastornos neuropsicológicos. El juicio y la identidad pueden figurar en la lista de bajas... pero la neuropsicología jamás habla de ellos.

Y sin embargo, sea en un sentido filosófico (el sentido de Kant) o en un sentido empírico y evolucionista, el juicio es la facultad más importante que tenemos. Un animal, o un hombre, pueden arreglárselas muy bien sin «actitud abstracta» pero perecerán sin remedio privados de juicio. El juicio debiera ser la primera facultad de la vida superior o de la mente, y sin embargo la neurología clásica (computacional) lo ignora o lo interpreta erróneamente. Y si investigásemos cómo pudo llegarse a una situación tan absurda, veríamos que es algo que nace de los supuestos, o de la evolución, de la propia neurología. Porque la neurología clásica (como la física clásica) siempre ha sido mecanicista, desde las analogías mecánicas de Hughlings Jackson hasta las analogías de hoy con los ordenadores.

Por supuesto el cerebro *es* una máquina y un ordenador: todo lo que dice la neurología clásica es válido. Pero los procesos mentales, que constituyen nuestro ser y nuestra vida, no son sólo abstractos y mecánicos sino también personales... y, como tales, no consisten sólo en clasificar y establecer categorías, entrañan también sentimientos y juicios continuos. Si no los hay, pasamos a ser como un ordenador, que era lo que le sucedía al doctor P. Y, por lo mismo, si eliminamos sentimiento y juicio, lo personal, de las ciencias cognoscitivas, las reducimos a algo tan deficiente como el doctor P. y reducimos nuestra capacidad de captar lo concreto y real.

Por una especie de analogía cómica y terrible, la psicología y la neurología cognoscitiva de hoy se parecen muchísimo al pobre doctor P. Necesitamos lo real y concreto tanto como lo necesitaba él; y no nos damos cuenta, lo mismo que él. Nuestras ciencias cognoscitivas padecen también una agnosia similar en el fondo a la del doctor P. El doctor P. puede pues servirnos de advertencia y parábola de lo que le sucede a una ciencia que evita lo relacionado con el juicio, lo particular, lo personal y se hace exclusivamente abstracta y estadística.

He lamentado muchísimo siempre que, por circunstancias que yo no podía controlar, no pudiese seguir con su caso más tiempo, haciendo observaciones e investigaciones como las ya descritas o evaluando la patología concreta de la enfermedad.

Uno siempre teme que un caso sea «único», sobre todo si tiene unas características tan extraordinarias como el del doctor P. Por eso sentí muchísimo interés y una gran alegría, y también cierto alivio, cuando descubrí (pura casualidad, ojeando un número de la revista *Brain* de 1956) una descripción detallada de un caso casi ridículamente similar (en realidad idéntico) desde el punto de vista neuropsicológico y desde el fenomenológico, aunque la patología subyacente (una lesión grave en la cabeza) y todas las circunstancias personales fuesen completamente distintas. Los autores hablan de su caso como «único en la historia documentada de este trastorno»... y es evidente que se quedaron asombrados, como yo, con lo que descubrieron.[4] Remito al lector interesado al artículo original, Macrae y Trolle (1956), del que añado aquí una breve paráfrasis, con citas literales.

Su paciente era un hombre de treinta y dos años que, después de un grave accidente de automóvil, a resultas del cual permaneció inconsciente tres semanas, «... se quejaba, exclusivamente, de una incapacidad para identificar caras, incluso las de su esposa y sus hijos. Ni una sola cara le resultaba "familiar", pero había tres que podía identificar; se trataba de compañeros de trabajo: uno con un tic que le hacía guiñar un ojo, otro con un lunar grande en la mejilla y un tercero «porque era tan alto y tan delgado que no había otro que fuese como él». Macrae y Trolle destacan el hecho de que los reconocía «sólo por ese único rasgo distintivo mencionado». En general (lo mismo que el doctor P.) identificaba a los miembros de su familia sólo por las voces.

Le resultaba difícil incluso reconocerse en el espejo, como explican detalladamente Macrae y Trolle: «En la primera fase de la convalecencia era frecuente que se preguntase, en especial al afeitarse, si la cara que lo miraba era la suya de verdad, y aunque supiese que no podía ser otra, hacía muecas a veces o sacaba la lengua "sólo para cerciorarse". Examinando detenidamente su rostro en el espejo empezó poco a poco a identificarlo, pero "no al momento", como en el pasado: se basaba en el pelo y en el perfil facial y en dos lunares pequeños que tenía en la mejilla izquierda.»

Podía reconocer los objetos, en general, «con una ojeada» pero tenía que seleccionar uno o dos rasgos y partir de ellos... a veces sus conjeturas resultaban absurdas. Según indican los autores tenía dificultades especiales con lo *animado.*

Por otra parte, no tenía problema alguno con objetos simples y esquemáticos como unas tijeras, un reloj, una llave, etcétera. Macrae y Trolle indican también que: «Su *memoria topográfica* era extraña: se daba la aparente paradoja de que era capaz de recorrer el camino desde su casa al hospital y andar por el hospital y sin embargo no era capaz de nombrar las calles que recorría (a diferencia del doctor P., que tenía también cierta afasia) ni parecía visualizar la topografía.»

Era también evidente que los recuerdos visuales de personas, incluso de mucho antes del accidente, habían quedado gravemente afectados: había recuerdo del comportamiento, o quizás de una actitud, pero no de la apariencia visual o de la cara. Parecía también, cuando se le preguntaba detenidamente, que no tenía ya imágenes visuales en sus *sueños.* Así pues, como en el caso del doctor P., no sólo estaba fundamentalmente dañada en este paciente la percepción visual sino la memoria y la imaginación visuales, las facultades fundamentales de representación visual... o al menos esas facultades en lo tocante a lo personal, lo familiar y lo concreto.

Una última cuestión, humorística. Lo mismo que el doctor P. podía confundir a su esposa con un sombrero, el paciente de Macrae, también incapaz de reconocer a su esposa, necesitaba que ésta se identificase mediante un *indicador* visual, «... una prenda llamativa, como por ejemplo un sombrero grande».

2. EL MARINERO PERDIDO[1]

> Hay que haber empezado a perder la memoria, aunque sea sólo a retazos, para darse cuenta de que esta memoria es lo que constituye toda nuestra vida. Una vida sin memoria no sería vida... Nuestra memoria es nuestra coherencia, nuestra razón, nuestra acción, nuestro sentimiento. Sin ella, no somos nada...
>
> (Viene por fin la amnesia retrógrada, que puede borrar toda una vida, como le sucedió a mi madre...)
>
> LUIS BUÑUEL

Este fragmento conmovedor y aterrador de las memorias de Buñuel plantea interrogantes fundamentales... clínicos, prácticos, existenciales, filosóficos: ¿qué género de vida (si es que alguno), qué clase de mundo, qué clase de yo se puede preservar en el individuo que ha perdido la mayor parte de la memoria y, con ello, su pasado y sus anclajes en el tiempo?

Estas palabras de Buñuel me hicieron pensar en un paciente mío en el que se ejemplifican concretamente esos interrogantes: el encantador, inteligente y desmemoriado Jimmie G., que fue admitido en nuestra residencia de ancianos próxima a la ciudad de Nueva York a principios de 1975, con una críptica nota de traslado que decía: «Desvalido, demente, confuso y desorientado.»

Jimmie era un hombre de buen aspecto, con una mata de pelo canoso rizado, cuarenta y nueve años, de aspecto saludable, bien parecido. Era alegre, cordial, afable.

–¡Hola, doctor! –dijo–. ¡Estupenda mañana! ¿Puedo sentarme en esta silla?

Era una persona simpática, muy dispuesta a hablar y a contestar cualquier pregunta que le hiciesen. Me dijo su nombre, su fecha de nacimiento y el nombre del pueblecito de Connecticut donde había nacido. Lo describió con amoroso detalle, llegó incluso a dibujarme un plano. Habló de las casas donde había vivido su familia... aún recordaba sus números de teléfono. Habló de la escuela y de su época de escolar, de los amigos que había tenido y de su especial afición a las matemáticas y a la ciencia. Habló con entusiasmo de su época en la Marina, tenía diecisiete años y acababa de terminar el bachillerato cuando lo reclutaron en 1943. Dado su talento para la ingeniería, era un candidato «natural» para la radiofonía y la electrónica, y después de un curso intensivo en Texas pasó a ocupar el puesto de operador de radio suplente en un submarino. Recordaba los nombres de varios submarinos en los que había servido, sus misiones, dónde estaban estacionados, los nombres de sus camaradas de tripulación. Recordaba el código Morse y aún era capaz de manejarlo y de mecanografiar al tacto con fluidez.

Una primera parte de la vida plena e interesante, recordada con viveza, con detalle, con cariño. Pero sus recuerdos, por alguna razón, se paraban ahí. Recordaba, y casi revivía, sus tiempos de guerra y de servicio militar, el final de la guerra, y sus proyectos para el futuro. Había llegado a gustarle mucho la Marina, pensó que podría seguir en ella. Pero con la legislación de ayuda a los licenciados y el apoyo que podía obtener consideró que le interesaba más ir a la Universidad. Su hermano mayor estaba en una escuela de contabilidad y tenía relaciones con una chica, una «auténtica belleza», de Oregón.

Al recordar, al revivir, Jimmie se mostraba lleno de entusiasmo; no parecía hablar del pasado sino del presente, y a mí me sorprendió mucho el cambio de tiempo verbal en sus recuerdos cuando pasó de sus días escolares a su período en la Marina. Había estado utilizando el tiempo pasado, pero luego utilizaba el presente... y (a mí me parecía) no sólo el tiempo presente formal o ficticio del recuerdo, sino el tiempo presente real de la experiencia inmediata.

Se apoderó de mí una sospecha súbita, improbable.

–¿En qué año estamos, señor G.? –pregunté, ocultando mi perplejidad con una actitud despreocupada.

–En cuál vamos a estar, en el cuarenta y cinco. ¿Por qué me lo pregunta? –Luego continuó–: Hemos ganado la guerra, Roosevelt ha muerto, Truman está al timón. Nos aguarda un gran futuro.

–Y usted, Jimmie, ¿qué edad tiene?

Su actitud era extraña, insegura, vaciló un instante. Parecía estar haciendo cálculos.

–Bueno, creo que diecinueve, doctor. Los próximos que cumpla serán veinte.

Al mirar a aquel hombre de pelo canoso que tenía ante mí, tuve un impulso que nunca me he perdonado... era, o habría sido, el colmo de la crueldad si hubiese habido alguna posibilidad de que Jimmie recordase.

–Mire –dije, y empujé hacia él un espejo–. Mírese al espejo y dígame lo que ve. ¿Es ese que lo mira desde el espejo un muchacho de diecinueve años?

Palideció de pronto, se aferró a los lados de la silla.

–Dios Santo –cuchicheó–. Dios mío, ¿qué es lo que pasa? ¿Qué me ha sucedido? ¿Será una pesadilla? ¿Estoy loco? ¿Es una broma?

Parecía frenético, aterrado.

–No se preocupe, Jimmie –dije tranquilizándolo–. Es sólo un error. No hay por qué preocuparse. ¡Venga!

Lo llevé junto a la ventana.

–¿Verdad que es un maravilloso día de primavera? –le dije–. ¿Ve aquellos chicos que hay allí jugando al béisbol?

Recuperó el color y empezó a sonreír y yo me escabullí llevándome aquel espejo odioso.

Volví dos minutos después. Jimmie aún seguía junto a la ventana, mirando muy contento a los chicos que jugaban al béisbol abajo. Se volvió cuando abrí la puerta y su expresión era alegre.

–¡Hola, doctor! –dijo–. ¡Bonita mañana! Quiere usted hablar conmigo... ¿Me siento en esta silla?

No había indicio alguno de reconocimiento en su expresión franca y abierta.

–¿No nos hemos visto antes, señor G.? –pregunté despreocupadamente.

–No, que yo sepa. Menuda barba que tiene. ¡A usted no lo olvidaría, doctor!

–¿Por qué me llama doctor?

–Bueno, lo es usted, ¿no?

–Sí, pero si no nos hemos visto antes, ¿cómo sabe que lo soy?

–Es que usted habla como un médico. Se ve que es médico.

–Bueno, tiene usted razón, lo soy. Soy el neurólogo de aquí.

–¿Neurólogo? Vaya, ¿tengo algún problema nervioso? Y dice usted «aquí»..., ¿dónde estamos?, ¿qué es este lugar?

–Precisamente iba a preguntárselo yo..., ¿dónde cree usted que está?

–Veo esas camas y esos pacientes por todas partes. A mí me parece que esto es una especie de hospital. Pero, qué demonios, qué podría estar haciendo yo en un hospital... y con tanta gente mayor, mucho más vieja que yo. Yo me encuentro bien, estoy fuerte como un toro. A lo mejor *trabajo* aquí... ¿Trabajo aquí? ¿Cuál es mi trabajo?... No, mueve usted la cabeza, veo en sus ojos que no trabajo aquí. Si no trabajo aquí me han *metido* aquí. ¿Soy un paciente y estoy enfermo y no lo sé, doctor? Es una locura, da miedo... ¿Es una broma, en realidad?

–¿No sabe usted lo que pasa? ¿No lo sabe usted de veras?

¿Se acuerda de que me habló de su infancia, de que se crió en Connecticut, de que trabajó como radiotelegrafista en submarinos? ¿No recuerda que me explicó que su hermano tiene relaciones con una chica de Oregón?

–Sí, sí, tiene usted razón en lo que dice. Pero eso no se lo conté yo, no le había visto a usted en mi vida. Debe haber leído cosas de mí en mi ficha.

–Está bien –dije–. Le contaré una historia. Un individuo fue a ver a su médico quejándose de que tenía fallos de memoria. El médico le hizo unas cuantas preguntas de rutina y luego le dijo: «Y esos fallos de la memoria, ¿qué me dice de ellos?» «¿Qué fallos?», contestó el paciente.

–Así que ése es mi problema –dijo Jimmie, echándose a reír–. Ya me parecía a mí. A veces se me olvidan cosas, de vez en cuando..., cosas que acaban de pasar. Sin embargo el pasado lo recuerdo claramente.

–¿Me permitirá usted que le examine, que le haga unas pruebas?

–Pues claro –dijo afablemente–. Lo que usted quiera.

El resultado fue excelente en la prueba de inteligencia. Era de ingenio vivo, observador, de mentalidad lógica y no tenía dificultades para resolver rompecabezas y problemas complejos..., no tenía dificultades, claro está, si se podían hacer de prisa. Si exigían mucho tiempo, se olvidaba de lo que estaba haciendo. Era rápido y bueno al tres en raya; a las damas, astuto y agresivo: me ganó fácilmente. Pero con el ajedrez se perdía..., los movimientos eran demasiado lentos.

Al examinar su memoria me encontré con una pérdida extrema y sorprendente del recuerdo reciente, hasta el punto de que cualquier cosa que se le dijese o se le mostrase se le olvidaba al cabo de unos segundos. Por ejemplo, me quité el reloj, la corbata y las gafas, los puse en la mesa, los tapé y le pedí que recordase cada uno de estos objetos. Luego, después de un minuto de charla, le pregunté qué era lo que había tapado. No recordaba ninguno de los tres objetos..., en realidad no se acordaba de que yo le hubiese pedido que recordase. Repetí la prueba, en esta ocasión haciéndole anotar los nombres de los tres objetos; se olvidó de nuevo y cuando le enseñé el papel con lo que había escrito él mismo se quedó asombrado y dijo que no recordaba haber escrito nada, aunque reconoció que aquélla era su letra y luego captó un vago «eco» del hecho de que lo había escrito.

A veces retenía recuerdos vagos, un confuso eco o sensación de familiaridad. Así, cinco minutos después de que hubiese jugado al tres en raya con él, recordaba que «un médico» había jugado a aquello con él «tiempo atrás»..., no tenía ni idea de si ese «tiempo atrás» había sido hacía minutos o hacía meses. Luego hizo una pausa y dijo: «¿Podría haber sido usted?» Cuando le dije que había sido yo pareció hacerle gracia. Este humor ligero y esta indiferencia eran muy característicos, lo mismo que las cavilaciones relacionadas a las que se entregaba al estar tan desorientado y perdido en el tiempo. Cuando le pregunté en qué época del año estábamos, miró a su alrededor buscando alguna clave (tuve la precaución de quitar el calendario del escritorio) y dedujo aproximadamente la estación mirando por la ventana.

Al parecer no era que no lograse registrar los datos en la memoria sino que las huellas de la memoria eran sumamente fugaces y podían borrarse al cabo de un minuto, menos con frecuencia, sobre todo si concurrían estímulos que compitiesen o que lo distrajesen, mientras que sus facultades intelectuales y perceptivas se mantenían y tenían un nivel bastante elevado.

Jimmie poseía los conocimientos científicos de un bachiller inteligente, con una especial inclinación hacia las matemáticas y las ciencias. Se le daban muy bien los cálculos aritméticos (y también algebraicos), pero sólo si podía hacerlos a una velocidad vertiginosa. Si exigían varias etapas, demasiado tiempo, se olvidaba de dónde estaba, e incluso de la pregunta. Conocía los elementos, los comparaba, y dibujó la tabla periódica..., pero omitió los elementos transuránicos.

–¿Está completa? –pregunté cuando terminó.

–Está completa y al día, señor, que yo sepa.

–¿No conoce ningún elemento que vaya después del uranio?

–¿Bromea usted? Hay noventa y dos elementos, y el uranio es el último.

Hice una pausa y pasé las hojas de un *National Geographic* que había encima de la mesa.

–Dígame los planetas –dije– y algo acerca de ellos.

Sin vacilar, muy seguro, enumeró los planetas, me dijo sus nombres, me habló de su descubrimiento, de la distancia que había entre cada uno y el sol, su masa aproximada, sus características, su gravedad.

–¿Qué es esto? –le pregunté, enseñándole una foto de la revista.

–Es la luna –contestó.

–No, no lo es –contesté–. Es una foto de la tierra hecha desde la luna.

–¡Me toma usted el pelo, doctor! ¡Tendrían que haber subido una cámara allí!

–Pues claro.

–¡Demonios! Está usted de broma... ¿Cómo iban a poder hacer algo así?

A menos que fuese un actor consumado, un farsante que simulaba un asombro que no sentía, esto era una demostración absolutamente convincente de que aún seguía en el pasado. Sus palabras, sus sentimientos, su asombro inocente, su lucha por encontrar un sentido a lo que veía, eran sin duda las de un joven inteligente de los años cuarenta enfrentado al futuro, a lo que aún no había sucedido y era escasamente imaginable. «Esto, más que ninguna otra cosa», escribí en mis notas, «me convence de que su corte memorístico hacia 1945 es auténtico... Lo que le mostré, y le dije, le produjo el asombro sincero que le habría producido a un joven inteligente de la época anterior al *Sputnik.»*

Busqué otra foto en la revista y se la enseñé.

–Esto es un portaaviones –dijo–. Un modelo ultramoderno, desde luego. Nunca en mi vida he visto uno como éste.

–¿Cómo se llama? –pregunté.

Miró el pie de la foto, pareció sorprenderse muchísimo y dijo:

–¡El *Nimitz!*

–¿Pasa algo?

–¡Y tanto! –contestó con viveza–. Yo conozco los nombres de todos los portaaviones y no sé de ningún *Nimitz...* Hay un almirante Nimitz, desde luego, pero no tenía noticia de que le hubiesen puesto su nombre a un portaaviones.

Dejó la revista con irritación.

Se notaba ya que estaba cansado, y un poco irritable y nervioso, bajo la presión constante de lo anómalo y lo contradictorio, y sus implicaciones aterradoras, que no podía eludir del todo. Yo le había asustado ya, imprudentemente, y pensé que era hora de poner fin a nuestra sesión. Nos acercamos de nuevo a la ventana y miramos hacia el campo de béisbol bañado por el sol; ante aquella escena su expresión se suavizó, se olvidó del *Nimitz,* de la foto del satélite, de los otros horrores y alusiones y se quedó contemplando absorto el partido que jugaban los chicos abajo. Luego, llegó del comedor un aroma apetitoso, chasqueó la lengua, dijo «¡La comida!», me sonrió, y se fue.

Yo me quedé allí torturado por las emociones... era descorazonador, era absurdo, era profundamente desconcertante, pensar en su vida perdida en el limbo, disolviéndose.

«Está, digamos», escribí en mis notas, «aislado en un momento solitario del yo, con un foso o laguna de olvido alrededor... Es un hombre sin pasado (ni futuro), atrapado en un instante sin sentido que cambia sin cesar.» Y luego, más prosaicamente: «El resto del examen neurológico es completamente normal. Impresión: probable síndrome de Korsakov, debido a degeneración alcohólica de los cuerpos mamilares.» Mis notas eran una extraña mezcla de observaciones y datos, cuidadosamente detallados y especificados, con meditaciones irreprimibles sobre lo que podían «significar» aquellos trastornos, qué y quién era aquel pobre hombre y dónde estaba... si es que en realidad se podía hablar de una «existencia», con aquella privación tan absoluta de memoria o de continuidad.

Seguí especulando en estas notas y otras posteriores (nada científicamente) en torno a «un alma perdida», y a cómo establecer alguna continuidad, unas raíces, pues era un hombre sin raíces o enraizado sólo en un pasado lejano.

«Bastaría conectar»... pero ¿cómo podía conectar él, y cómo podíamos ayudarle nosotros a hacerlo? «Me atrevo a afirmar», escribió Hume, «que no somos más que un amasijo o colección de sensaciones diversas, que se suceden unas a otras con una rapidez inconcebible y que se hallan en un movimiento y en un flujo perennes.» En cierto modo él había quedado reducido a un yo «humeano»... Yo no podía evitar imaginarme lo fascinado que se habría quedado Hume al ver encarnada en Jimmie su propia «quimera» filosófica, la tosca reducción de un hombre a un mero flujo y un mero cambio desconectados, incoherentes.

Quizás pudiese hallar orientación y ayuda en la literatura médica... una literatura que, por alguna razón, era principalmente rusa, desde la tesis original de Korsakov (Moscú, 1887) sobre este tipo de casos de pérdida de memoria, que aún se llama «síndrome de Korsakov», hasta el libro de Luria *Neuropsicología de la memoria* (cuya traducción al inglés no apareció hasta un año después de que tuviese yo mi primer contacto con Jimmie). Korsakov escribió lo siguiente en 1887:

Se altera casi exclusivamente el recuerdo de hechos recientes; parece como si las impresiones recientes desapareciesen más de prisa, mientras que las impresiones de hace mucho se recuerdan correctamente, de manera que el paciente conserva casi intactos el ingenio, la agudeza mental y la inventiva.

A estas parcas pero inteligentes observaciones de Korsakov se ha añadido todo un siglo de investigaciones posteriores, entre las que se destacan, por su profundidad y riqueza, las de Luria. Y, en versión de Luria, la ciencia se convierte en poesía y evoca el elemento patético de la pérdida radical. «Estos pacientes presentan siempre graves trastornos en la organización de las impresiones de los acontecimientos y su sucesión en el tiempo», escribió. «Debido a ello, pierden su experiencia integral del tiempo y empiezan a vivir en un mundo de impresiones aisladas.» Más tarde, como ya indicó Luria, la desaparición de las impresiones (y su desorganización) puede ampliarse hacia atrás en el tiempo: «en los casos más graves hasta acontecimientos relativamente lejanos, incluso».

La mayoría de los pacientes de Luria, tal como éste explica en su libro, tenían tumores cerebrales enormes y graves, que producían los mismos efectos que el síndrome de Korsakov, pero que más tarde se extendían y solían ser mortales. Luria no incluyó ningún caso de síndrome de Korsakov «simple», basado en la destrucción autolimitada que describió Korsakov: destrucción neurológica, causada por el alcohol en los cuerpos mamilares, pequeños pero importantísimos, manteniéndose el resto del cerebro en perfecto estado. No había, pues, un tratamiento complementario a largo plazo de los casos de Luria.

A mí me había desconcertado profundamente, me había llenado de dudas y hasta de recelos, en un principio, aquel corte aparentemente brusco en 1945, un punto, una fecha, que era también simbólicamente tan determinada y precisa. Escribí la siguiente nota:

> Hay un gran espacio en blanco. No sabemos lo que pasó entonces, o a continuación... Hemos de rellenar esos años «perdidos», recurriendo a su hermano, o a la Marina, o a los hospitales en los que ha estado... ¿Habrá sufrido, quizás, algún enorme trauma en esa época, algún trauma emotivo o cerebral enorme en el combate, en la guerra, que le haya afectado permanentemente desde entonces?... ¿Fue la guerra su «punto culminante», la última vez que estuvo realmente vivo, y ha sido su existencia a partir de entonces una larga decadencia?[2]

Le hicimos varias pruebas (electroencefalograma, exploraciones cerebrales), y no hallamos el menor rastro de lesión cerebral de gran envergadura, aunque las pruebas realizadas no pudiesen revelar una atrofia de los pequeños cuerpos mamilares. Recibimos informes de la Marina que indicaban que había permanecido en el cuerpo hasta 1965, y que era por entonces plenamente competente.

Luego recibimos un breve y desagradable informe del Bellevue Hospital, fechado en 1971, que decía que el paciente se hallaba «totalmente desorientado... con un síndrome cerebral orgánico avanzado, debido al alcohol» (se le había diagnosticado por entonces cirrosis). De Bellevue lo enviaron a una pocilga asquerosa del Village, un supuesto «hospital particular» del que lo rescató en 1975 nuestra Residencia, sucio y muerto de hambre.

Localizamos a su hermano, del que Jimmie decía siempre que estaba en la escuela de contabilidad y comprometido con una chica de Oregón. En realidad se había casado con la chica de Oregón, se había convertido en padre y abuelo y llevaba treinta años trabajando como contable.

Habíamos albergado la esperanza de que su hermano aportase mucha información y apoyo emotivo, pero recibimos una carta suya que, aunque cortés, era bastante parca. Se veía claramente leyéndola (sobre todo leyendo entre líneas) que los hermanos no se habían visto apenas desde 1943, y habían seguido caminos distintos, en parte por vicisitudes de ubicación y profesión y en parte por diferencias profundas (aunque no distanciadoras) de carácter. Al parecer Jimmie nunca había «sentado la cabeza», era «un viva la Virgen» y «no dejaba de beber». En opinión de su hermano la Marina le proporcionaba un marco, una vida, y los problemas empezaron cuando la abandonó, en 1965. Sin su anclaje y su marco habituales Jimmie había dejado de trabajar, se había «desmoronado» y había empezado a beber en exceso. Había sufrido luego cierto trastorno de la memoria, del tipo Korsakov, a mediados y sobre todo a finales de la década de los sesenta, aunque no tan grave que no pudiese «arreglárselas» a su manera despreocupada. Pero el consumo de alcohol aumentó aún más en 1970.

Por las navidades de ese año, según las informaciones de que disponía su hermano, había perdido el control de una forma súbita y se había hundido en un delirio dominado por la confusión y la angustia. Fue entonces cuando lo ingresaron en Bellevue. La agitación y el delirio desaparecieron al cabo de un mes, pero le quedaron profundas y extrañas lagunas en la memoria, o «déficits», utilizando la jerga médica. Su hermano lo visitó por entonces (hacía veinte años que no se veían) y se quedó horrorizado al ver que Jimmie no sólo no lo reconocía sino que le decía: «¡Basta de bromas! Tú eres tan viejo que podrías ser mi padre. Mi hermano es una persona joven, que está estudiando en la escuela de contabilidad.»

Al recibir esta información, me quedé aún más perplejo: ¿Por qué no recordaba Jimmie sus últimos años en la Marina, por qué no recordaba y ordenaba sus recuerdos hasta 1970? Yo no sabía por entonces que los pacientes de este tipo podían tener amnesia retroactiva (véase la Posdata). «Pienso cada vez más», escribí entonces, «en la posibilidad de que haya un elemento de amnesia histérica o de fuga, de que esté huyendo de algo que le parezca tan horrible que no se sienta capaz de recordarlo», y propuse que lo reconociese nuestra psiquiatra. El informe de ésta fue exhaustivo y detallado; la revisión incluyó una prueba de amital sódico, destinada a «liberar» cualquier recuerdo que pudiese estar reprimido. La doctora intentó también hipnotizar a Jimmie, con la esperanza de evocar recuerdos reprimidos por histeria..., esto suele resultar eficaz en casos de amnesia histérica. Pero la tentativa fracasó porque a Jimmie no se lo podía hipnotizar, no porque tuviese «resistencias», sino debido a su amnesia extremada, que le hacía perder el hilo de lo que le decía la hipnotizadora. (El doctor M. Homonoff, que trabajó en el pabellón de amnesia del Hospital de Veteranos de Boston, me explica experiencias similares, y me comunica que cree que esto es absolutamente característico de pacientes con síndrome de Korsakov, a diferencia de lo que sucede con pacientes de amnesia histérica.)

«No tengo sensación o prueba alguna», escribió la psiquiatra, «de déficit histérico o "simulado". El paciente carece de medios y de motivos para fingir. Los déficits de conducta son orgánicos, permanentes e incorregibles, aunque resulte asombroso que se remonten tan atrás». Dado que en su opinión el paciente se mostraba «despreocupado... no manifestaba ninguna angustia especial... no planteaba ningún problema de control», nada podía hacer ella, ni podía ver ningún «acceso» o «palanca» terapéuticos.

Entonces yo, convencido como estaba de que se trataba en realidad de un síndrome de Korsakov «puro», no complicado por otros factores, emotivos u orgánicos, escribí a Luria y le pedí su opinión. En su contestación me habló de su paciente Bel,[3] al que la amnesia le había borrado de forma retroactiva diez años. Me decía que no veía motivo alguno por el que una amnesia retroactiva no pudiese retroceder décadas o toda una vida, casi. «Viene luego la amnesia retrógrada», escribe Buñuel, «la que puede borrar toda una vida.» Pero la amnesia de Jimmie había borrado, por la razón que fuese, el tiempo y el recuerdo, hasta 1945 (más o menos) y luego se había parado. De vez en cuando, recordaba algo sucedido mucho después, pero el recuerdo era fragmentario y estaba desplazado en el tiempo. En una ocasión, al ver la palabra «satélite» en un titular de prensa, dijo tranquilamente que había participado en un proyecto de seguimiento de un satélite cuando estaba en el navío *Chesapeake Bay,* un fragmento de recuerdo procedente de principios o mediados de los años sesenta. Pero su punto de ruptura se hallaba situado, a todos los efectos prácticos, a mediados (o finales) de los años cuarenta, y todo lo recuperado posteriormente era fragmentario, inconexo. Esto era lo que le pasaba en 1975, y lo que le sigue pasando hoy, nueve años después.

¿Qué podíamos hacer? ¿Qué debíamos hacer? «En un caso como éste», me escribía Luria, «no hay recetas. Haga lo que su ingenio y su corazón le sugieran. Hay pocas esperanzas, puede que ninguna, de que se produzca una recuperación de la memoria. Pero un hombre no es sólo memoria. Tiene también sentimiento, voluntad, sensibilidad, yo moral... son cosas de las que la neuropsicología no puede hablar. Y es ahí, más allá del campo de una psicología impersonal, donde puede usted hallar medios de conmoverlo y de cambiarlo. Y las circunstancias de su trabajo le facilitan eso especialmente, pues trabaja usted en una Residencia, que es como un pequeño mundo, completamente distinto de las clínicas e instituciones donde trabajo yo. Es poco lo que puede usted hacer neuropsicológicamente, nada quizás; pero en el campo del Individuo quizás pueda usted hacer mucho.»

Luria explicaba que su paciente Kur mostraba una extraña timidez, en la que se mezclaban la desesperanza y una rara ecuanimidad. «No tengo ningún recuerdo del presente», decía Kur. «No sé lo que acabo de hacer ni de dónde vengo en este momento... Recuerdo muy bien mi pasado pero no tengo ningún recuerdo de mi presente.» Cuando le preguntaron si había visto alguna vez a la persona que estaba examinándolo, dijo: «No puedo decir ni que sí ni que no, no puedo ni afirmar ni negar que lo haya visto a usted.» Esto mismo le sucedía a veces a Jimmie; y Jimmie, como Kur, que permaneció varios meses en el mismo hospital, empezó a estructurar «un sentido de la familiaridad»; poco a poco aprendió a desenvolverse por la casa, aprendió la ubicación del comedor, de su propia habitación, de los ascensores, de las escaleras, y reconocía, en cierta medida, a algunos de los miembros del personal, aunque los confundiese, y quizás tuviese que hacerlo así, con gente del pasado. Pronto le tomó cariño a la monja de la Residencia; identificaba su voz, sus pisadas, inmediatamente, pero decía siempre que había sido condiscípula suya en el Instituto de Secundaria, y le chocaba muchísimo que yo me dirigiese a ella llamándola «hermana».

–¡Caramba! –dijo un día–, es absolutamente increíble. ¡Jamás me habría imaginado que acabarías siendo una religiosa, hermana!

Desde que ingresó en nuestra Residencia (es decir, desde principios de 1975), Jimmie nunca ha sido capaz de identificar coherentemente a nadie de ella. La única persona a la que verdaderamente identifica es a su hermano, cuando viene de Oregón a visitarlo. Resulta profundamente conmovedor y emotivo presenciar estos encuentros, los únicos contactos verdaderamente emotivos que tiene Jimmie. Quiere a su hermano, lo identifica, pero no puede entender por qué parece tan viejo: «Supongo que es que hay personas que envejecen muy de prisa», dice. En realidad su hermano aparenta bastantes menos años de los que tiene, y su cara y su constitución son de las que cambian poco con los años. Son verdaderos encuentros, la única conexión entre pasado y presente con que cuenta Jimmie, pero no le aportan ningún sentido de historia o de continuidad. Si algo ponen de manifiesto (al menos para su hermano y para los demás que los ven juntos) es el hecho de que Jimmie aún vive, fosilizado, en el pasado.

Todos teníamos al principio grandes esperanzas de poder ayudarle: era tan agradable, tan amable, tan simpático, tan inteligente, costaba creer que fuese un caso perdido. Pero ninguno de nosotros había visto nunca, ni había imaginado siquiera, que la amnesia pudiera tener semejante poder, la posibilidad de un pozo en el que todo, todas las experiencias, todos los sucesos, se hundiesen hasta profundidades insondables, un agujero sin fondo en la memoria que se tragase el mundo entero.

Yo propuse la primera vez que lo examiné que escribiese un diario, pensé que había que animarlo a tomar notas diarias de sus experiencias, sus sentimientos, pensamientos, recuerdos, reflexiones. Tales tentativas se vieron frustradas, al principio, porque perdía continuamente el cuaderno: había que fijarlo a su persona de alguna manera. Pero esto no dio resultado tampoco: escribía un breve diario, pero no era capaz de identificar lo que había escrito antes en él. Identifica su letra, el estilo, y siempre se queda asombrado al descubrir que ha escrito algo el día anterior.

Asombrado, e indiferente, pues era un hombre que, en realidad, no tenía «día anterior». Sus notas eran inconexas e inconectables y no podían proporcionarle ningún sentido de tiempo o de continuidad. Además eran triviales («Huevos de desayuno», «Vi el partido en la tele») y no rozaban nunca las profundidades. Pero ¿había profundidades en aquel hombre desmemoriado, profundidades con una continuidad de pensamiento y de sentimiento, o había quedado reducido a una especie de estupidez «humeana», una mera sucesión de impresiones y acontecimientos desconectados?

Jimmie se daba cuenta y no se la daba a la vez de esta pérdida interior trágica y profunda, pérdida *de* sí mismo. (Si un hombre ha perdido una pierna o un ojo, sabe que ha perdido una pierna o un ojo; pero si ha perdido el yo, si se ha perdido a sí mismo, no puede saberlo, porque no está allí ya para saberlo.) Así que yo no podía interrogarlo intelectualmente sobre estas cuestiones.

Al principio lo había desconcertado el hecho de verse entre pacientes, siendo así que, según decía, él no se sentía mal. Pero ¿cómo se sentía?, nos preguntábamos. Tenía una constitución robusta y estaba en buena forma física, poseía una especie de energía y de fuerza animal, pero mostraba también una inercia, una pasividad, y (todos lo subrayaban) una «despreocupación» extrañas; nos producía a todos una sensación abrumadora de que «faltaba algo», aunque aceptaba esto, si es que se daba cuenta de ello, también con una «despreocupación» extraña. Un día le pedí que me hablase no sobre su memoria o sobre su pasado, sino sobre los sentimientos más simples y más elementales:

–¿Cómo se siente?

–Cómo me siento –repitió, y se rascó la cabeza–. No puedo decir que me sienta mal. Pero no puedo decir que me sienta bien. No puedo decir que me sienta de ninguna manera.

–¿Es usted desgraciado? –continué.

–No puedo decir que lo sea.

–¿Disfruta de la vida?

–No puedo decir que disfrute...

Vacilé, con miedo a estar yendo demasiado lejos, a estar desnudando a un hombre hasta dejar al descubierto alguna desesperación oculta, inadmisible, insoportable.

–No disfruta usted de la vida –repetí, un poco titubeante–. ¿Cómo se siente usted, entonces, respecto a la vida?

–No puedo decir que sienta nada.

–¿Pero se siente usted vivo?

–¿Que si me siento vivo? En realidad no. Hace muchísimo tiempo que no me siento vivo.

La expresión era de una resignación y una tristeza infinitas.

Posteriormente, después de advertir sus aptitudes para los rompecabezas y los juegos rápidos, el placer que le proporcionaban y su capacidad para «fijarlo», al menos mientras duraban, y para facilitar, durante un rato, una sensación de camaradería y de competición (no se había quejado de soledad, pero parecía tan solo; nunca expresaba tristeza, pero parecía tan triste), propuse que lo incluyesen en los programas recreativos de la Residencia. Esto funcionó mejor que el diario. Se involucraba intensa y brevemente en los juegos, pero pronto dejaron de significar un reto: resolvía todos los rompecabezas, y era capaz de resolverlos fácilmente; y era muchísimo mejor y más hábil que los demás en los juegos. En cuanto descubrió esto, volvió a mostrarse inquieto e irritable y empezó a vagar por los pasillos, nervioso, aburrido, con una sensación de ridículo: los rompecabezas y los juegos eran para niños, una diversión. Él quería, clara y apasionadamente, tener algo que hacer: quería hacer, ser, sentir... y no podía; quería sentido, quería una finalidad, en palabras de Freud: «Trabajo y amor.»

¿Era capaz de hacer un trabajo «normal»? Según su hermano se había «desmoronado» cuando había dejado de trabajar en 1965. Había dos cosas que dominaba con sorprendente perfección: el alfabeto morse y la mecanografía al tacto. Nada podíamos hacer con el morse, salvo que le inventásemos una utilidad; pero un buen mecanógrafo nos venía bien, si era capaz de desplegar su antigua pericia: y esto sería trabajo de veras, no un simple juego. Jimmie recuperó enseguida su destreza con la máquina de escribir y llegó a hacerlo muy de prisa (despacio no podía) y halló en ello, en parte, el estímulo y la satisfacción de un trabajo. Pero aún seguía siendo una tarea superficial; era algo trivial, no llegaba a las profundidades. Y lo que mecanografiaba, lo mecanografiaba mecánicamente (no podía fijar el pensamiento), las breves frases se sucedían unas a otras en un orden que no tenía sentido.

Uno tendía a hablarle, instintivamente, como si se tratase de una baja espiritual... «un alma perdida»: ¿era posible realmente que la enfermedad lo hubiese «desalmado»? «¿Ustedes creen que *tiene* alma?», les pregunté una vez a las monjas. Se escandalizaron con aquella pregunta, pero entendían muy bien por qué se la hacía. «Vaya a ver a Jimmie en la capilla», me dijeron, «y juzgue usted mismo.»

Lo hice y quedé conmovido, profundamente conmovido e impresionado, porque vi entonces una intensidad y una firmeza de atención y de concentración que no había visto nunca en él y de la que no lo había creído capaz. Lo observé un rato arrodillado, le vi comulgar y no pude dudar del carácter pleno y total de aquella comunión, la sincronización perfecta de su espíritu con el espíritu de la misa. Plena, intensa, quedamente, en la quietud de la atención y la concentración absolutas, entró y participó en la sagrada comunión. Estaba plenamente fijado, absorbido por un sentimiento. No había olvido, no había síndrome de Korsakov entonces, ni parecía posible o concebible que lo hubiese; porque no estaba ya a merced de un mecanismo defectuoso y falible (el de las secuencias sin sentido y los vestigios de memoria), sino que estaba absorto en un acto, un acto de todo su ser, que aportaba sentimiento y sentido en una unidad y una continuidad orgánicas, una continuidad y una unidad tan inconsútiles que no podían admitir la menor quiebra.

Era evidente que Jimmie se encontraba a sí mismo, encontraba continuidad y realidad en el carácter absoluto del acto y de la atención espiritual. Las monjas tenían razón: allí hallaba su alma. Y la tenía Luria, cuyas palabras recordé entonces: «Un hombre no es sólo memoria. Tiene sentimiento, voluntad, sensibilidad, yo moral... Es ahí... donde puede usted conmoverlo y producir un cambio profundo.» La memoria, la actividad mental, la mente sólo, no podían fijarlo; pero la acción y la atención moral podían fijarlo plenamente.

Pero quizás «moral» sea un término demasiado limitado... porque en aquello se incluían también lo estético y lo dramático. Ver a Jimmie en la capilla me abrió los ojos a otros campos donde se convoca al alma y se la fija y apacigua en atención y comunión. La música y el arte provocaban la misma intensidad de atención y de absorción: comprobé que Jim no tenía ningún problema para «seguir» la música o piezas dramáticas sencillas, porque cada instante de música y arte contiene otros instantes, remite a ellos. Le gustaba la jardinería, y se había hecho cargo de algunas tareas en nuestro jardín. Al principio el jardín le parecía nuevo todos los días, pero por alguna razón acabó haciéndosele más familiar que el interior de la Residencia. Ya no se sentía perdido o desorientado en el jardín casi nunca; yo creo que lo estructuraba basándose en otros jardines amados y recordados de su juventud en Connecticut.

Jimmie, tan perdido en el tiempo «espacial» extensional, estaba perfectamente organizado en el tiempo «intencional» bergsoniano; lo fugaz, insostenible como estructura formal, era perfectamente estable, se sostenía perfectamente, como arte o voluntad. Además había algo que persistía y que sobrevivía. Si bien lo «fijaba» brevemente una tarea o un rompecabezas, un juego o un cálculo, por el estímulo puramente mental, se desmoronaba en cuanto terminaba esa tarea, en el abismo de su nada, su amnesia. Pero si se trataba de una atención emotiva y espiritual (la contemplación de la naturaleza o el arte, oír música, asistir a misa en la capilla), la atención, su «talante», su sosiego, persistía un rato, así como una introspección y una paz que raras veces mostró por lo demás en su período de estancia en la Residencia, quizás ninguna.

Hace ya nueve años que conozco a Jimmie y neurológicamente no ha cambiado en absoluto. Aún tiene un síndrome de Korsakov gravísimo, devastador, es incapaz de recordar cosas aisladas más de unos segundos y tiene una profunda amnesia que se remonta hasta 1945. Pero humana y espiritualmente es a veces un hombre completamente distinto, no se siente ya agitado, inquieto, aburrido, perdido, se muestra profundamente atento a la belleza y al alma del mundo, sensible a todas las categorías kierkegaardianas... y estéticas, a lo moral, lo religioso, lo dramático. La primera vez que le vi me pregunté si no estaría condenado a una especie de espuma «humeana», una agitación carente de sentido sobre la superficie de la vida, y si habría algún medio de trascender la incoherencia de su enfermedad humeana. La ciencia empírica me decía que no..., pero la ciencia empírica, el empirismo, no tiene en cuenta al alma, no tiene en cuenta lo que constituye y determina el yo personal. Quizás haya aquí una enseñanza filosófica además de una enseñanza clínica: que en el síndrome de Korsakov o en la demencia o en otras catástrofes similares, por muy grandes que sean la lesión orgánica y la disolución «humeana», persiste la posibilidad sin merma de reintegración por el arte, por la comunión, por la posibilidad de estimular el espíritu humano: Y éste puede mantenerse en lo que parece, en principio, un estado de devastación neurológica sin esperanza.

POSDATA

Ahora sé ya que la amnesia retroactiva es, hasta cierto punto, muy común, quizás universal, en casos de síndrome de Korsakov. El síndrome de Korsakov clásico (una devastación de la memoria profunda y permanente pero «pura», debida a destrucción alcohólica de los cuerpos mamilares) es raro incluso entre bebedores inveterados. Se puede detectar, por supuesto, el síndrome de Korsakov con otras patologías, como en los pacientes con tumores de Luria. Un caso especialmente fascinante de un síndrome de Korsakov agudo (y por fortuna pasajero) apareció bien descrito hace muy poco en la llamada Amnesia Global Transitoria (AGT), asociada con jaquecas, lesiones en la cabeza o riego sanguíneo deficiente del cerebro. En este caso puede producirse, durante unos minutos o durante horas, una amnesia grave y singular, aunque el paciente pueda seguir conduciendo un coche o incluso desempeñando sus tareas como médico o como editor, de un modo mecánico. Pero bajo esta fluidez aparente hay una amnesia profunda, de tal modo que cada frase que se dice se olvida en cuanto se dice, se olvida todo a los pocos minutos de verlo, aunque puedan conservarse perfectamente rutinas y recuerdos bien asentados. (El doctor John Hodges, de Oxford, ha hecho recientemente, en 1986, unos vídeos muy notables de pacientes *durante* ataques de AGT.)

Además, puede haber en estos casos una amnesia retroactiva profunda. Mi colega el doctor Leon Protass me explicó un caso del que fue testigo recientemente: un hombre muy inteligente que fue incapaz durante varias horas de recordar a su mujer y a sus hijos, de recordar que tenía esposa e hijos. Perdió, en realidad, treinta años de su vida, aunque, por fortuna, sólo por unas horas. La recuperación es rápida y completa en estos ataques, pero los «pequeños ataques» son, en cierto modo, más horribles porque pueden anular o borrar del todo décadas de vida vivida intensamente, muy fructífera, muy bien memorizada. Lo peculiar es que el horror sólo lo sienten los demás: el paciente, inconsciente, amnésico a su amnesia, puede seguir con lo que está haciendo, tan tranquilo, y no descubrir hasta después que perdió no sólo un día (como es frecuente en los «apagones» alcohólicos normales), sino media vida, y que no se dio cuenta. El hecho de que uno pueda perder la mayor parte de la vida causa un extraño horror.

En la edad adulta, la vida, la vida superior, puede terminar prematuramente por ataques, senilidad, heridas o lesiones cerebrales, etcétera, pero suele conservarse la conciencia de la vida vivida, del propio pasado. Esto suele considerarse como una compensación: «Al menos viví plenamente, saboreando la vida en su plenitud, antes de sufrir el ataque, la lesión cerebral, etcétera.» Este sentido de «la vida vivida antes», que puede ser un consuelo o un tormento, es precisamente lo que desaparece en la amnesia retroactiva. La «amnesia retroactiva, que puede borrar toda una vida», de que hablaba Buñuel, puede llegar, quizás, con una demencia irreversible, pero no, según mi experiencia, súbitamente, como consecuencia de un ataque. Hay sin embargo un tipo de amnesia diferente, aunque comparable, que puede producirse de súbito, diferente porque no es «global» sino «de modalidad específica».

Así, en el caso de un paciente que estaba a mi cuidado, una trombosis repentina de la circulación posterior del cerebro produjo la muerte inmediata de las zonas visuales del cerebro. Debido a ello el paciente se quedó completamente ciego, pero no lo sabía. Parecía ciego, pero no formulaba ninguna queja. Las preguntas y pruebas mostraron, de modo irrefutable, que no sólo estaba central o «corticalmente» ciego, sino que había perdido todos los recuerdos e imágenes visuales, los había perdido completamente, sin embargo no tenía sensación de haber perdido nada. En realidad, había perdido la idea misma de ver y no sólo era incapaz de describir visualmente, sino que se quedaba perplejo cuando yo utilizaba palabras como «ver» y «luz». Se había convertido, en resumen, en un ser no visual. Le había sido arrebatada, en realidad, toda su vida de visión, de visualidad. Había quedado borrada toda su existencia visual..., y borrada de modo permanente desde el mismo momento del ataque. Esta amnesia visual y, digamos, ceguera a la ceguera, amnesia a la amnesia, es en realidad un síndrome de Korsakov «total» limitado a lo visual.

Una amnesia aún más limitada, pero no menos total, es la que puede aparecer en relación con determinadas formas de percepción, como en el capítulo anterior, «El hombre que confundió a su mujer con un sombrero». Había en ese caso una «prosopagnosia», o agnosia a las caras, absoluta. Este paciente no sólo era incapaz de identificar caras, sino también de imaginarlas o recordarlas... en realidad había perdido la idea misma de «cara», lo mismo que ese otro paciente mío más afectado aún había perdido las ideas mismas de «ver» y de «luz». Anton describió estos síndromes en la década de 1980. Pero lo que implican estos síndromes (el de Korsakov y el de Anton), lo que entrañan para el mundo, las vidas, las identidades de los pacientes afectados, eso apenas si ha sido abordado, ni siquiera hoy en día.

En el caso de Jimmie, nos habíamos preguntado a veces cómo reaccionaría si regresaba a su pueblo natal (en realidad, a su etapa preamnésica) pero el pueblecito de Connecticut se había convertido con los años en una activa ciudad. Más tarde tuve ocasión de ver lo que podía suceder en tales circunstancias, si bien con otro paciente con el síndrome de Korsakov, Stephen R., que se había puesto gravemente enfermo en 1980 y cuya amnesia retroactiva sólo abarcaba unos dos años. Con este paciente, que tenía también ataques graves, espasmos y otros problemas que exigieron internación, las raras visitas de fin de semana a su casa revelaron una situación patética. En el hospital no podía reconocer a nadie ni reconocer nada, y se hallaba sumido en un frenesí casi incesante de desorientación. Pero cuando su esposa se lo llevó a casa, a su casa que era en realidad una «cápsula temporal» de su época preamnésica, se sintió instantáneamente en el hogar. Lo reconoció todo, dio unas palmaditas al barómetro, comprobó el termostato, ocupó su butaca favorita como solía hacer. Hablaba del barrio, de las tiendas, del bar de la calle, de un cine próximo, tal como habían sido a mediados de los años setenta. Le incomodaba y le desconcertaba que se hubiesen introducido cambios en su casa, aunque fuesen mínimos. («¡Has cambiado las cortinas hoy!», dijo una vez enfadado a su esposa. «¿Cómo es eso? Así, de golpe. Esta mañana eran verdes.» Pero no eran verdes desde 1978.) Identificaba la mayoría de las casas y tiendas del barrio, que habían cambiado poco entre 1978 y 1983, pero le desconcertaba la «reubicación» del cine («¿cómo pudieron echarlo abajo y levantar un supermercado de la noche a la mañana?»). Identificaba a amigos y vecinos, pero le chocaba encontrarlos más viejos de lo que esperaba («¡Hay que ver, Fulanito! Cómo se le nota la edad. Nunca me había fijado. ¿Cómo es posible que se le note tanto la edad a todo el mundo hoy?»). Pero lo verdaderamente conmovedor, el horror, se producía cuando su esposa lo llevaba de nuevo, de un modo fantástico e inexplicable (eso sentía él), a una casa extraña, que él no había visto nunca, llena de desconocidos, y lo dejaba allí. «¿Pero qué hacen ustedes?», gritaba aterrado y confuso. «¿Qué *es* este lugar? ¿Qué pasa aquí?» Estas escenas resultaban casi insoportables, y al paciente debían de parecerle una locura o una pesadilla. Afortunadamente las olvidaba a los dos minutos.

Estos pacientes, fosilizados en el pasado, sólo pueden sentirse cómodos, orientados, en el pasado. Para ellos el tiempo se ha detenido. Oigo a Stephen R. chillando lleno de terror y de confusión cuando regresa pidiendo a gritos un pasado que no existe ya. ¿Qué podemos hacer? ¿Crear una cápsula del tiempo, una ficción? Nunca he visto un paciente tan asaltado, tan atormentado por el anacronismo, salvo quizás la Rose R. de *Despertares* (véase «Nostalgia incontinente», capítulo dieciséis).

Jimmie ha alcanzado una especie de calma; William (capítulo doce) confabula continuamente; pero Stephen padece una herida abismal en el tiempo, un calvario que nunca curará.

3. LA DAMA DESENCARNADA

> Aquellos aspectos de las cosas que son más importantes para nosotros permanecen ocultos debido a su simplicidad y familiaridad. (No somos capaces de percibir lo que tenemos continuamente ante los ojos.) Los verdaderos fundamentos de la investigación no se hacen evidentes ni mucho menos.
>
> WITTGENSTEIN

Lo que Wittgenstein escribe aquí, sobre epistemología, podría aplicarse a aspectos de la propia fisiología y de la psicología, sobre todo en relación con lo que Sherrington llamó una vez «nuestro sentido secreto, nuestro sexto sentido», ese flujo sensorial continuo pero inconsciente de las partes móviles del cuerpo (músculos, tendones, articulaciones), por el que se controlan y se ajustan continuamente su posición, tono y movimiento, pero de un modo que para nosotros queda oculto, por ser automático e inconsciente.

El resto de nuestros sentidos (los cinco sentidos) están abiertos, son evidentes pero esto (nuestro sentido oculto) hubo de, digamos, descubrirlo Sherrington, en la década de 1890. Le llamó «propriocepción», para distinguirlo de la «exterocepción» y de la «interocepción», y, además, por ser imprescindible para que el individuo tenga un sentido de sí mismo; porque si sentimos el cuerpo como propio, como «propiedad» nuestra, es por cortesía de la propriocepción (Sherrington 1906, 1940).

¿Hay algo que sea más importante para nosotros, a un nivel básico, que el control, la propiedad y el manejo, de nuestro propio yo físico? Y sin embargo es algo tan automático, tan familiar, que no le dedicamos jamás un pensamiento.

Jonathan Miller produjo una maravillosa serie de televisión, *The Body in Question,* pero el cuerpo, no se pone en cuestión normalmente: nuestro cuerpo es algo que está fuera de duda, o quizás por debajo de ella, está ahí sin más, indiscutiblemente. Este carácter indiscutible del cuerpo, su certeza, es, para Wittgenstein, el principio y la base de todo conocimiento y de toda certeza. Así, en su último libro *(Sobre la certeza),* comienza diciendo: «Si sabes que *aquí hay una mano,* te otorgaremos todo lo demás.» Pero luego, siguiendo el mismo razonamiento, en la misma página primera: «Lo que podemos preguntar es si puede tener sentido dudarlo...»; y poco después: «¿Puedo dudarlo? ¡Faltan bases para la *duda!*»

En realidad su libro podría titularse *Sobre la duda,* en vez de *Sobre la certeza,* pues se caracteriza por la duda, tanto como por la afirmación. Se pregunta concretamente (y nosotros por nuestra parte podríamos preguntarnos, si estos pensamientos no tendrían como estímulo su trabajo con pacientes en un hospital, durante la guerra), se pregunta, repetimos, si puede haber situaciones o condiciones que priven al individuo de la certeza del cuerpo, que le den motivos para dudar del propio cuerpo, hasta llegar incluso a perder el cuerpo completo en la duda total. Esta idea parece rondar por su último libro como una pesadilla.

Christina era una joven vigorosa de veintisiete años, aficionada al hockey y a la equitación, segura de sí misma, fuerte, de cuerpo y de mente. Tenía dos hijos pequeños y trabajaba como programadora en su casa. Era inteligente y culta, le gustaba el ballet y los poetas laquistas (pero no, tengo la impresión, Wittgenstein). Llevaba una vida activa y plena, no había estado enferma prácticamente nunca. De pronto, y la primera sorprendida fue ella, a raíz de un acceso de dolor abdominal, se descubrió que tenía piedras en la vesícula y se aconsejó la extirpación de ésta.

Ingresó en el hospital tres días antes de la fecha de la operación y se la sometió a un régimen de antibióticos como profilaxis microbiana. Era simple rutina, una precaución, y no se esperaba complicación alguna. Christina lo sabía muy bien y, siendo como era una persona razonable, no se angustiaba demasiado.

Aunque poco dada a sueños o fantasías, el día antes de la intervención tuvo un sueño inquietante de una extraña intensidad. Se tambaleaba aparatosamente, en el sueño, no era capaz de sostenerse en pie, apenas sentía el suelo, apenas tenía sensibilidad en las manos, notaba sacudidas constantes en ellas, se le caía todo lo que cogía.

Este sueño le produjo un gran desasosiego. («Nunca había tenido un sueño así», dijo. «No puedo quitármelo de la cabeza.») Un desasosiego tal que pedimos la opinión del psiquiatra. «Angustia preoperatoria», dijo éste. «Perfectamente normal, pasa constantemente.»

Pero luego, aquel mismo día, *el sueño se hizo realidad.* Christina se encontró con que era incapaz de mantenerse en pie, sus movimientos eran torpes e involuntarios, se le caían las cosas de las manos.

Se avisó de nuevo al psiquiatra, que pareció irritarse por ello, pero que parecía también, en un principio, dudoso y desconcertado. «Histeria de angustia», dijo al fin, en tono despectivo. «Son síntomas típicos de conversión, pasa constantemente.»

Pero el día de la operación Christina estaba peor aún. No podía mantenerse en pie... salvo que mirase hacia abajo, hacia los pies. No podía sostener nada en las manos, y éstas «vagaban»... salvo que mantuviese la vista fija en ellas. Cuando extendía una mano para coger algo, o intentaba llevarse los alimentos a la boca, las manos se equivocaban, se quedaban cortas o se desviaban descabelladamente, como si hubiese desaparecido cierta coordinación o control esencial.

Apenas podía mantenerse incorporada... el cuerpo «cedía». La expresión era extrañamente vacua, inerte, la boca abierta, hasta la postura vocal había desaparecido.

–Ha sucedido algo horrible –balbucía con una voz lisa y espectral–. No siento el cuerpo. Me siento rara... desencarnada.

Resultaba muy extraño oír aquello, era horrible, desconcertante. «Desencarnada»..., ¿estaba loca?, pero ¿cuál era, entonces, su estado físico? El colapso de la condición tónica y muscular, de la cabeza a los pies; la pérdida de control de las manos, de las que no parecía tener conciencia; las sacudidas y desviaciones, que parecían indicar que no recibiese información alguna de la periferia, que los mecanismos de control del tono y el movimiento se hubiesen desintegrado catastróficamente.

–Es un comentario muy extraño –dije a los residentes–. Es casi imposible imaginar qué podría provocar un comentario así.

–Es problema de histeria, doctor Sacks..., ¿no dijo eso el psiquiatra?

–Sí, eso dijo. ¿Pero ha visto usted alguna vez una histeria como ésta? Plantéeselo fenomenológicamente..., considere lo que ve como un fenómeno auténtico, en el que su estado corporal y su estado mental no son ficciones, sino un todo psicofísico. ¿Qué es lo que podría dar este cuadro en que tanto la mente como el cuerpo parecen minados? No es que pretenda ponerle a prueba –añadí–. Estoy tan desconcertado como usted. Jamás había visto ni imaginado una cosa así...

Me puse a pensar, se pusieron a pensar, pensamos juntos.

–¿Podría ser un síndrome biparietal? –preguntó uno de ellos.

–Es una situación de «como si» –contesté–: *como* si los lóbulos parietales no recibiesen la información habitual de los sentidos. Hagamos una prueba sensorial... y examinemos también la función del lóbulo parietal.

Lo hicimos y empezó a delinearse un cuadro. Parecía haber un déficit propioceptivo muy profundo, casi total, desde las puntas de los dedos de los pies a la cabeza los lóbulos parietales funcionaban, *pero no tenían nada con lo que funcionar.* Christina podía tener histeria, pero tenía bastante más que eso, tenía algo que ninguno de nosotros había visto ni imaginado nunca. Hicimos una llamada de emergencia, pero no al psiquiatra, sino al especialista en medicina física, al fisiatra.

Llegó enseguida, ante la urgencia de la llamada. Se quedó boquiabierto cuando vio a Christina, la examinó rápida y concienzudamente, y luego hizo pruebas eléctricas de la función muscular y nerviosa. «Esto es absolutamente inaudito.» «Nunca en mi vida he visto ni leído una cosa así. Ha perdido toda la propriocepción. Tienen razón ustedes, de la cabeza a los pies. No tiene la menor sensibilidad de músculos, tendones o articulaciones. Hay una pérdida ligera de otras modalidades sensoriales: el roce leve, la temperatura y el dolor, y una participación superficial de las fibras motoras, también. Pero lo que ha soportado el daño es predominantemente el sentido de la posición, la propriocepción.»

–¿Cuál es la causa? –preguntamos.

–Los neurólogos son ustedes. Determínenla.

Por la tarde Christina estaba aún peor. Yacía inmóvil e inerte; hasta la respiración era superficial. Su situación era grave (pensábamos en un respirador), además de extraña.

El cuadro que nos reveló el drenaje espinal indicaba polineuritis aguda, pero una polineuritis de un tipo absolutamente excepcional: no como el síndrome de Guillain-Barré, con su complicación motora abrumadora, sino una neuritis puramente (o casi puramente) sensorial, que afectaba a las raíces sensitivas de los nervios craneales y espinales a través del neuroeje.[1]

Se aplazó la operación; habría sido una locura dadas las circunstancias. Era mucho más urgente aclarar estas cuestiones: «¿Sobrevivirá? ¿Qué podemos hacer?»

–¿Cuál es el veredicto? –preguntó Christina con voz apagada y una sonrisa aún más apagada, después de que analizamos el fluido espinal.

–Tiene usted esa inflamación, esa neuritis... –empezamos, y le dijimos todo lo que sabíamos. Si nos olvidábamos algo, o eludíamos algo, sus preguntas precisas nos obligaban a aclararlo y a revelarlo.

–¿Qué posibilidades hay de mejora? –exigió. Nos miramos, la miramos:

–No tenemos ni idea.

El sentido del cuerpo, le expliqué, lo componen tres cosas: la visión, los órganos del equilibrio (el sistema vestibular) y la propriocepción... que es lo que ella había perdido. Normalmente operan los tres juntos. Si uno falla, los otros pueden suplirlo... hasta cierto punto. Le hablé concretamente de mi paciente el señor MacGregor, que, incapaz de utilizar sus órganos del equilibrio, utilizaba en su lugar la vista (véase más adelante el capítulo siete). Y de pacientes con neurosífilis, *tabes dorsalis,* que tenían síntomas similares, pero limitados a las piernas... y expliqué también cómo habían suplido esta deficiencia recurriendo a la vista (véase «Fantasmas posicionales» en el capítulo seis). Y expliqué también que si se pedía a un paciente de este tipo que moviera las piernas, éste podía muy bien decir:

–Por supuesto, doctor, en cuanto las encuentre.

Christina escuchó atenta, muy atenta, como con una atención desesperada.

–Lo que yo tengo que hacer entonces –dijo muy despacio– es utilizar la vista, usar los ojos, en todas las ocasiones en que antes utilizaba, ¿cómo le llamó usted?, la propriocepción. Ya me he dado cuenta –añadió pensativa– de que puedo «perder» los brazos. Pienso que están en un sitio y luego resulta que están en otro. Esta «propriocepción» es como los ojos del cuerpo, es la forma que tiene el cuerpo de verse a sí mismo. Y si desaparece, como en mi caso, *es como si el cuerpo estuviese ciego.* Mi cuerpo no puede «verse» si ha perdido los ojos, ¿no? Así que tengo que vigilarlo..., tengo que ser sus ojos. ¿No?

–Sí –dije–, eso es. Podría usted ser fisióloga.

–Tendré que ser algo así como una fisióloga, sí –contestó–, porque mi fisiología se ha descompuesto y puede que no se recomponga nunca de modo *natural*...

Era una suerte que Christina mostrase tanta fortaleza mental desde el principio, porque, aunque la inflamación aguda cedió y el fluido espinal recuperó la condición normal, la lesión de las fibras proprioceptivas persistió, de modo que no hubo ninguna recuperación neurológica en una semana, ni en un año. En realidad no ha habido mejora en los ocho años que han pasado ya, aunque haya conseguido llevar una vida, una vida especial, mediante adaptaciones y ajustes de todo género, no sólo neurológicos, sino también emotivos y morales.

Aquella primera semana Christina no hizo nada, estaba en la cama echada, pasiva, no comía apenas. Estaba en un estado de conmoción total, dominada por el horror y la desesperación. ¿Cómo iba a ser su vida si no se producía ninguna recuperación natural? ¿Qué clase de vida iba a ser si tenía que realizar todos los movimientos de modo artificial? ¿Qué clase de vida iba a poder vivir, sobre todo, si se sentía desencarnada?

Luego, como suele pasar, la vida se afirmó y Christina empezó a moverse. Al principio no podía hacer nada sin utilizar la vista, y se derrumbaba en una masa inerte y desvalida en cuanto cerraba los ojos. Al principio tuvo que controlarse con la vista, mirando detenidamente cada parte del cuerpo cuando la movía, desplegando un cuidado y una vigilancia casi dolorosos. Sus movimientos, controlados y regulados conscientemente, eran al principio torpes, artificiales en sumo grado. Pero luego, y aquí, nos sorprendimos los dos muchísimo, afortunadamente, por el poder de un automatismo progresivo que crecía a diario, luego sus movimientos empezaron a parecer más delicadamente modulados, más armónicos, más naturales (aunque seguían dependiendo totalmente del uso de la vista).

De un modo progresivo ya, semana a semana, a la retroacción inconsciente normal de la propriocepción fue sustituyéndola una retroacción igualmente inconsciente a través de la visión, mediante un automatismo visual y unos reflejos cada vez más integrados y fluidos. ¿Era posible también que estuviese sucediendo algo más trascendental? ¿Era posible que el modelo visual del cuerpo del cerebro, o imagen del cuerpo, normalmente bastante débil (falta, claro, en los ciegos) y subsidiaria normalmente del modelo propioceptivo del cuerpo, era posible, en fin, que *ese modelo,* ahora que el modelo propioceptivo del cuerpo se había perdido, estuviese adquiriendo, por compensación o sustitución, una fuerza extraordinaria, excepcional, potenciada? Y a esto podría añadirse también un incremento compensatorio de la imagen o modelo vestibular del cuerpo... en una cuantía superior ambas a lo que habíamos supuesto o esperado.[2]

Hubiese o no un mayor uso de la retroacción vestibular, había sin duda un mayor uso de los oídos, retroacción auditiva. Lo normal es que ésta sea subsidiaria y un poco intrascendente al hablar... El habla se conserva normal si estamos sordos debido a un resfriado, y algunos sordos congénitos pueden adquirir un dominio del habla prácticamente perfecto. Esto se debe a que la modulación del habla es normalmente propioceptiva, se halla gobernada por impulsos que afluyen de todos nuestros órganos vocales. Christina había perdido este aflujo normal, esta aferencia, y había perdido su postura y tono vocales propioceptivos normales, y tenía que recurrir por ello a los oídos, retroacción auditiva, como sustitutos.

Además de estas formas nuevas compensatorias de retroacción, Christina empezó a desarrollar también (fue en principio deliberado, consciente pero fue haciéndose inconsciente y automático) varias formas de «acción positiva» nueva y compensatoria (contó en todo esto con la ayuda de un personal médico de rehabilitación inmensamente comprensivo y capaz).

Así, en el momento que se produjo la catástrofe, y durante un mes después, más o menos, Christina permaneció tan inerte como una muñeca de trapo, no era capaz siquiera de mantenerse sentada erguida. Pero tres meses después me quedé estupefacto al verla sentada muy correctamente... demasiado correctamente, esculturalmente, como una bailarina sorprendida a media pose. Y pronto comprendí que se trataba, en realidad, de una pose, adoptada y sostenida de modo consciente o automático, una especie de posición forzada o premeditada o histriónica, para compensar la carencia constante de una postura natural auténtica. Como había fallado la naturaleza, Christina recurría al «artificio», pero el artificio lo sugería la naturaleza y pronto se convirtió en «segunda naturaleza». Lo mismo con la voz..., al principio se había mantenido casi muda.

También la voz era algo proyectado, como para un público desde un escenario. Era una voz artificiosa, teatral, no por histrionismo o perversión en las motivaciones, sino porque aún no había postura vocal natural. Y lo mismo pasaba con la cara, que aún tendía a mantenerse un tanto lisa e inexpresiva (aunque sus emociones interiores fuesen de una intensidad plena y normal), debido a la falta de postura y de tono facial propioceptivo,[3] a menos que recurriese a una intensificación artificial de la expresión (lo mismo que los pacientes con afasia pueden adoptar inflexiones y énfasis exagerados).

Pero todas estas medidas eran, como mucho, parciales. Hacían la vida posible, pero no normal. Christina aprendió a caminar, a coger un transporte público, a desarrollar las actividades habituales de la vida, pero sólo ejercitando una gran vigilancia y haciendo las cosas de un modo que resultaba extraño, y que podía descomponerse si dejaba de centrar la atención. Así, si comía mientras hablaba, o si su atención estaba en otra parte, asía el tenedor y el cuchillo con terrible fuerza, las uñas y las yemas de los dedos se quedaban sin sangre debido a la presión; pero si aflojaba un poco aquella presión dolorosa, podía muy bien caérsele el cubierto, no había punto intermedio, no había modulación alguna.

Así, aunque no había rastro de recuperación neurológica (recuperación de la lesión anatómica de las fibras nerviosas), había, con la ayuda de terapia intensiva y variada (estuvo en el hospital, o en el pabellón de rehabilitación, casi un año), una recuperación funcional muy considerable, es decir, la capacidad de funcionar utilizando varios sustitutos y otras artimañas. Christina pudo al fin dejar el hospital, irse a casa, volver con sus hijos. Pudo volver a su terminal de ordenador casera, que pasó a manejar con una eficiencia y una destreza extraordinarias, dado que había que hacerlo todo a través de la vista y no del tacto. Había aprendido a arreglárselas para seguir viviendo, pero ¿cómo se sentía? ¿Habían eliminado los sustitutos aquella sensación desencarnada de que hablaba al principio?

La respuesta es que no, en absoluto. Sigue sintiendo, con la pérdida persistente de propriocepción, el cuerpo como muerto, como algo no real, no suyo..., algo de lo que no puede apropiarse. Y no es capaz de encontrar palabras que expresen ese estado, sólo puede recurrir a analogías derivadas de otros sentidos: «Tengo la sensación de que mi cuerpo es ciego y sordo a sí mismo..., no tiene sentido de sí mismo.» Son palabras suyas. No encuentra palabras, palabras directas, para describir esta privación, esta oscuridad (o silencio) sensorial emparentado con la ceguera o la sordera. Ella no tiene palabras y nosotros carecemos de ellas también. Y la sociedad carece de palabras, de comprensión, para estados como éste. A los ciegos se los trata al menos con solicitud: podemos imaginar cuál es su estado y los tratamos de acuerdo con ello. Pero cuando Christina, torpe y laboriosamente, sube a un autobús, sólo provoca comentarios furiosos e incomprensión: «¿Qué le pasa a usted, señora? ¿Está ciega o borracha?» ¿Qué puede contestar ella: «No tengo propriocepción»? La falta de comprensión y de apoyo social es una prueba más que ha de soportar: inválida, pero con la naturaleza de su invalidez poco clara (no está, después de todo, claramente ciega o paralítica, no se le aprecia nada claramente) tienden a tratarla como a una farsante o a una estúpida. Esto es lo que les sucede a los que tienen trastornos de los sentidos ocultos (también les pasa a pacientes con insuficiencia vestibular o a los que se les ha practicado una laberintectomía).

Christina está condenada a vivir en un mundo indescriptible e inconcebible, aunque quizás fuese mejor decir un «no mundo», una «nada». A veces se desmorona no en público, sino conmigo:

–¡Ay, si pudiese *sentir!* –grita–. Pero he olvidado lo que es eso... Yo *era* normal, ¿verdad que sí? Me movía como los demás...

–Sí, claro que sí.

–No está tan claro. No puedo creerlo. Quiero pruebas.

Le muestro una película en que aparece con sus hijos, hecha unas semanas antes de la polineuritis.

–¡Sí, claro, soy yo! –dice Christina y sonríe, y luego grita–: ¡Pero no puedo identificarme ya con esa chica tan agradable! Ella se ha ido, no puedo recordarla, *no puedo imaginarla siquiera.* Es como si me hubiesen arrancado algo, algo que estuviese en el centro de mí..., eso es lo que hacen con las ranas, ¿verdad? Les quitan lo del centro, la columna vertebral, les quitan la médula... Así es como estoy yo, sin médula, como una rana. Vengan, suban aquí, vean a Chris, el primer ser humano desmedulado. No tiene propriocepción, no tiene sentido de sí misma: ¡Chris la desencarnada, la chica desmedulada!

Y se ríe descontroladamente, con un timbre de histeria. Yo la calmo:

–¡Vamos, vamos!

Pero pienso: «¿Tiene razón?»

Porque, en cierto sentido, ella *está* «desmedulada», desencarnada, es una especie de espectro. Ha perdido, con el sentido de la propriocepción, el anclaje orgánico fundamental de la identidad, al menos de esa identidad corporal, o «egocuerpo», que para Freud es la base del yo: «El ego es primero y ante todo un ego cuerpo.» Cuando hay trastornos profundos de la percepción del cuerpo o imagen del cuerpo se produce indefectiblemente una cierta despersonalización o desvinculación. Weir Mitchell comprendió esto, y lo describió insuperablemente, cuando trabajaba con pacientes amputados y con lesiones nerviosas durante la Guerra de Secesión estadounidense y decía en un famoso informe, seminovelado pero aun así el mejor, y fenomenológicamente el más preciso, de que disponemos, a través de su paciente-médico George Dedlow:

> Descubrí horrorizado que a veces tenía menos conciencia de mí mismo, de mi propia existencia, que antes. Esta sensación era tan insólita que al principio me desconcertaba profundamente. Sentía continuamente deseos de preguntarle a alguien si yo era de veras George Dedlow o no lo era; pero, como tenía clara conciencia de lo absurdo que parecería que preguntase algo así, me reprimí y no hablé de mi caso y me esforcé aún más por analizar mis sentimientos. Aquella convicción de que no era ya yo mismo resultaba a veces abrumadora y muy dolorosa. Era, en la medida en que puedo describirlo, una deficiencia del sentido egoísta de individualidad.

Christina tiene también esta sensación general (esta «deficiencia del sentido egoísta de individualidad») que ha decrecido con la adaptación, con el paso del tiempo. Y tiene también esa sensación de desencarnamiento específica, de base orgánica, que sigue siendo tan grave y misteriosa como cuando la sintió por vez primera. Esta sensación la tienen también los que han sufrido cortes transversales de la médula espinal... pero éstos están, claro, paralíticos; mientras que Christina, aunque «desencarnada», anda y se mueve.

Experimenta un alivio y una recuperación, breves y parciales, cuando recibe estímulos en la piel, sale fuera cuando puede, le encantan los coches descapotables, en los que puede sentir el aire en el cuerpo y en la cara (la sensación superficial, el roce leve, sólo está ligeramente deteriorado). «Es maravilloso», dice. «Siento el aire en los brazos y en la cara, y entonces sé, vagamente, que tengo *brazos y cara. No es lo que debería ser, pero es algo... levanta este velo mortal y horrible durante un rato.»*

Pero su situación es, y sigue siendo, una situación «wittgensteiniana». No sabe que «aquí hay una mano», su pérdida de propriocepción, su desaferentación, la ha privado de su base existencial, epistémica, y nada que pueda hacer o pensar alterará este hecho. No puede estar segura de su cuerpo... ¿qué habría dicho Wittgenstein en esta situación?

Christina ha triunfado y ha fracasado a la vez de un modo extraordinario. Ha conseguido alcanzar el obrar pero no el ser. Ha triunfado en una cuantía casi increíble en todas las adaptaciones que permiten la voluntad, el valor, la tenacidad, la independencia y la ductilidad de los sentidos y del sistema nervioso. Ha afrontado, afronta, una situación sin precedentes, ha luchado contra obstáculos y dificultades inconcebibles, y ha sobrevivido como un ser humano indomable, impresionante. Es uno de esos héroes anónimos, o heroínas, de la enfermedad neurológica.

Pero aún sigue y seguirá siempre enferma y derrotada. Ni todo el temple y el ingenio del mundo, ni todas las sustituciones o compensaciones que permite el sistema nervioso pueden modificar lo más mínimo su pérdida persistente y absoluta de la propriocepción, ese sexto sentido vital sin el cual el cuerpo permanece como algo irreal, desposeído.

La pobre Christina está «desmedulada» hoy, en 1985, igual que lo estaba hace ocho años y así seguirá el resto de su vida. Una vida sin precedentes. Es, que yo sepa, la primera en su género, el primer ser humano «desencarnado».

POSDATA

Christina tiene ya compañía. El doctor H. H. Schaumburg, que ha sido el primero que ha descrito el síndrome, me ha comunicado que están apareciendo gran número de pacientes en todas partes con neuropatías sensoriales graves. Los más afectados tienen alteraciones de la imagen del cuerpo como Christina. La mayoría son maniáticos de la salud, o víctimas de la moda de las megavitaminas, y han ingerido cantidades enormes de vitamina B6 (piridoxina). Así que hay ya unos centenares de hombres y mujeres «desencarnados», aunque la mayoría, a diferencia de Christina, pueden mejorar en cuanto dejen de envenenarse con piridoxina.

4. EL HOMBRE QUE SE CAYÓ DE LA CAMA

Hace muchos años, siendo yo estudiante de medicina, una de las enfermeras me llamó sumamente desconcertada, y me explicó por teléfono esta extraña historia: tenían un paciente nuevo, un joven, que acababa de ingresar aquella mañana; les había parecido muy agradable, muy normal, durante todo el día, en realidad hasta hacía unos minutos, en que, tras adormilarse un rato, se había despertado. Estaba muy nervioso, muy raro, no parecía el mismo. Se había caído de la cama, no se sabía cómo, y ahora estaba sentado en el suelo, dando voces y armando un verdadero escándalo, y se negaba a acostarse otra vez. ¿Podía, por favor, ir allí y resolver aquel problema?

Cuando llegué me encontré al paciente echado en el suelo junto a la cama mirándose fijamente una pierna. Había en su expresión cólera, alarma, desconcierto y cierta divertida curiosidad, pero lo que predominaba era el desconcierto, con un punto de consternación. Le pregunté si quería volver a acostarse, o si necesitaba ayuda, pero estas sugerencias parecieron alterarle y me hizo un gesto negativo. Me puse en cuclillas a su lado y fui sacándole la historia allí, echado en el suelo. Había ingresado aquella mañana para unas pruebas, me dijo. No tenía ningún problema, pero los neurólogos, al comprobar que tenía la pierna izquierda «holgazana» (ésa había sido la palabra exacta que habían utilizado) creyeron oportuno ingresarlo. Se había sentido perfectamente todo el día y al atardecer se había quedado adormilado. Cuando despertó se sentía bien también, hasta que se movió en la cama. Entonces descubrió, según sus propias palabras, «una pierna de alguien» en la cama..., *¡una pierna humana cortada,* era horrible! Al principio se quedó estupefacto, asombrado, acongojado..., jamás en su vida había experimentado, ni imaginado siquiera, algo tan increíble. Tanteó la pierna con cierta cautela. Parecía perfectamente formada, pero era «extraña» y estaba fría. De pronto tuvo una inspiración. Ya sabía lo que había pasado: *¡Era todo una broma!* ¡Una broma absolutamente monstruosa y disparatada pero bastante original! Era el día de Año Viejo y todo el mundo estaba celebrándolo. La mitad del personal andaba achispado; todos gastaban bromas, tiraban petardos; una escena de carnaval. Evidentemente una de las enfermeras que debía de tener un sentido del humor un tanto macabro se había introducido subrepticiamente en la Sala de Disección, había sacado de allí una pierna y luego se la había metido a él en la cama para gastarle una broma cuando estaba aún completamente dormido. Esta explicación le tranquilizó mucho; pero considerando que una broma es una broma y que aquélla se pasaba ya un poco de la raya, lanzó fuera de la cama aquella pierna condenada. Pero, y en este punto perdió ya el tono coloquial y se puso de pronto a temblar, se puso pálido, *cuando la tiró de la cama, sin explicarse cómo, cayó él también detrás de ella... y ahora la tenía unida al cuerpo.*

–¡Mírela! –chilló, con una expresión de repugnancia–. ¿Ha visto usted alguna vez algo tan horrible, tan espantoso? Yo creí que un cadáver estaba muerto y se acabó. ¡Pero esto es misterioso! Y no sé..., es espeluznante... ¡Parece como si la tuviera pegada!

La asió con las dos manos, con una violencia extraordinaria e intentó arrancársela del cuerpo y al no poder, se puso a aporrearla en un arrebato de cólera.

–¡Calma! –dije–. ¡Tranquilícese! ¡No se ponga así! No debe aporrear esa pierna de ese modo.

–¿Y por qué no? –preguntó irritado, agresivo.

–Porque esa pierna es suya –contesté–. ¿Es que no reconoce usted su propia pierna?

Me miró con una expresión en la que había estupefacción, incredulidad, terror y curiosidad a la vez, todo ello mezclado con una especie de recelo jocoso.

–¡Vamos, doctor! –dijo–. ¡Está usted tomándome el pelo! Está usted de acuerdo con esa enfermera..., ¡no deberían burlarse así de los pacientes!

–No estoy bromeando –le dije yo–. Esa pierna es suya.

Vio por mi expresión que hablaba completamente en serio y se pintó en su rostro una expresión de absoluto terror.

–¿Dice usted que es mi pierna, doctor? ¿No decía usted que ha de saber uno si una pierna es suya o no lo es?

–Desde luego que sí –contesté–. Uno debe saber si una pierna es suya o no. Me parece increíble que uno no sepa eso. ¿No será usted el que está de broma todo el rato?

–Le juro por Dios que no..., uno ha de reconocer su cuerpo, lo que es suyo y lo que no lo es..., pero esta pierna, esta *cosa* –otro estremecimiento de repulsión–, no parece una cosa buena, no parece real... y no *parece* parte de mí.

–¿Qué es lo que parece? –le pregunté lleno de desconcierto, porque por entonces yo estaba ya tan desconcertado como él.

–¿Qué es lo que parece? –repitió lentamente mi pregunta–. Yo le diré lo que parece. *No se parece a nada de este mundo.* ¿Cómo puede ser mía una cosa así? No sé de dónde puede venir esto...

Su voz se apagó. Parecía aterrado, lleno de estupor.

–Escuche –le dije–. Me parece que usted no se encuentra bien. Déjenos que volvamos a echarle en la cama, por favor. Pero quiero hacerle una última pregunta. Si esto, esta cosa, *no* es su pierna izquierda –él había dicho que era una «falsificación» en determinado momento de nuestra charla, y había expresado su asombro por el hecho de que alguien se hubiese molestado en «fabricar» un «facsímil»–, entonces ¿dónde *está* su pierna izquierda?

Volvió a ponerse pálido, tan pálido que creí que iba a desmayarse.

–No sé –dijo–. No tengo ni idea, ha desaparecido. No está. No la encuentro por ninguna parte...

POSDATA

Después de publicarse esta historia (en *Con una sola pierna,* 1984) recibí una carta de un eminente neurólogo, el doctor Michael Kremer, en la que me decía:

> Me pidieron que viese a un paciente muy extraño en el pabellón de cardiología. Tenía fibrilación atrial y había disuelto un gran émbolo que le producía una hemiplejia izquierda, y me pidieron que le viese porque se caía continuamente de la cama de noche y los cardiólogos no podían descubrir el motivo.
>
> Cuando le pregunté lo que pasaba de noche me dijo con toda claridad que cuando despertaba en plena noche se encontraba siempre con que había en la cama con él una pierna peluda, fría, muerta, y que eso era algo que no podía entender pero que no podía soportar y, en consecuencia, con el brazo y la pierna sanos la tiraba fuera de la cama y, naturalmente, el resto del cuerpo la seguía.
>
> Era un ejemplo tan excelente de pérdida completa de conciencia de una extremidad hemipléjica que no pude lograr que me explicara, es curioso, si su pierna de aquel lado estaba en la cama con él, a causa de lo obsesionado que estaba con aquella pierna ajena tan desagradable que había allí.

5. MANOS

Madeleine J. ingresó en el St. Benedict's Hospital, cerca de Nueva York, en 1980. Tenía sesenta años, ceguera congénita con parálisis cerebral y su familia la había cuidado en casa durante toda su vida. Con estos antecedentes y su patética condición (espasmodismo y atetosis, es decir, movimientos involuntarios de ambas manos, a lo que se añadía un fallo en el desarrollo de la vista) yo esperaba hallarla en un estado de retraso y regresión.

Pero no fue así, más bien lo contrario. Hablaba con fluidez, con elocuencia en realidad (el espasmodismo apenas si afectaba, afortunadamente, al habla), y resultó ser una mujer animosa de una cultura y una inteligencia excepcionales.

–Ha leído usted muchísimo –le dije–. Debe dominar muy bien el método Braille.

–No, nada de eso –dijo ella–. Todas mis lecturas me las han hecho otras personas..., eran libros hablados o me leía alguien. En realidad no conozco el Braille, no sé ni una palabra de él. No puedo hacer *nada* con las manos..., las tengo completamente inútiles.

Las alzó, despectiva.

–Son unas masas miserables e inútiles de pasta, ni siquiera las siento como parte de mí.

Esto me pareció muy sorprendente. La parálisis cerebral no suele afectar a las manos, o al menos no las afecta decisivamente: puede haber espasmos o debilidad o alguna deformación pero en general son de una utilidad considerable (a diferencia de las piernas, que pueden quedar completamente paralizadas, en esa variedad de la llamada enfermedad de Little o diplejía cerebral).

Las manos de la señorita J. eran *ligeramente* atetósicas y espasmódicas, pero su capacidad sensorial se hallaba completamente intacta, lo pude comprobar enseguida: identificó inmediata y correctamente el roce leve, el dolor, la temperatura, el movimiento pasivo de los dedos. No había trastorno alguno en la sensación elemental, en cuanto tal, pero había, en patente contraste, un profundísimo trastorno de la percepción. No era capaz de reconocer o identificar nada: le puse en las manos todo tipo de objetos, incluyendo una mano mía. No podía identificar y no exploraba; no había movimientos «interrogativos» activos de las manos: eran, ciertamente, tan inactivas, tan inertes, tan inútiles, como «masas de pasta».

Esto es muy extraño, me dije. No veo la explicación. No hay un «déficit» sensorial grave. Parece que sus manos tienen la capacidad potencial para ser unas manos absolutamente normales y sin embargo no lo son. ¿Es posible que sean superfluas («inútiles») porque no las haya utilizado nunca? ¿El hecho de que hubiese estado «protegida», «cuidada», «mimada» desde el nacimiento le habría impedido el uso exploratorio normal de las manos que todos los niños aprenden en los primeros meses de vida? ¿El que la hubiesen llevado siempre de un lado a otro los demás, el que se lo hubiesen hecho todo, había impedido que desarrollase unas manos normales? Y si era así (parecía insólito, pero era la única hipótesis que se me ocurría), ¿podría ahora, a los sesenta años, adquirir lo que debería haber adquirido en las primeras semanas y meses de vida?

¿Había algún precedente? ¿Se había descrito, o intentado, algo así alguna vez? No lo sabía, pero pensé inmediatamente en un posible paralelo: lo mencionaban Leont'ev y Zaporozhets en su libro *Rehabilitación de la función manual.* La condición que ellos describían era completamente distinta en origen: se trataba de una «alienación» similar de las manos en unos doscientos soldados después de heridas graves e intervención quirúrgica. Estos soldados sentían las manos heridas «extrañas», «sin vida», «inútiles», «encantadas», pese a que en los aspectos sensoriales y neurológicos elementales siguiesen intactas. Leont'ev y Zaporozhets indicaban que los «sistemas gnósticos» que permiten que se produzca la «gnosis» o uso perceptivo de las manos, podían «disociarse» en tales casos a consecuencia de las heridas, de la intervención quirúrgica y de un período subsiguiente de semanas o meses sin usarlas. En el caso de Madeleine, aunque el fenómeno era idéntico («inutilidad», «falta de vida», «alienación»), había durado toda una vida. Madeleine no sólo necesitaba recuperar las manos sino descubrirlas (adquirirlas, conseguirlas) por primera vez: tenía, no ya que recuperar un sistema gnóstico disociado, sino que construir, en primer lugar, un sistema gnóstico que nunca había tenido. ¿Era esto posible?

Los soldados heridos de Leont'ev y Zaporozhets tenían manos normales antes de las heridas. A ellos les bastaba con «recordar» lo que habían «olvidado», o «disociado», o «inactivado», por las graves heridas. Madeleine, por el contrario, no tenía ningún repertorio de recuerdos porque no había usado las manos nunca (y tenía la sensación de no *tener* manos) ni tampoco los brazos. Le habían dado siempre de comer, nunca había hecho por sí sola sus necesidades, nunca había intentado valerse ella, siempre había dejado que la ayudaran los demás. Se había comportado, durante sesenta años, como si fuese un ser sin manos.

Éste era pues el reto que afrontábamos: una paciente con sensaciones elementales perfectas en las manos pero sin poder alguno, al parecer, para integrar esas sensaciones como percepciones relacionadas con el mundo y con ella misma; que no podía decir: «percibo, reconozco, quiero, actúo», en relación con sus manos «inútiles». Pero de una manera u otra (como descubrieron Leont'ev y Zaporozhets con sus pacientes) había que conseguir que actuase y que utilizase las manos activamente y que al hacerlo así lograse, era nuestra esperanza, la integración: «La integración está en la acción», como dijo Roy Campbell.

Madeleine estaba muy contenta con todo esto, fascinada en realidad, pero desconcertada y desesperanzada a la vez.

–¿Cómo voy a poder hacer cosas con las manos –me preguntaba– si sólo son masas de pasta?

«En el principio es el acto», escribe Goethe. Esto puede ser cierto cuando lo que afrontamos son dilemas morales o existenciales, pero no donde tienen su origen el movimiento y la percepción. Sin embargo, también ahí hay siempre algo súbito: un primer paso (o una primera palabra, como cuando Helen Keller dijo «agua»), un primer movimiento, una primera percepción, un primer impulso, total, «llovido del cielo», donde antes no había nada o nada con sentido. «En el principio es el impulso.» No un acto, no un reflejo, sino un «impulso», que es al mismo tiempo más obvio y más misterioso... No podíamos decirle a Madeleine: «¡Hazlo!», pero podíamos esperar un impulso; podíamos esperarlo, podíamos pedirlo, podíamos provocarlo incluso...

Pensé en el niño que extiende las manos buscando el pecho de su madre.

–Pónganle a Madeleine la comida, como por casualidad, ligeramente fuera de su alcance de vez en cuando –les dije a las enfermeras que la atendían–. No la dejen pasar hambre, no la torturen, pero muestren menos solicitud de la habitual al darle de comer.

Y un buen día pasó lo que no había pasado nunca: impaciente, acuciada por el hambre, en vez de esperar pasiva y resignada, estiró un brazo, tanteó, cogió una rosca de pan, se la llevó a la boca. Fue su primer uso de las manos, su primer acto manual, en sesenta años, y señaló su nacimiento como «individuo motriz» (el término de Sherrington para el individuo que aflora a través de los actos). Constituía también su primera percepción manual y, por tanto, su nacimiento como «individuo perceptual» completo. Su primera percepción, su primer reconocimiento, fue de una rosca de pan, o «rosquedad», lo mismo que el primer reconocimiento de Helen Keller, su primera manifestación, fue el agua («agüedad»).

Tras este primer acto, esta primera percepción, el progreso fue sumamente rápido. Lo mismo que había extendido el brazo para examinar o tocar una rosca de pan, así ahora, espoleada por un hambre nueva, se lanzaba a explorar, a tocar, el mundo entero. Lo primero fue la comida, el tanteo, la exploración de implementos, recipientes y alimentos diversos. El «reconocimiento» tenía que lograrlo por medio de una especie de deducción o conjetura curiosamente indirecta, pues al haber permanecido ciega y «sin manos» desde el nacimiento, carecía de las imágenes internas más simples (mientras que Helen Keller tenía al menos imágenes táctiles). Si no hubiese tenido una cultura y una inteligencia excepcionales, con una imaginación aprovisionada y sostenida, digamos, con las imágenes de otros, con imágenes transmitidas por el lenguaje, por la palabra, podría haber seguido casi tan desvalida como un niño de pecho.

La rosca de pan la identificó como un pan redondo con un agujero en medio; un tenedor como un objeto plano alargado con varios dientes agudos. Pero luego este análisis preliminar dio paso a una intuición inmediata, y fue reconociendo los objetos instantáneamente como lo que eran, como inmediatamente familiares por su carácter y su «fisonomía», fue reconociéndolos inmediatamente como únicos, como «viejos amigos». Y este tipo de reconocimiento, no analítico sino sintético e inmediato, vino acompañado de un gozo intenso y de la sensación de que estaba descubriendo un mundo lleno de magia, de misterio, de belleza.

Los objetos más corrientes la llenaban de gozo..., la llenaban de gozo y estimulaban en ella el deseo de reproducirlos. Pidió barro y empezó a modelar figuras: la primera, su primera escultura, fue un calzador, y hasta él estaba imbuido en cierto modo de un humor y una fuerza extraños, con curvas sólidas, potentes, fluidas, que recordaban al primer Henry Moore.

Y luego (y esto fue un mes después de sus primeros reconocimientos) su atención, su aprecio, pasó de los objetos a la gente. El interés y las posibilidades expresivas de las cosas, aunque transfiguradas por una especie de genio inocente, ingenuo y a menudo cómico, tenían, después de todo, sus límites. Necesitaba explorar ahora la figura y el rostro de los seres humanos, en reposo y en movimiento. Ser «sentido» por Madeleine era una experiencia muy notable. Sus manos, hacía tan poco inertes, como pasta, parecían ahora cargadas de una sensibilidad y una animación inexplicables. No sólo te reconocía y te escudriñaba de un modo más intenso y penetrante que cualquier escrutinio visual, sino que te «saboreaba» y apreciaba, meditativa, imaginativa y estéticamente, un artista nato (y recién nacido). Tenías la sensación de que no sólo eran las manos de una mujer ciega que te exploraban sino de una artista ciega, una inteligencia reflexiva y creadora, recién abierta a la realidad sensorial y espiritual plena del mundo. Estas exploraciones perseguían también la representación y la reproducción como una realidad externa.

Madeleine empezó a modelar cabezas y figuras, y en un año era famosa en el lugar, como la Escultora Ciega de St. Benedict's. Sus esculturas solían ser de la mitad o tres cuartos del tamaño natural, con rasgos sencillos pero reconocibles y con una energía notablemente expresiva. Para mí, para ella, para todos nosotros, esto era una experiencia profundamente conmovedora, una experiencia asombrosa, milagrosa casi. ¿Quién habría podido imaginar que las capacidades básicas de percepción, que normalmente se adquieren en los primeros meses de vida pero que no se habían adquirido en este caso, pudiesen adquirirse a los sesenta años? Qué posibilidades maravillosas de aprendizaje tardío, y de aprendizaje de los impedidos, abría esto. ¿Y quién podría haber soñado que aquella mujer ciega y paralítica, marginada, desactivada, excesivamente protegida toda la vida, guardase en su interior el germen de una sensibilidad artística asombrosa (tan insospechada por ella como por los demás) que germinaría y florecería en una realidad extraña y bella, tras permanecer inactiva, malograda, durante sesenta años?

POSDATA

Pero pronto habría de descubrir que el caso de Madeleine J. no era algo único. Al cabo de un año me encontré con otro paciente (Simon K.) que tenía también parálisis cerebral unida a un trastorno profundo de la visión. Si bien el señor K. tenía fuerza y sensaciones normales en las manos, apenas las había usado... y era extraordinariamente torpe manejando, explorando o identificando las cosas. Como Madeleine J. nos había alertado ya, nos preguntamos si no tendría también él una «agnosia del desarrollo» similar... y sería, por tanto, «tratable» por el mismo procedimiento. Y pronto descubrimos que lo que se había conseguido en el caso de Madeleine podía conseguirse también en el de Simon. Al cabo de un año se había convertido en un individuo muy «habilidoso» en todos los sentidos, y disfrutaba sobre todo realizando tareas simples de carpintería, modelando bloques de madera y contrachapado y haciendo con ellos juguetes sencillos. No sentía el impulso de esculpir, de hacer reproducciones: no era un artista nato como Madeleine, pero, aun así, después de pasarse medio siglo prácticamente sin manos, gozaba de su uso de muchos modos diversos.

Esto resulta aún más notable, quizás, por el hecho de que Simon es medio retardado, una especie de simplón afectuoso, a diferencia de la apasionada y dotada Madeleine J. Podría decirse de ella que es extraordinaria, una Helen Keller, un caso de los que hay uno entre un millón... pero del bueno de Simon no podía decirse nada parecido. Y sin embargo el objetivo básico (el logro de las manos) resultó ser tan posible para él como para ella. Parece evidente que la inteligencia, en cuanto tal, no juega ningún papel en el asunto: que lo único esencial es el *uso*.

Estos casos de agnosia del desarrollo pueden ser raros, pero se ven frecuentemente casos de agnosia adquirida que testimonian ese mismo principio fundamental del uso. Yo examino a muchos pacientes con una neuropatía «guante-y-media» grave debida a diabetes. Si la neuropatía es lo bastante grave, los pacientes pasan de la sensación de adormecimiento (la sensación «guante-y-media») a una sensación de desvinculación o ausencia completa. Pueden sentirse «como un cesto» (como me decía uno de ellos) con las manos y los pies completamente «perdidos». A veces tienen la sensación de que los brazos y las piernas terminan en muñones, con masas de «pasta» o «yeso» pegadas. Lo normal es que esta sensación de desvinculación sea, si se produce, absolutamente súbita, y que la vuelta a la realidad, si se produce, sea súbita igualmente. Hay, digamos, un umbral crítico (funcional y ontológico). Es crucial conseguir que estos pacientes *usen* las manos y los pies..., incluso, en caso necesario, «engañarlos» para que lo hagan. Así es posible que se produzca una revinculación súbita, un súbito salto atrás hacia la realidad subjetiva y la «vida», siempre que haya potencial fisiológico suficiente (no es posible esta revinculación si la neuropatía es total, si las partes distales de los nervios están completamente muertas).

En el caso de pacientes que tengan una neuropatía grave pero no total, es literalmente vital un uso mínimo, que es lo que marca la diferencia entre ser un «cesto» y tener una actividad funcional razonable (el uso excesivo puede producir fatiga de la función nerviosa limitada y desvinculación súbita de nuevo).

Habría que añadir que estas sensaciones subjetivas tienen correspondencias objetivas precisas: hay «silencio eléctrico», localmente, en los músculos de las manos y los pies, y en el aspecto sensorial una ausencia total de «potenciales evocados» a todos los niveles hasta el córtex sensorial. En cuanto las manos y los pies se revinculan con el uso hay una inversión completa del cuadro fisiológico.

En el capítulo tres, «La dama desencarnada», se describe una sensación similar de amortecimiento e irrealidad.

6. FANTASMAS

Un «fantasma», en el sentido que utilizan el término los neurólogos, es un recuerdo o imagen persistente de una parte del cuerpo, normalmente una extremidad, durante meses o años después de su pérdida. Los fantasmas, ya conocidos en la antigüedad, fueron descritos y analizados con todo detalle por el gran neurólogo estadounidense Silas Weir Mitchell, durante la Guerra de Secesión y después de ella.

Weir Mitchell describió varios *tipos* de fantasmas: unos extrañamente espectrales e irreales (fue a éstos a los que él llamó «espectros sensoriales»); otros apremiantes, peligrosamente reales, incluso; otros intensamente dolorosos, otros (la mayoría) completamente indoloros; algunos fotográficamente exactos, como réplicas o facsímiles del miembro perdido, otros reducidos o deformados grotescamente..., y también «fantasmas negativos» o «fantasmas de ausencia». Explicó asimismo, con toda claridad, que en estos trastornos de «la imagen corporal» (el término lo introdujo Henry Head cincuenta años después) podían influir factores centrales (estimulación o lesión del córtex sensorial, sobre todo el de los lóbulos parietales) o periféricos (la condición del muñón nervioso o neuroma; lesión nerviosa, bloqueo nervioso o estimulación nerviosa; trastornos en raíces nerviosas espinales o en sistemas sensoriales de la médula). A mí me han interesado en especial estos determinantes periféricos.

Las piezas que siguen, extremadamente breves, anecdóticas casi, proceden de la sección «Curiosidades clínicas» del *British Medical Journal.*

DEDO FANTASMA

Un marinero perdió en un accidente el dedo índice de la mano derecha. Durante cuarenta años le persiguió el fantasma intruso de aquel dedo rígidamente extendido, como estaba cuando lo perdió. Siempre que acercaba la mano a la cara (para comer o para rascarse la nariz, por ejemplo) temía que el dedo fantasma le sacase un ojo. (Sabía que era imposible, pero la sensación era irreprimible.) Contrajo luego una neuropatía diabética sensorial grave y perdió toda sensación de poseer dedos. El dedo fantasma desapareció también.

Es bien sabido que un trastorno patológico central, como un ataque sensorial, puede «curar» un fantasma. ¿Con qué frecuencia tiene los mismos efectos un trastorno patológico periférico?

MIEMBROS FANTASMAS QUE DESAPARECEN

Todos los amputados, y todos los que trabajan con ellos, saben que es esencial un miembro fantasma para poder hacer uso de un miembro artificial. «Su valor para el amputado es enorme», escribe el doctor Michael Kremer. «Estoy completamente seguro de que ningún amputado con una extremidad inferior artificial puede caminar con ella satisfactoriamente hasta que le ha incorporado la imagen corporal. En otras palabras, el fantasma.»

La desaparición de un fantasma puede ser, por tanto, desastrosa y su recuperación, su reanimación, una cuestión acuciante. Puede conseguirse de modos muy diversos: Weir Mitchell explica cómo se «resucitó» súbitamente, con faradización del plexo braquial, una mano fantasma que llevaba veinticinco años perdida. Un paciente que está a mi cuidado me cuenta cómo ha de «despertar» a su fantasma por las mañanas: primero flexiona el muñón del muslo hacia él y luego le da un golpe seco con la mano varias veces («como a un bebé en el trasero»). Al quinto o sexto azote el fantasma se activa de pronto, reavivado, *fulgurado,* por el estímulo periférico. Sólo entonces puede ponerse la prótesis y caminar. ¿Qué otros extraños métodos (se pregunta uno) utilizan los amputados?

FANTASMAS POSICIONALES

Un buen día nos enviaron un paciente, Charles D., porque tropezaba, se caía y sufría vértigo... había habido sospechas infundadas de un trastorno en el laberinto. Un examen más detenido mostró claramente que lo que tenía no era vértigo ni mucho menos, sino una agitación de ilusiones posturales en continuo cambio. De pronto el suelo parecía alejarse, luego se acercaba, se inclinaba hacia delante, cabeceaba, daba sacudidas: según sus propias palabras, «como un barco en un mar agitado». En consecuencia también él se tambaleaba y se bamboleaba, *a menos que fijase la vista en los pies.* Necesitaba que la vista le indicase la verdadera posición de los pies y del suelo (el tacto había pasado a ser sumamente inestable y equívoco) pero a veces la sensación desbordaba incluso la visión, de modo que el suelo y los pies *parecían* inestables e inquietantes.

Pronto comprobamos que se trataba de un acceso agudo de *tabes* y (debido a que afectaba a la raíz dorsal) de una especie de delirio sensorial de «ilusiones propioceptivas» en fluctuación rápida. Todo el mundo conoce la etapa terminal clásica del *tabes,* en la que puede haber una virtual «ceguera» propioceptiva de las piernas. ¿Se han encontrado alguna vez los lectores con esta etapa intermedia, de ilusiones o fantasmas posturales, debidos a un delirio tabético agudo, y reversible?

La experiencia que refiere este paciente me recuerda una experiencia singular que yo mismo tuve, durante el proceso de *recuperación,* en un caso de escotoma propioceptivo. Aparece en *Con una sola pierna,* descrita del modo siguiente:

> Me sentí infinitamente inseguro, y tuve que mirar hacia abajo. Vi entonces cuál era el origen de aquella conmoción. Era mi pierna (o, mejor dicho, aquel chisme, aquel cilindro liso de tiza que me servía de pierna, aquella abstracción de pierna blanco tiza). El cilindro había pasado a tener cientos de metros de longitud, no era cuestión de dos milímetros; de pronto era grueso, luego delgado; se inclinaba hacia un lado, después hacia el otro. Cambiaba constantemente de tamaño y de forma, de posición y de ángulo, y los cambios se producían a un ritmo de cuatro o cinco por segundo. La gama de transformación y de cambio era inmensa: podía haber mil cambios entre «estructuras» sucesivas...

FANTASMAS: ¿VIVOS O MUERTOS?

Suele haber una cierta confusión en lo que se refiere a los fantasmas: si han de producirse o no; si son patológicos o no; si son «reales» o no lo son. La literatura científica es confusa, pero los pacientes no..., y aclaran la cuestión describiendo diferentes *tipos* de fantasmas.

Así, un hombre inteligente con una amputación por encima de la rodilla me explicó lo siguiente:

> Hay ese *chisme*, ese pie fantasma, que a veces me duele muchísimo... y se me curvan los dedos hacia arriba o sufren un espasmo. Es aún peor de noche, o cuando me quito la prótesis, o cuando estoy quieto y no hago nada. Se va en cuanto me pongo la prótesis y camino. Entonces siento aún la pierna, con toda claridad, pero es un fantasma *bueno*, diferente, anima la prótesis y me permite andar.

¿En el caso de este paciente, y de todos los demás, no es acaso el uso lo decisivo, para eliminar un fantasma «malo» (o pasivo o patológico), si existe, y también para mantener al fantasma «bueno» (es decir, la imagen o el recuerdo personal persistente del miembro) vivo, activo y bien, como es preciso?

POSDATA

Muchos pacientes con fantasmas (aunque no todos) sufren «dolor fantasma» o dolor en el fantasma. A veces este dolor tiene un carácter extraño, pero con frecuencia es un dolor bastante «normal», la persistencia de un dolor presente en el miembro con anterioridad o la aparición de un dolor que podría esperarse que apareciese si el miembro estuviese presente de verdad. A raíz de la publicación de este libro he recibido varias cartas fascinantes de pacientes sobre este asunto: uno de ellos me explica el desasosiego que le produce una uña del pie que se le mete en la carne, de la que no se había «cuidado» antes de la amputación, y que persiste años después de ésta; pero también de un dolor completamente distinto (un dolor insoportable de raíz o «ciática» en el fantasma) después de una «luxación de disco» aguda y que desapareció con la eliminación del disco y la fusión espinal. Estos problemas, que no son insólitos ni muchísimo menos, no son en modo alguno «imaginarios», y pueden investigarse en realidad por procedimientos neurofisiológicos.

Así, el doctor Jonathan Cole, que fue alumno mío y es hoy neurofisiólogo espinal, explica el caso de una mujer con dolor persistente en una pierna fantasma en que la anestesia del ligamento espinal con lidocaína logró que el fantasma quedase anestesiado (que desapareciese en realidad) por un breve período; pero la estimulación eléctrica de las raíces espinales produjo un dolor hormigueante agudo en el fantasma muy distinto del dolor sordo que solía producir éste; la estimulación de la médula espinal superior redujo el dolor fantasma *(comunicación personal).* El doctor Cole ha presentado también detallados estudios electrofisiológicos de un paciente con una polineuropatía sensorial de catorce años de duración, muy similar en diversos aspectos a Christina, la «dama desencarnada» (véase *Proceedings of the Physiological Society,* febrero 1986, pág. 51P).

7. A NIVEL

Hace ya nueve años que conocí al señor MacGregor, en la clínica neurológica de St. Dunstan's, una residencia de ancianos donde trabajé tiempo atrás, pero lo recuerdo (lo estoy viendo) como si fuese ayer.

–¿Qué le pasa a usted? –le pregunté, cuando entró, todo inclinado.

–¿Que qué me pasa? Nada... nada que yo sepa... Pero todos me dicen que me inclino hacia un lado: «Es usted como la torre inclinada de Pisa», me dicen. «Si se inclina un poco más, se cae.»

–¿Pero usted no tiene sensación de inclinarse?

–Yo me siento perfectamente. No entiendo qué quieren decir. ¿Cómo iba a estar inclinado y no saberlo?

–Parece un asunto un poco raro –coincidí–. Echemos un vistazo. Me gustaría que se levantase usted y diese un paseíto... me basta con que vaya hasta aquella pared y vuelva. Quiero comprobarlo yo personalmente, *y quiero que usted lo compruebe también.* Haremos un vídeo en que aparezca usted caminando y lo proyectaremos.

–De acuerdo, doctor –dijo, y tras un par de tentativas se puso de pie.

Qué viejecito tan simpático, pensé yo. Noventa y tres años y no aparenta más de setenta. Despierto, inteligente. Llegará a los cien. Y está como un roble. Aunque tenga la enfermedad de Parkinson. Se puso a caminar, muy seguro, de prisa, pero increíblemente escorado, veinte grados lo menos, el centro de gravedad desviado hacia la izquierda, manteniendo el equilibrio por el mínimo margen posible.

–¡Ya está! –dijo muy satisfecho–. ¡Ve! No hay ningún problema..., yo ando más recto que una columna.

–¿De veras, señor MacGregor? –dije yo–. Quiero que juzgue por sí mismo.

Rebobiné la cinta y la proyecté. Le impresionó muchísimo verse en la pantalla. Enarcó las cejas, abrió la boca y balbuceó:

–¡Maldita sea! –Y luego dijo–: Tienen razón, me inclino hacia un lado. Ahí lo veo muy claro, pero no he tenido ninguna sensación de estar inclinado. No lo *siento.*

–Eso es –dije–. Ése es el quid de la cuestión.

Tenemos cinco sentidos de los que nos gloriamos y que reconocemos y celebramos, sentidos que componen para nosotros el mundo sensible. Pero hay otros sentidos (sentidos secretos, sextos sentidos, si ustedes quieren) igualmente vitales pero que no reconocemos ni celebramos. Estos sentidos, inconscientes, automáticos, hubo que descubrirlos. Su descubrimiento fue, en realidad, históricamente tardío: lo que en el siglo pasado llamaban vagamente «sentido muscular» (la conciencia de la posición relativa del tronco y las extremidades, recibida de los receptores de las articulaciones y de los tendones) no llegó a definirse en realidad (y a llamarse «propriocepción») hasta la década de 1890. Y los controles y mecanismos tan complejos mediante los que se alinean adecuadamente y equilibran en el espacio nuestros cuerpos, ésos no se han definido hasta este siglo, y aún encierran muchos misterios. Es posible que sólo en esta era espacial, con los peligros y la libertad paradójica de una existencia sin gravedad, podamos apreciar verdaderamente nuestros oídos internos, nuestros vestíbulos y todos los demás reflejos y receptores misteriosos que estructuran el sentido de orientación del cuerpo. Para el hombre normal, en situaciones normales, simplemente no existen.

Su ausencia puede hacerse, sin embargo, bastante notoria. Si hay una sensación deficiente (o deformada) en nuestros descuidados sentidos secretos, lo que nos sucede es sumamente extraño, un equivalente casi incomunicable a estar ciego o sordo. Si la propriocepción queda absolutamente bloqueada, el cuerpo pasa a ser, digamos, ciego y sordo a sí mismo... y (como indica el significado de la raíz latina *proprius) deja* de «poseerse», de sentirse (véase «La dama desencarnada» del capítulo tres).

El anciano se quedó de pronto muy concentrado, las cejas fruncidas, los labios apretados. Se quedó inmóvil, pensando, ensimismado, ofreciendo un cuadro que me encanta: un paciente en el preciso instante en que descubre (medio intrigado, medio asombrado), en que se da cuenta por primera vez de cuál es exactamente el problema y, al mismo tiempo, qué es exactamente lo que hay que hacer. Ése *es* el momento terapéutico.

–Déjeme pensar, déjeme pensar –murmuró, medio para sí, frunciendo aún más las cejas y subrayando cada punto con unas manos fuertes y nudosas–. Déjeme pensar. Piense usted conmigo... ¡tiene que haber una solución! Yo me inclino hacia un lado y no puedo darme cuenta de que lo hago, ¿no? Tendría que tener alguna sensación, una señal clara, pero no la hay, ¿verdad?

Hizo una pausa y luego continuó.

–Yo fui carpintero –dijo, y se le iluminó la cara–. Utilizábamos siempre un nivel de burbuja para saber si una cosa estaba a nivel o no, o si estaba vertical o no lo estaba. ¿Hay algo así como un nivel de burbuja en el cerebro?

Asentí.

–¿Puede estropearlo la enfermedad de Parkinson?

Asentí otra vez.

–¿Es *eso* lo que me ha pasado a mí?

Asentí por tercera vez y le dije:

–Sí. Sí. Sí.

Al hablar de un nivel de burbuja, el señor MacGregor había dado con una analogía fundamental, una metáfora para un sistema básico de control que hay en el cerebro. Hay partes del oído interno que son de hecho físicamente (literalmente) como niveles; el laberinto está formado por canales semicirculares que contienen un líquido cuyo movimiento está constantemente controlado. Pero no eran estos canales, en cuanto tales, los fundamentalmente afectados; era más bien su capacidad para *utilizar* los órganos del equilibrio, en combinación con el sentido de sí mismo del cuerpo y con la imagen visual que tiene del mundo. El sencillo símbolo del señor MacGregor no sólo abarca el laberinto sino también la compleja *integración* de los tres sentidos secretos: el laberíntico, el propioceptivo y el visual. Y el parkinsonismo altera esta síntesis.

Los estudios más profundos (y prácticos) de estas integraciones (y de sus curiosas desintegraciones en el parkinsonismo) son los que hizo el insigne Purdon Martin, ya fallecido, y figuran en su admirable libro *The Basal Ganglia and Postures* (publicado en 1967 en primera edición, pero continuamente revisado y ampliado en los años siguientes; estaba terminando precisamente una nueva edición cuando falleció). Refiriéndose a esta integración, este integrador, del cerebro, Purdon Martin escribe: «Tiene que haber un centro o una "autoridad superior" en el cerebro, una especie de "controlador". Este controlador o autoridad superior debe tener información del estado de estabilidad o inestabilidad del cuerpo.»

En la sección dedicada a «reacciones de inclinación», Purdon Martin destaca esta triple contribución al mantenimiento de una posición estable y erguida, indica que el parkinsonismo altera su delicado equilibrio, y explica, en concreto, que «es habitual que se pierda antes el elemento laberíntico que el propioceptivo y el visual». Dice también de modo implícito que este triple sistema de control opera de modo que *un* sentido, *un* control, pueda compensar la ausencia de los otros..., no del todo (pues los sentidos difieren en su capacidad) pero sí en parte, al menos, y hasta un grado de utilidad. Los controles y reflejos visuales son quizás los menos importantes... normalmente. Mientras los sistemas vestibular y propioceptivo estén intactos, nos mantenemos en perfecto equilibrio con los ojos cerrados. No nos inclinamos ni nos caemos al cerrar los ojos. Pero al parkinsoniano, con su precario sentido del equilibrio, puede sucederle. (Es frecuente ver a pacientes de la enfermedad de Parkinson sentados en las posturas más exageradamente inclinadas, sin la menor conciencia de ello. Pero si se les proporciona un espejo, de modo que puedan ver su postura, se enderezan inmediatamente.)

La propriocepción puede compensar en una medida considerable deficiencias del oído interno. Así, pacientes que han sido privados quirúrgicamente del laberinto (se hace a veces para aliviar el vértigo angustioso e insoportable de la enfermedad de Ménière grave), aunque al principio no pueden tenerse de pie ni dar siquiera un paso, pueden aprender a utilizar y a *potenciar* maravillosamente la propriocepción; a usar, en concreto, los sensores de los enormes músculos *latissimus dorsi* de la espalda (la extensión muscular mayor y más móvil del cuerpo) como un órgano de equilibrio suplementario y nuevo, un par de enormes proprioceptores aliformes. Cuando los pacientes adquieren práctica, cuando se convierte en una segunda naturaleza, pueden tenerse en pie y caminar, no perfectamente pero sí con seguridad, tranquilidad y facilidad.

Purdon Martin derrochó una energía y un genio infinitos para proyectar toda una gama de mecanismos y de métodos destinados a que hasta los parkinsonianos más gravemente afectados llegasen a conseguir una normalidad en la postura y en el paso: líneas pintadas en el suelo, contrapesos en el cinturón, marcapasos con un tictac escandaloso para establecer la cadencia del paso. Aprendió para ello siempre de sus pacientes (a los que está dedicado además su gran libro). Fue un investigador profundamente humano, y en su medicina la comprensión y la colaboración fueron fundamentales: paciente y médico eran iguales entre ellos, estaban al mismo nivel, aprendían el uno del otro y se ayudaban uno a otro y se ayudaban *entre ellos* para llegar a nuevos descubrimientos y nuevos tratamientos. Pero no había inventado, que yo sepa, una prótesis para corregir la inclinación y los reflejos vestibulares superiores alterados, que era el problema que tenía el señor MacGregor.

–Así que es eso, eh –dijo el señor MacGregor–. No puedo usar el nivel de burbuja que tengo en la cabeza. No puedo utilizar los oídos, pero *puedo* utilizar los ojos.

Inclinó la cabeza hacia un lado, inquisitiva, experimentalmente, y añadió:

–Todo sigue igual así..., el mundo no se inclina.

Luego me pidió un espejo y le puse uno grande, con ruedas, delante.

–*Ahora* me veo inclinado –dijo–. *Ahora* puedo ponerme derecho... quizás así pudiese mantenerme derecho... Pero no puedo vivir entre espejos, ni llevar uno encima a todas partes.

Se puso a pensar de nuevo con muchísima concentración, el ceño fruncido... y de pronto se le iluminó la cara con una sonrisa.

–¡Ya está! –exclamó–. ¡Sí, doctor, ya lo tengo! No necesito espejo..., sólo necesito un nivel. No puedo servirme de los niveles de burbuja que hay *dentro* de la cabeza, pero puedo instalar uno *fuera* de la cabeza, un nivel que yo pueda ver, del que pueda servirme con la vista.

Se quitó las gafas, las manipuló pensativo, la sonrisa fue creciendo lentamente.

–Aquí, por ejemplo, en la montura de las gafas... Esto podría indicarme, indicar a mis ojos, si estoy inclinado o no lo estoy. Al principio me costaría trabajo, tendría que estar pendiente. Pero luego podría convertirse en algo automático. Bueno, doctor, ¿qué me dice usted?

–Me parece una idea inteligente, señor MacGregor. Intentémoslo.

El principio era claro, la realización práctica un tanto peliaguda. Experimentamos primero con una especie de péndulo, un hilo con un peso al extremo que colgaba de la montura de las gafas, pero estaba demasiado cerca de los ojos y apenas se veía. Luego, con ayuda de nuestro optometrista y del taller, hicimos un soporte que se prolongaba más o menos el doble de la longitud de la nariz partiendo del puente de las gafas, con un nivel horizontal en miniatura fijado a cada lado. Ensayamos varios modelos, que fueron todos ellos probados y modificados por el señor MacGregor. Al cabo de un par de semanas teníamos ya un prototipo, unas gafas de burbuja un poco estrambóticas: «¡Las primeras del mundo!», dijo el señor MacGregor, jubiloso y triunfal. Se las puso. Resultaban algo aparatosas y extrañas, pero poco más que las gafas con audífono que se hacían por entonces. Y empezó a verse en nuestra residencia un extraño espectáculo: el señor MacGregor con las gafas de burbuja que había inventado y construido, la mirada atenta y fija, como un timonel que examina la bitácora de su nave. La solución era válida en cierta medida, al menos el señor MacGregor dejó de inclinarse: pero era un ejercicio constante y agotador. Luego, a medida que pasaban las semanas fue haciéndose más fácil; mantener bajo control los «instrumentos» pasó a ser algo inconsciente; como controlar el cuadro de mandos del coche, mientras se charla, se piensa y se hacen otras cosas tranquilamente.

Las gafas del señor MacGregor causaron verdadero furor en el St. Dunstan's. Teníamos varios pacientes más con parkinsonismo que padecían también trastornos en los reflejos posturales y las reacciones de inclinación, un problema no sólo peligroso sino también notoriamente inmune a todo tratamiento. Pronto un segundo paciente, luego un tercero, llevaron las gafas de burbuja del señor MacGregor, y, como él, pudieron caminar derechos, a nivel.

8. ¡VISTA A LA DERECHA!

La señora S., una mujer inteligente de sesenta años, ha sufrido un grave ataque que afecta a las partes posteriores y más profundas del hemisferio cerebral derecho. Conserva plenamente la inteligencia... y el humor.

A veces se queja a las enfermeras de que no le han puesto el postre o el café en la bandeja. Cuando las enfermeras le explican: «Pero, señora S., lo tiene ahí, a la izquierda», parece no entender lo que le dicen, y no mira a la izquierda. Si tiene la cabeza ligeramente girada, de manera que resulte visible el postre para la mitad derecha intacta del campo visual, dice: «Vaya, pero si está ahí..., pues antes no estaba.» La señora S. ha perdido totalmente la noción de «izquierda», tanto por lo que se refiere al mundo como a su propio cuerpo. Se queja a veces de que las raciones son demasiado pequeñas, pero esto se debe a que sólo come de la mitad derecha del plato, no cae en la cuenta de que pueda haber también una mitad izquierda. A veces se pinta los labios y se maquilla la mitad derecha de la cara, olvidándose por completo de la izquierda: es casi imposible tratar estos problemas porque no hay modo de atraer su atención hacia ellos («Hemidesatención», véase Battersby, 1956) y no tiene ni idea de que existan. Lo sabe intelectualmente, y puede comprenderlo, y reírse; pero le es imposible saberlo de una forma directa.

Al saberlo intelectualmente, al saberlo por deducción, ha elaborado estrategias para resolverlo. No puede mirar a la izquierda, directamente, no puede girar a la izquierda, así que lo que hace es girar a la derecha... y hacer un círculo completo. Por eso solicitó, y se le facilitó, una silla de ruedas giratoria. Y ahora, si no puede encontrar algo que sabe que debería estar, gira a la derecha, haciendo un círculo, hasta que lo ve. Este procedimiento le parece notablemente práctico si no puede hallar el café o el postre. Si la ración le parece demasiado pequeña, se gira a la derecha, mirando en esa misma dirección, hasta que se hace visible la mitad que faltaba, entonces se la come, o se come más bien la mitad, y siente menos hambre que antes. Pero si aún tiene hambre, o piensa en el asunto y se da cuenta de que quizás haya visto sólo la mitad de la mitad perdida, realiza una segunda rotación hasta que ve el cuarto restante, y lo bisecciona de nuevo también. Suele bastar con esto (si echamos cuentas, se habrá comido ya las siete octavas partes de su ración) pero si lo considera necesario, si se siente particularmente hambrienta u obsesionada, da una tercera vuelta y se asegura otra dieciseisava parte de la ración (dejando en el plato, desde luego, el dieciseisavo restante, el de la izquierda).

–Es absurdo –dice–. Es como la flecha de Zenón..., nunca acabo de llegar. Puede parecer raro, pero ¿qué otra cosa puedo hacer, dadas las circunstancias?

En principio da la impresión de que le sería muchísimo más fácil girar el plato que girarse ella. La señora S. está de acuerdo en eso, y lo ha intentado, o intentó intentarlo, por lo menos. Pero le resulta absurdamente difícil, no es algo que se produzca de modo natural, mientras que girar en la silla lo es, porque su mirada, la atención, los impulsos y movimientos espontáneos, están así dirigidos todos, exclusiva e instintivamente, hacia la derecha.

A la señora S. le resultaban particularmente desagradables las burlas de que la hacían objeto cuando aparecía con sólo la mitad de la cara maquillada, el lado izquierdo absurdamente vacío de carmín y de colorete.

–Yo miro en el espejo –decía– y pinto todo lo que veo.

¿No sería posible, nos preguntamos, que tuviese un «espejo» con el que pudiese ver el lado izquierdo de la cara por la derecha? Es decir, tal como la vería otra persona situada delante de ella. Probamos un sistema de vídeo, con la cámara y el monitor enfocados hacia ella y los resultados fueron chocantes y extraños. Utilizando como «espejo» la pantalla de vídeo, veía el lado izquierdo de la cara a la derecha, una experiencia desconcertante hasta para una persona normal (como muy bien sabe todo el que haya intentado afeitarse utilizando una pantalla de vídeo), y doblemente desconcertante, inquietante, para ella, porque para la señora S. el lado izquierdo de su rostro y de su cuerpo, el que veía ahora, no le transmitía ninguna sensación, no tenía para ella existencia, debido al ataque.

–¡Quítenme eso de ahí! –gritó, muy alterada y desconcertada, así que no investigamos más por esa vía. Es una lástima porque, como plantea también R. L. Gregory, esas formas de retroacción videográfica podrían ser muy fructíferas para estos pacientes con hemidesatención y extinción del hemicampo izquierdo. El asunto es tan desconcertante físicamente, metafísicamente incluso, que sólo la experimentación nos puede guiar.

POSDATA

Los ordenadores y los juegos informáticos (no asequibles en 1976, cuando yo trataba a la señora S.) pueden ser también de incalculable valor para pacientes con olvido unilateral en el control de la mitad «perdida», o para enseñarles a hacerlo por sí solos; yo he hecho recientemente (1986) un corto sobre este asunto.

En la primera edición de este libro no pude aludir a una obra muy importante que se publicó casi simultáneamente: *Principles of Behavioral Neurology* (Filadelfia, 1985), del que es compilador M. Marsel Mesulam. No puedo evitar la tentación de incluir aquí la elocuente formulación del «olvido» que hace Mesulam:

> Cuando el olvido es grave, el paciente puede actuar casi como si hubiese dejado de existir súbitamente en cualquier forma significativa una mitad del universo... Los pacientes con olvido unilateral actúan no sólo como si no pasase nada en realidad en el hemiespacio izquierdo, sino también como si no pudiese esperarse que fuese a suceder algo importante allí.

9. EL DISCURSO DEL PRESIDENTE

¿*Qué* pasaba? Carcajadas estruendosas en el pabellón de afasia, precisamente cuando transmitían el discurso del Presidente. Habían mostrado todos tantos deseos de oír hablar al Presidente...

Allí estaba, el viejo Encantador, el Actor, con su retórica habitual, el histrionismo, el toque sentimental... y los pacientes riéndose a carcajadas convulsivas. Bueno, todos no: los había que parecían desconcertados, y otros como ofendidos, uno o dos parecían recelosos, pero la mayoría parecían estar divirtiéndose muchísimo. El Presidente conmovía, como siempre, a sus conciudadanos, pero los movía, al parecer, más que nada, a reírse. ¿Qué podían estar pensando los pacientes? ¿No le entenderían? ¿Le entenderían, quizás, demasiado bien?

Solía decirse de estos pacientes que, aunque inteligentes, padecían la afasia global o receptiva más grave –la que incapacita para entender las palabras en cuanto tales–, que a pesar de eso entendían la mayor parte de lo que se les decía. A sus amistades, a sus parientes, a las enfermeras que los conocían bien, les resultaba difícil creer a veces que *fuesen* afásicos.

Esto se debía a que si les hablabas con naturalidad captaban una parte o la mayoría del significado. Y, naturalmente, uno habla «naturalmente».

En consecuencia, el neurólogo tenía que esforzarse muchísimo para demostrar su afasia, hablar y actuar no-naturalmente, para eliminar todas las claves extraverbales, el tono de voz, la entonación, la inflexión o el énfasis indicadores, y además todas las claves visuales (expresiones, gestos, actitud y repertorio personales, predominantemente inconscientes); había que eliminar todo esto (lo que podía entrañar ocultamiento total de la propia persona y despersonalización total de la propia voz, teniendo que llegar incluso a servirse de un sintetizador de voz electrónico) con objeto de reducir el habla a las puras palabras, sin rastro siquiera de lo que Frege llamó «colorido de timbre» *(Klangenfarben)* o «evocación». Sólo con este género de habla groseramente artificial y mecánica (bastante parecida a la de los ordenadores de la serie de televisión *Star Trek)* podía estar uno plenamente seguro, con los pacientes más sensibles, de que padecían afasia de verdad.

¿Por qué todo esto? Porque el habla (el habla natural) no consiste sólo en palabras ni (como pensaba Hughlings Jackson) sólo en «proposiciones». Consiste en *expresión* (una manifestación externa de todo el sentido con todo el propio ser), cuya comprensión entraña infinitamente más que la mera identificación de las palabras. Ésta era la clave de aquella capacidad de entender de los afásicos, aunque no entendiesen en absoluto el sentido de las palabras en cuanto tales. Porque, aunque las palabras, las construcciones verbales, no pudiesen transmitir nada, *per se,* el lenguaje hablado suele estar impregnado de «tono», engastado en una expresividad que excede lo verbal, y es esa expresividad, precisamente, esa expresividad tan profunda, tan diversa, tan compleja, tan sutil, lo que se mantiene intacto en la afasia, aunque desaparezca la capacidad de entender las palabras. Intacto, y a menudo más: inexplicablemente potenciado.

Esto es algo que captan claramente (con frecuencia del modo más chocante o cómico o espectacular) todos los que trabajan o viven con afásicos: familiares, amistades, enfermeras, médicos. Puede que al principio no nos fijemos mucho; pero luego vemos que ha habido un gran cambio, casi una inversión, en su comprensión del habla. Ha desaparecido algo, está destruido, no hay duda... pero hay otra cosa, en su lugar, inmensamente potenciada, de modo que (al menos en la expresión cargada de emotividad) el paciente puede captar plenamente el sentido aunque no capte ni una sola palabra. Esto, en nuestra especie *Homo loquens,* parece casi una inversión del orden habitual de las cosas: una inversión, y quizás también una reversión, a algo más primitivo y más elemental. Quizás sea por esto por lo que Hughlings Jackson comparó a los afásicos con los perros (¡una comparación que podría ofender a ambos!), aunque cuando lo hizo pensaba más que nada en sus deficiencias lingüísticas, y no en esa sensibilidad tan notable, casi infalible, para apreciar el «tono» y el sentimiento. Henry Head, más sensible a este respecto, habla de «tono-sentimiento» en su tratado sobre la afasia (1926) y destaca cómo se mantiene, y con frecuencia se potencia, en los afásicos.[1]

De ahí la sensación que yo tengo a veces, que tenemos todos los que trabajamos en estrecho contacto con afásicos, de que a un afásico no se le puede mentir. El afásico no es capaz de entender las palabras, y precisamente por eso no se le puede engañar con ellas; ahora bien, él lo que capta lo capta con una precisión infalible, y lo que capta es esa *expresión* que acompaña a las palabras, esa expresividad involuntaria, espontánea, completa, que nunca se puede deformar o falsear con tanta facilidad como las palabras...

Comprobamos esto en los perros, y los utilizamos muchas veces con este fin, para desenmascarar la falsedad, o la mala intención, o las intenciones equívocas, para que nos indiquen de quién se puede uno fiar, quién es íntegro, quién es de confianza, cuando, debido a que somos tan susceptibles a las palabras, no podemos fiarnos de nuestros instintos.

Y lo que un perro es capaz de hacer en este campo, son capaces de hacerlo también los afásicos, y a un nivel humano e inconmensurablemente superior. «Se puede mentir con la boca», escribe Nietzsche, «pero la expresión que acompaña a las palabras dice la verdad.» Los afásicos son increíblemente sensibles a esa expresión, a cualquier falsedad o impropiedad en la actitud o la apariencia corporal. Y si no pueden verlo a uno (esto es especialmente notorio en el caso de los afásicos ciegos) tienen un oído infalible para todos los matices vocales, para el tono, el timbre, el ritmo, las cadencias, la música, las entonaciones, inflexiones y modulaciones sutilísimas que pueden dar (o quitar) verosimilitud a la voz de un ser humano.

En eso se fundamenta, pues, su capacidad de entender. Entender, sin palabras, lo que es auténtico y lo que no. Eran, pues, las muecas, los histrionismos, los gestos falsos y, sobre todo, las cadencias y tonos falsos de la voz, lo que sonaba a falsedad para aquellos pacientes sin palabras pero inmensamente perceptivos. Mis pacientes afásicos reaccionaban ante aquellas incorrecciones e incongruencias tan notorias, tan grotescas incluso, porque no los engañaban ni podían engañarlos las palabras.

Por eso se reían tanto del discurso del Presidente.

Si uno no puede mentirle a un afásico, debido a esa sensibilidad suya tan peculiar para la expresión y el «tono», ¿cómo es, podríamos preguntarnos, qué pasará con los pacientes (si los hay) que *carezcan* totalmente del sentido de la expresión y el «tono», aunque conserven, intacta, la capacidad de entender las palabras, pacientes de un tipo exactamente opuesto? Tenemos también pacientes de este tipo en el pabellón de afasia, a pesar de que, técnicamente, no tengan afasia, sino, por el contrario, una forma de *agnosia,* concretamente la llamada agnosia «tonal». En el caso de estos pacientes lo que desaparece es la capacidad de captar las cualidades expresivas de las voces (el tono, el timbre, el sentimiento, todo su carácter) mientras que se entienden perfectamente las palabras (y las construcciones gramaticales). Estas agnosias tonales o («aprosodias») siguen a trastornos del lóbulo temporal *derecho* del cerebro, y las afasias a los del lóbulo temporal *izquierdo.*

Entre los pacientes con agnosia tonal de nuestro pabellón de afasia que escuchaban también el discurso del Presidente, se encontraba Emily D., que tenía un glioma en el lóbulo temporal derecho. Emily D., que había sido profesora de inglés y poetisa de una cierta fama, con una sensibilidad muy especial para el lenguaje, y gran capacidad de análisis y de expresión, pudo explicar la situación opuesta: lo que le parecía el discurso del Presidente a una persona con agnosia tonal. Emily D. no podía captar ya si había cólera, alegría o tristeza en una voz... Y como las voces carecían de expresión, tenía que fijarse en las caras, las posturas y los movimientos de las personas cuando hablaban, y lo hacía dedicándoles una atención, una concentración, que nunca les había dedicado. Pero daba la casualidad de que también en esto se veía limitada, porque tenía un glaucoma maligno y estaba perdiendo vista muy rápidamente.

Entonces descubrió que lo que tenía que hacer era prestar muchísima atención al sentido preciso de las palabras y de su uso, y procurar que las personas con las que se relacionaba hiciesen exactamente lo mismo. Cada día que pasaba le era más difícil entender el lenguaje desenfadado, el argot (el lenguaje de género alusivo o emotivo) y pedía cada vez más a sus interlocutores que hablasen en *prosa,* «que dijesen las palabras exactas en el orden exacto». Con la prosa descubrió que podría compensar, en cierta medida, la pérdida del tono o del sentimiento.

De este modo podía conservar, potenciar incluso, el uso del lenguaje «expresivo» (en el que el sentido lo aportaban únicamente la elección y la relación exactas de las palabras) a pesar de que fuese perdiendo la capacidad para entender lenguaje «evocativo» (en el que el significado sólo viene dado por la clase y el sentido del tono).

Emily D. oyó también, impasible, el discurso del Presidente, afrontándolo con una extraña mezcla de percepciones potenciadas y disminuidas... precisamente la contraria de la de nuestros afásicos. El discurso no la conmovió (ningún discurso la conmovía ya) y se le pasó por alto todo lo que pudiese haber en él de evocativo, genuino o falso. Privada de reacción emotiva, ¿la conmovió, pues (como a todos nosotros) o la engañó el discurso?

–No es convincente –dijo–. No habla buena prosa. Utiliza las palabras de forma incorrecta. O tiene una lesión cerebral o nos oculta algo.

Así que el discurso del Presidente no tuvo eficacia en el caso de Emily D. debido a su sentido potenciado del uso formal del lenguaje, de su coherencia como prosa, igual que no lo tuvo con nuestros afásicos, sordos a las palabras pero con una mayor sensibilidad para el tono.

Ésa era, pues, la paradoja del discurso del Presidente. A nosotros, individuos normales... con la ayuda, indudable, de nuestro deseo de que nos engañaran, se nos engañaba genuina y plenamente *(«Populus vult decipi, ergo decipiatur»).* Y el uso engañoso de las palabras se combinaba con el tono engañoso tan taimadamente que sólo los que tenían lesión cerebral permanecían inmunes, desengañados.

Segunda parte

Excesos

INTRODUCCIÓN

Como ya hemos dicho, «déficit» es un término favorito de la neurología... el único, en realidad, para indicar cualquier trastorno de función. O bien la función es normal (como un condensador o un fusible), o bien es deficiente o incompleta: ¿Qué otra posibilidad *hay* en una neurología mecanicista, que es básicamente un sistema de capacidades y de conexiones?

¿Qué decir pues de lo contrario, de un exceso o superabundancia en la función? La neurología no tiene ningún término para designar esto, porque no tiene ni concepto siquiera. Una función, o un sistema funcional, opera o no opera: ésas son las únicas posibilidades admisibles. Por tanto, una enfermedad que es «efervescente» o «fructífera» por su carácter desafía los conceptos básicos mecanicistas de la neurología, y ése es sin duda uno de los motivos por los que tales trastornos (pese a ser corrientes, importantes e intrigantes) no han recibido nunca la atención que merecen. La reciben en psiquiatría, donde se habla de trastornos estimuladores y fructíferos, extravagancias de la fantasía, del impulso, manías. Y la reciben en anatomía y en patología, donde se habla de hipertrofias, monstruosidades, de teratomas. Pero la fisiología no tiene equivalente alguno de estos fenómenos, no tiene nada equivalente a las monstruosidades o manías. Y ya esto solo nos indica que la noción o la concepción básica que tenemos del sistema nervioso (como si se tratase de una máquina o un ordenador) es fundamentalmente impropia y ha de complementarse con concepciones más dinámicas, más vivas.

Esta impropiedad fundamental quizás no resulte evidente cuando consideramos únicamente pérdidas la privación de funciones que analizamos en la Primera parte. Pero se hace notoria de modo inmediato cuando abordamos los excesos, no la amnesia sino la hipermnesia; no la agnosia sino la hipergnosia; y todos las demás «hiper» que podamos concebir.

La neurología «jacksoniana» clásica no tiene nunca en cuenta esos trastornos de exceso, es decir, la superabundancia primaria o efervescencia en las funciones (frente a las llamadas «desconexiones»). Bien es verdad que el propio Hughlings Jackson habla de estados «hiperfisiológicos» y «superpositivos», pero cuando lo hace podríamos decir que se deja ir un poco, que divaga o que se limita simplemente a ser fiel a la experiencia clínica, aunque contradiga sus propias concepciones mecanicistas de la función (estas contradicciones eran características de su genio, del abismo que había entre su naturalismo y su formalismo rígido).

Tenemos que llegar prácticamente al día de hoy para hallar un neurólogo que acepte *considerar al* menos un exceso. Así, las dos biografías clínicas de Luria están magníficamente equilibradas: *El hombre con un mundo destrozado* trata de una pérdida, *La mente de un mnemonista* de un exceso. A mi modo de ver la segunda es muchísimo más interesante y original que la primera, porque constituye, en realidad, una investigación de la imaginación y de la memoria (y una investigación de este género no cabe en la neurología clásica).

En *Despertares* había una especie de equilibrio interno entre las terribles limitaciones que se manifestaban antes de la aplicación de la L-Dopa (aquinesia, abulia, adinamia, anergia, etcétera) y los excesos casi igual de terribles que desencadenaba la administración de la L-Dopa (hiperquinesia, hiperbulia, hiperdinamia, etcétera).

Y vemos surgir así una nueva especie de término, de términos y conceptos distintos de los de función (impulso, voluntad, dinamismo, energía), términos fundamentalmente cinéticos y dinámicos, mientras que los de la neurología clásica son fundamentalmente estáticos. Y, en la mente de un mnemonista, vemos cómo actúan dinamismos de un orden mucho más elevado: el empuje de una imaginería y una asociación casi incontrolables y en un proceso de crecimiento constante, un desarrollo monstruoso del pensamiento, algo así como un teratoma de la mente, al que el propio mnemonista denomina un «ello».

Pero el término «ello» o automatismo, es también demasiado mecánico. «Crecimiento» transmite mejor el carácter inquietantemente vivo del proceso. En el mnemonista (en mis pacientes hiperactivados, galvanizados por la L-Dopa) vemos una especie de animación que se vuelve extravagante, monstruosa o loca, no se trata de un simple exceso sino de una germinación, una proliferación orgánica; no es sólo un desequilibrio, un desorden de la función, es un desorden de generación.

En un caso de amnesia o agnosia podríamos pensar que sólo hay una función o una actitud deficiente... pero en los pacientes con hipermnesias e hipergnosias vemos que mnesis y gnosis son intrínsecamente activas, y generativas, de un modo continuo; intrínsecamente y (potencialmente) también monstruosamente. Nos vemos obligados, pues, a pasar de una neurología de la función a una neurología de la acción, de la vida. A este paso crucial nos fuerzan las enfermedades del exceso, y sin hacerlo no podemos empezar a investigar la «vida de la mente». La neurología tradicional, con su mecanicismo, su insistencia en los déficits, nos oculta la vida real que es instinto en todas las funciones cerebrales, al menos las funciones superiores como las de la imaginación, la memoria y la percepción. Nos oculta la propia vida de la mente. Será de estas disposiciones vivas (y con frecuencia sumamente personales) de la mente y el cerebro, sobre todo en un estado de actividad potenciada, y por tanto iluminada, de las que nos ocuparemos ahora.

La potenciación no sólo incluye la posibilidad de una exuberancia y una plenitud sanas, sino de una monstruosidad, una aberración, una extravagancia que resultan más bien amenazadoras, el género de «exceso» que acechaba continuamente en *Despertares,* cuando los pacientes, hiperexcitados, tendían a la desintegración y al descontrol; un exceso de impulso, de imagen y de voluntad; la posesión (o desposesión) por una fisiología enloquecida.

Este peligro se halla enraizado en la misma naturaleza del desarrollo y de la vida. El desarrollo puede convertirse en hiperdesarrollo, la vida en «hipervida». Todos los estados «hiper» pueden convertirse en monstruosos, en aberraciones perversas, en estados «para»: la hiperquinesia tiende a la paraquinesia (movimientos anormales, corea, tics); la hipergnosia se hace fácilmente paragnosia (perversiones, apariciones, de los sentidos mórbidamente exaltados); los ardores de los estados «hiper» pueden convertirse en pasiones violentas.

La paradoja de una enfermedad que puede presentarse como bienestar (como una sensación maravillosa de bienestar y de salud, y no revelar hasta después sus potencialidades malignas) es una de las ilusiones, trucos e ironías de la naturaleza. Y ha fascinado a muchos artistas, sobre todo a los que equiparan el arte con la enfermedad: es éste un tema (dionisíaco, venusino y fáustico al mismo tiempo) que aparece una y otra vez en Thomas Mann, desde las febriles alturas tuberculosas de *La montaña mágica* hasta las inspiraciones espiroquéticas de *Doctor Fausto* y la malignidad afrodisíaca de su último relato, *El cisne negro.*

Me han intrigado siempre estas ironías, y no es la primera vez que escribo sobre ellas. En *Migraña* hablaba de la sensación de plenitud que puede preceder a los ataques, o constituir su iniciación, y citaba lo que decía George Eliot de que sentirse «peligrosamente bien» solía ser, en su caso, indicio o presagio de un ataque. «Peligrosamente bien», qué ironía encierra esta expresión: refleja con toda exactitud la duplicidad, la paradoja, del sentirse «demasiado bien».

Porque «sentirse bien» no es, claro está, motivo de queja... en eso uno se goza, disfruta, es algo que está en el polo opuesto a la queja. Nos quejamos de sentirnos mal, no de sentirnos bien. Salvo que, como en el caso de George Eliot, tenga uno algún indicio de «malignidad», de peligro, por conocimiento o por asociación, o del propio exceso del exceso. Así, aunque sea difícil que un paciente se queje de encontrarse «muy bien», puede inquietarse un poco si se siente «demasiado bien».

Éste era el tema básico, y (digamos) cruel, de *Despertares,* el que pacientes profundamente enfermos, con los déficits más profundos, durante varias décadas, pudieran encontrarse, como por un milagro, bien de pronto, sólo para pasar de ahí a los peligros, a las tribulaciones del exceso, de funciones estimuladas mucho más allá de los límites «admisibles». Algunos pacientes comprendían esto, tenían premoniciones, pero otros no. Así, Rose R. decía, en la exaltación y el júbilo iniciales de la salud recuperada: «¡Es fabuloso, es magnífico!», pero al precipitarse las cosas hacia el descontrol decía ya: «Esto no puede durar, se avecina algo horrible.» Y de una forma similar, con mayor o menor penetración, en casi todos los demás, como en el caso de Leonard L., cuando pasó del hartazgo al exceso: «Su abundancia de salud y energía (de "gracia", como decía él) se hizo *demasiado* abundante y empezó a adquirir un cariz extravagante. Después de un sentimiento de armonía, de un control fácil y cómodo vino una sensación de que aquello era *demasiado,* un enorme excedente, una gran *presión»* que amenazaba con desintegrarlo, con hacerlo pedazos.

Ésa es la aflicción y el don simultáneos, el deleite, la angustia, que otorga el exceso. Y los pacientes avisados lo viven como algo dudoso y paradójico: «Tengo demasiada energía», decía una paciente aquejada por el síndrome de Tourette. «Es demasiado brillante todo, demasiado potente, demasiado. Es una energía febril, una brillantez mórbida.»

«Bienestar peligroso», «brillantez mórbida», una euforia engañosa con abismos detrás, *ésta* es la trampa con que el exceso promete y amenaza, ya sea la naturaleza quien lo aporte o nosotros en forma de agente tóxico, o de una adicción estimulante.

Los dilemas humanos son, en esas situaciones, de un género fuera de lo común: los pacientes se enfrentan aquí al trastorno como seducción, algo que se aleja del tema tradicional de la enfermedad como sufrimiento o aflicción, y que es bastante más equívoco. Y nadie, absolutamente nadie, es inmune a esta extravagancia, a esas indignidades. En los trastornos del exceso puede haber una especie de connivencia, en la que el yo se va alineando más y más y se identifica con la enfermedad, de modo que parece perder al final toda existencia independiente, y ser sólo un producto del trastorno. Este *miedo* lo expresa en el capítulo 10 muy bien Ray, el *ticqueur,* cuando dice: «Sólo soy tics, no hay nada más», o cuando imagina un tumor mental (un «tourettoma») capaz de absorberlo. Él, con un yo muy sólido, y un síndrome de Tourette relativamente leve, no corría, en realidad, ese peligro. Pero los pacientes con egos débiles o subdesarrollados aquejados por enfermedades de una potencia abrumadora, corren un peligro muy real de acabar siendo víctimas de esa «posesión» o «desposesión». No hago más que rozar levemente este tema en «Los poseídos».

10. RAY, EL «TICQUEUR» INGENIOSO

Gilles de la Tourette, alumno de Charcot, describió el asombroso síndrome que hoy lleva su nombre en 1885. El «síndrome de Tourette», como se le denominó inmediatamente, se caracteriza por un exceso de energía nerviosa y una gran abundancia y profusión de ideas y movimientos extraños: tics, espasmos, poses peculiares, muecas, ruidos, maldiciones, imitaciones involuntarias y compulsiones de todo género, con un humor extraño y juguetón y una tendencia a juegos de carácter extravagante y bufonesco. En sus formas «superiores», el síndrome de Tourette afecta a todos los aspectos de la vida instintiva, imaginativa y afectiva; en sus formas «inferiores», y quizás más comunes, puede haber poco más que impulsividad y movimientos anormales, aunque aparezca, incluso en este caso, un elemento de rareza. Este síndrome fue perfectamente identificado y minuciosamente descrito en los últimos años del siglo pasado, que fueron años de una neurología amplia que no vacilaba en unir lo orgánico y lo psíquico. Para Tourette y sus colegas era evidente que este síndrome constituía algo así como una posesión del individuo por instintos e impulsos primitivos: pero también que se trataba de una posesión con una base orgánica, de un trastorno neurológico muy definido, aunque todavía por descubrir.

En los años que siguieron inmediatamente a la publicación de los primeros artículos de Tourette se detallaron varios centenares de casos de este síndrome: nunca se hallaron, sin embargo, dos casos que fueran exactamente iguales: se hizo evidente que había formas suaves y benignas y que había otras de una violencia y un carácter grotesco terribles. Asimismo, se hizo patente que ciertas personas podían «tomar» el síndrome de Tourette y acomodarlo dentro de una personalidad flexible, beneficiándose incluso de la rapidez de pensamiento, asociación e inventiva que lo acompañaba, mientras que otros podían verdaderamente quedar «poseídos», virtualmente incapacitados para conservar una verdadera identidad en medio del caos y la presión terribles de los impulsos tourétticos. Había siempre, como indicaba Luria en el caso de su mnemonista, una lucha entre un «Ello» y un «Yo».

Charcot y sus discípulos, entre los que figuran Freud y Babinski además de Tourette, fueron de los últimos en su profesión que tuvieron una visión conjunta de cuerpo y alma, «ello» y «yo», neurología y psiquiatría. En el cambio de siglo se produjo una escisión entre una neurología sin alma y una psicología sin cuerpo, y desapareció con ello cualquier posibilidad de aclarar el síndrome de Tourette. En realidad pareció desaparecer el propio síndrome, apenas si se habló de él en la primera mitad de este siglo. En realidad algunos médicos lo consideraban como una cosa «mítica», un producto de la fértil imaginación de Tourette; pero la mayoría no habían oído hablar de él siquiera. Estaba tan olvidado como la gran epidemia de enfermedad del sueño de la década de 1920.

El olvido de la enfermedad del sueño *(encephalitis lethargica)* y el olvido del síndrome de Tourette tienen mucho en común. Ambos trastornos eran extraordinarios y de una rareza increíble, al menos para una medicina de criterios estrechos. Como no podían encajar en los esquemas convencionales de la ciencia médica fueron olvidados y «desaparecieron» misteriosamente. Pero hay una conexión mucho más íntima, que ya se vislumbró por la década de 1920, en las formas hipercinéticas o frenéticas que adopta a veces la enfermedad del sueño: los pacientes solían manifestar, al principio de su enfermedad, una agitación creciente de la mente y el cuerpo, movimientos violentos, tics, compulsiones de todo tipo. Poco después, se apoderaba de ellos un sino contrario, un «sueño» similar al trance que lo abarcaba todo, en el que yo los encontré cuarenta años más tarde.

En 1969 administré L-Dopa a estos pacientes de la enfermedad del sueño o posencefalitis. La L-Dopa, un precursor de la dopamina transmisora, cuya cuantía se hallaba notablemente mermada en sus cerebros, los transformó. Primero los «despertó», haciéndoles pasar del estupor a la salud: luego se vieron empujados hacia el otro extremo, los tics y el frenesí. Ésta fue la primera experiencia que tuve de síndromes como el de Tourette: agitaciones incontrolables, impulsos violentos, combinados frecuentemente con un humor bufonesco y extraño. Empecé a hablar así de «tourettismo», aunque no había visto nunca un paciente con el síndrome de Tourette.

A principios de 1971, el *Washington Post,* que se había interesado por el «despertar» de mis pacientes posencefalíticos, me preguntó cómo les iba. Yo contesté: «Tienen tics», y eso les impulsó a publicar un artículo sobre «Tics». A raíz de la publicación de este artículo, recibí muchísimas cartas, la mayoría de las cuales se las pasé a mis colegas. Pero hubo un paciente al que acepté ver: Ray.

Al día siguiente de ver a Ray, me pareció que identificaba tres víctimas del síndrome de Tourette en la calle, en el centro de Nueva York. Esto me desconcertó, porque según se decía el síndrome de Tourette era rarísimo. Tenía una incidencia, según yo había leído, de un caso por millón, y sin embargo yo había visto, al parecer, tres ejemplos en una sola hora. Esto me sumió en un torbellino de desconcierto y de asombro: ¿no sería que aquello era algo que siempre había pasado por alto, no viendo a aquellos pacientes o desechándolos nebulosamente como tipos «nerviosos», «chiflados», «crispados»? ¿Era posible que nadie hubiese reparado en ellos? ¿Podría ser que el síndrome de Tourette no fuese una rareza, sino una cosa bastante corriente, mil veces más corriente, quizás, de lo que se decía? Al día siguiente, sin fijarme demasiado, vi otros dos casos en la calle. Entonces se me ocurrió una fantasía extravagante, un chiste privado: supongamos (me dije) que el síndrome de Tourette es muy común pero no se le identifica y sin embargo una vez identificado se le ve fácil y constantemente.[1]

¿Y si una de las víctimas del síndrome de Tourette identifica a otra, y estas dos a una tercera, y las tres a una cuarta, hasta que, al crecer la identificación, se descubre toda una banda: hermanas y hermanos de patología, una especie nueva en nuestro medio, unificada por la identificación y el interés mutuos? ¿No podría formarse, a través de esta agregación espontánea, toda una asociación de neoyorquinos con el síndrome de Tourette?

Tres años más tarde, en 1974, iba a encontrarme con que mi fantasía se había hecho realidad: con que se había formado realmente una Asociación del Síndrome de Tourette. Tenía entonces cincuenta miembros: hoy, siete años después, tiene varios millares. Este aumento asombroso debe atribuirse a los esfuerzos de la propia AST, aunque esté formada sólo por pacientes, parientes y médicos. La asociación ha trabajado muchísimo por el objetivo de dar a conocer (o, «divulgar», en el mejor sentido) la tragedia de los que padecen este síndrome. Y ha logrado interés y preocupación responsables donde antes sólo había repugnancia y menosprecio, que solían ser el sino de las víctimas del síndrome de Tourette, y ha fomentado todo tipo de investigaciones, desde el campo fisiológico al sociológico: investigaciones sobre la bioquímica del cerebro de las víctimas del síndrome; sobre los aspectos genéticos y sobre otros factores que pueden codeterminarlo; sobre las asociaciones y reacciones indiscriminadas y anormalmente rápidas que lo caracterizan. Las investigaciones han permitido descubrir estructuras instintivas y comportamentales de un género primitivo en cuanto al desarrollo y hasta filogenéticamente. Se ha estudiado el lenguaje corporal y la gramática y la estructura lingüística de los tics; se han descubierto cosas insospechadas sobre la naturaleza de las maldiciones y las palabras malsonantes, las bromas (que son también características de algunos otros trastornos neurológicos); y –y tiene una importancia destacable– se han hecho estudios sobre la interacción de las víctimas del síndrome de Tourette con su familia y con los demás, y de las extrañas contrariedades que pueden acompañar a estas relaciones. Estas actividades tan fructíferas de la AST son parte integrante de la historia del síndrome de Tourette y, como tales, no tienen precedentes: es la primera vez que los pacientes abren la marcha en la tarea de descubrir la causa de una enfermedad, que se convierten en los agentes impulsores y activos de la investigación de su propio mal y de su curación.

Lo que se ha descubierto en estos últimos diez años (primordialmente bajo la égida y el estímulo de la AST) es una clara confirmación de lo que intuyó ya Gilles de la Tourette: que el síndrome tiene realmente una base neurológica orgánica. El «Ello» del síndrome de Tourette, lo mismo que el «Ello» del parkinsonismo y el de la corea, es un reflejo de lo que Pavlov llamó «la fuerza ciega del subcórtex», un trastorno de esas partes primitivas del cerebro que gobiernan la «marcha» y la «dirección». En el parkinsonismo, que afecta al movimiento pero no a la acción en cuanto tal, el trastorno se localiza en el cerebro medio y en sus conexiones. En la corea (que es un caos de acciones cuasifragmentarias) el trastorno se sitúa en niveles superiores de los ganglios basales. En el síndrome de Tourette, en el que hay agitación de las emociones y de las pasiones, un trastorno de las bases instintivas y primordiales de la conducta, la alteración parece localizarse en las partes más altas del «cerebro antiguo»: el tálamo, el hipotálamo, el sistema límbico y la amígdala, que es donde se alojan los determinantes básicos, afectivos e instintivos, de la personalidad. Así pues, el paciente de síndrome de Tourette constituye (tanto clínica como patológicamente) una especie de «eslabón perdido» entre el cuerpo y la mente, y se emplaza, digamos, entre la corea y la manía. Lo mismo que en las formas raras, hipercinéticas de *encephalitis lethargica* y en todos los pacientes posencefalíticos sobreexcitados con L-Dopa, los pacientes con el síndrome de Tourette, o con «tourettismo» debido a cualquier otra causa (ataques, tumores cerebrales, intoxicaciones o infecciones), parece ser que tienen en el cerebro un exceso de transmisores excitantes, sobre todo de la dopamina transmisora. Y lo mismo que mis pacientes parkinsonianos letárgicos necesitaban más dopamina para reaccionar, lo mismo que mis pacientes posencefalíticos eran «despertados» por la L-Dopa precursora de la dopamina, a los pacientes frenéticos y tourétticos había que reducirles su dopamina mediante un antagonista de ella, como el fármaco haloperidol (Haldol).

Por otra parte, en el cerebro de la víctima del síndrome de Tourette no hay sólo un exceso de dopamina, lo mismo que no hay sólo una deficiencia de ella en el cerebro del parkinsoniano. Hay también cambios mucho más sutiles y mucho más generales, como podría suponerse tratándose de un trastorno que puede alterar la personalidad: hay vías sutiles e innumerables de anormalidad que difieren de paciente a paciente, y de día a día en cada paciente. El Haldol puede ser una solución para el síndrome de Tourette, pero ni él ni ninguna otra droga puede ser *la* solución, lo mismo que la L-Dopa no es *la* solución del parkinsonismo. Cualquier enfoque puramente medicinal, o médico, debe tener también como complemento un enfoque «existencial»: en concreto, una comprensión sensible de la acción, el arte y el juego como cosas básicamente saludables y libres, y antagónicas por ello de los puros impulsos e instintos, de «la fuerza ciega del subcórtex» que aflige a estos pacientes. El parkinsoniano que no puede moverse, puede cantar y bailar, y cuando lo hace, se halla completamente libre de su parkinsonismo; y cuando la galvanizada víctima del tourettismo canta, juega o actúa, también está totalmente liberada de su síndrome. En este campo el «Yo» triunfa y reina sobre el «Ello».

Entre 1973 y 1977, en que murió, disfruté del privilegio de mantener correspondencia con el gran neuropsicólogo A. R. Luria, y le envié frecuentemente comentarios y grabaciones sobre el síndrome de Tourette. En una de sus últimas cartas me decía lo siguiente: «Esto es ciertamente de tremenda importancia. Cualquier descubrimiento sobre este síndrome ampliará sin duda enormemente nuestra comprensión de la naturaleza humana en general. No conozco ningún otro síndrome que posea un interés comparable.»

Cuando vi por primera vez a Ray, éste tenía veinticuatro años y estaba casi incapacitado por múltiples tics de extrema violencia que se producían en andanadas cada pocos segundos. Era víctima de ellos desde los cuatro años y se hallaba gravemente estigmatizado por la atención que despertaban, aunque su elevada inteligencia, su ingenio, su firmeza de carácter y su sentido de la realidad le permitiesen pasar con éxito por la escuela y por la universidad, y ser estimado y querido por unos cuantos amigos y por su mujer. Desde que había abandonado la universidad, sin embargo, lo habían despedido de una docena de trabajos (siempre debido a los tics, nunca por incompetencia), era víctima de continuas crisis de un tipo u otro, debidas normalmente a su impaciencia, su belicosidad y su «descaro» inteligente y tosco, y había visto amenazado su matrimonio por exclamaciones involuntarias («¡Joder!» «¡Mierda!», etcétera) que brotaban de él en momentos de excitación sexual. Tenía (como muchos pacientes del síndrome de Tourette) una notable sensibilidad musical y difícilmente podría haber sobrevivido (emotiva y económicamente) si no hubiese sido un batería de jazz de fin de semana de auténtico virtuosismo, famoso por sus improvisaciones súbitas e incontroladas, que surgían de un tic o un golpeteo convulsivo de un tambor y que se convertían instantáneamente en el núcleo de una improvisación maravillosa y desbocada, de modo que el «súbito intruso» llegaba a convertirse en una brillante ventaja. Su síndrome de Tourette constituía también una ventaja en diversos juegos, sobre todo en el ping pong, al que jugaba magníficamente, debido en parte a su rapidez anormal de reflejos y de reacción, pero sobre todo, una vez más, debido a «improvisaciones», «tiros *frívolos,* nerviosos, muy súbitos» (son sus propias palabras), que resultaban tan inesperados y sorprendentes que eran prácticamente imbatibles. Sólo se veía libre de tics en el relajamiento poscoito o en el sueño; o cuando nadaba, cantaba o trabajaba rítmica y regularmente, y hallaba «una melodía cinética», un juego, en que estaba libre de tensión, libre de tics, libre.

Bajo una superficie bulliciosa, arrebatada, bufonesca, era un hombre profundamente serio... y un hombre desesperado. Nunca había oído hablar de la AST (que, la verdad sea dicha, apenas existía por entonces), ni había oído hablar del Haldol. El síndrome de Tourette se lo había diagnosticado él mismo después de leer el artículo sobre «Tics» del *Washington Post.* Cuando le confirmé el diagnóstico y le hablé de la posibilidad de utilizar Haldol, se mostró interesado pero cauto. Hizo una prueba de Haldol en inyección y resultó extraordinariamente sensible a él, quedando prácticamente libre de tics durante un período de dos horas después de administrarle sólo un octavo de miligramo. Tras este ensayo auspicioso, empecé a tratarlo con Haldol, recetándole una dosis de un cuarto de miligramo tres veces al día.

Volvió a la semana siguiente con un ojo morado y la nariz rota y dijo: «Se acabó su jodido Haldol.» Pese a ser una dosis tan minúscula, el Haldol, me explicó, lo había desequilibrado por completo, alterando su velocidad, su ritmo, sus reflejos increíblemente rápidos. Como a muchos otros enfermos de tourettismo le atraían las cosas giratorias, y en especial las puertas giratorias, en las que entraba y salía como un relámpago: con el Haldol había perdido esta habilidad, había coordinado mal los movimientos y se había destrozado la nariz. Además, muchos de sus tics, lejos de desaparecer, se habían hecho simplemente lentos, y enormemente prolongados: podía quedarse «paralizado a medio tic», según su propia expresión, y caer en posturas casi catatónicas (Ferenczi llamó a la catatonia el opuesto de los tics, y sugirió que éstos se llamasen «cataclonia»). Ofrecía una imagen, incluso con esta dosis minúscula, de parkinsonismo marcado, distonía, catatonia y «bloqueo» psicomotor, en una reacción que parecía desfavorable en extremo, indicando no insensibilidad sino una hipersensibilidad, una sensibilidad patológica tal, que quizás fuese posible tan sólo lanzarlo de un extremo a otro, de la aceleración y el tourettismo a la catatonia y el parkinsonismo, sin la menor posibilidad de un feliz término medio.

Se hallaba comprensiblemente decepcionado por esta experiencia (y este pensamiento) y también por otro pensamiento que me expuso a continuación.

–Supongamos que *pudiese* usted quitarme los tics –dijo–. ¿Qué quedaría? Yo estoy formado por tics, no hay nada más.

Parecía, al menos humorísticamente, tener poco sentido de su identidad salvo como *ticqueur:* se describía como «el *ticqueur* del Broadway del Presidente», y hablaba de sí mismo, en tercera persona, como «Ray, el *ticqueur* ingenioso», añadiendo que era tan proclive a las «agudezas con tics y a los tics con agudezas» que no sabía muy bien si se trataba de un don o de una maldición. Decía que no podía concebir la vida sin el tourettismo, y que no estaba seguro de que le interesase sin él.

Esto me hizo recordar inmediatamente lo que me había sucedido con algunos de mis pacientes posencefalíticos que eran extraordinariamente sensibles a la L-Dopa. En el caso de éstos yo había observado, sin embargo, que estos desequilibrios y estas sensibilidades fisiológicas extremas podían superarse si el paciente podía llevar una vida rica y plena: que el equilibrio «existencial», o la estabilidad, de un tipo de vida con estas características podía permitir superar un desequilibrio fisiológico grave. Creyendo que Ray tenía también esas posibilidades, que, a pesar de lo que él mismo decía, no estaba irremediablemente centrado en su propia enfermedad, de un modo exhibicionista o narcisista, le propuse que nos viésemos una vez por semana durante un período de tres meses. Durante este período intentaríamos imaginar la vida sin tourettismo; investigaríamos (aunque sólo fuese con el pensamiento y el sentimiento) todo lo que la vida podía ofrecer, podía ofrecerle, sin las atenciones y atracciones perversas del síndrome de Tourette; examinaríamos el papel y la importancia económica que tenía el síndrome para él y cómo podría arreglárselas sin ellos. Investigaríamos todo esto durante tres meses y luego haríamos otra prueba con Haldol.

Siguieron tres meses de investigación profunda y paciente, en los que afloraron (a menudo a pesar de su mucha resistencia y rencor, falta de fe en sí mismo y en la vida) todo tipo de potencialidades curativas y humanas: potencialidades que habían logrado sobrevivir a veinte años de tourettismo grave y de «vida touréttica», ocultas en el núcleo más firme y más profundo de la personalidad. Esta investigación profunda fue emocionante y estimulante por sí sola y nos otorgó, al menos, una esperanza limitada. Lo que sucedió en realidad excedía todas nuestras expectativas y demostró ser algo más que una llamarada fugaz, demostró ser una transformación de reactividad permanente y duradera. Cuando volví a tratar a Ray con Haldol, con la misma dosis minúscula de antes, se vio libre de tics pero sin efectos secundarios negativos notorios, y así ha continuado durante los últimos nueve años.

Los efectos del Haldol fueron, en este caso, «milagrosos»... pero llegaron a serlo únicamente cuando se permitió un milagro. Sus efectos iniciales rondaban lo catastrófico: en parte, sin duda, por razones fisiológicas; pero también debido a que cualquier «cura» o liberación del tourettismo, habría sido en ese momento prematura e imposible económicamente. Ray, que padecía el síndrome de Tourette desde los cuatro años, no tenía experiencia alguna de vida normal: dependía abrumadoramente de su exótica enfermedad y, como es natural, la utilizaba y la explotaba de diversos modos. No estaba en condiciones de abandonar su tourettismo y (no puedo evitar pensarlo) no podría haber estado nunca en condiciones de hacerlo sin aquellos tres meses de preparación intensa, de meditación y análisis profundo tremendamente duros y concentrados.

Los últimos nueve años han sido, en conjunto, felices para Ray, ha sido una liberación superior a cualquier posible expectativa. Después de estar veinte años encerrado en el tourettismo, y viéndose forzado por su desatinada fisiología, disfruta de una amplitud y una libertad que jamás habría creído posibles (o, como máximo, durante nuestro análisis, sólo teóricamente posibles). Su matrimonio es feliz y estable, y ahora es padre también; tiene buenas amistades, que le quieren y le aprecian como persona, y no sólo como un payaso touréttico consumado; desempeña un papel importante en su comunidad local y ostenta un puesto de responsabilidad en el trabajo. Sin embargo sigue teniendo problemas: problemas quizás inevitables teniendo tourettismo y administrándose Haldol.

Durante las horas de trabajo, y durante la semana laboral, Ray se mantiene «sobrio, firme, normal» con Haldol (así es como él mismo describe su «yo de Haldol»). Es lento y parsimonioso en sus movimientos y en sus juicios, sin la impaciencia, la impetuosidad que desplegaba antes del Haldol, pero también sin aquellas inspiraciones y aquellas improvisaciones desbordantes. Hasta sus sueños tienen un carácter distinto: «Son puros sueños, normales», dice, «sin las complicaciones y las extravagancias del síndrome de Tourette.» Es menos agudo, menos ingenioso en las respuestas, no desborda ya tics y chistes y agudezas. No disfruta ya con el ping pong y con otros juegos ni se destaca en ellos como antes; no siente ya «aquel instinto imperioso y asesino, el instinto de ganar, de derrotar al otro»; es, pues, menos competitivo y también menos travieso y retozón; y ha perdido el impulso, o la gracia, de los movimientos súbitos «frívolos» que cogen a todo el mundo por sorpresa. Ha perdido sus obscenidades, su descaro grosero, su chispa, ha llegado a creer, progresivamente, que está perdiendo algo.

Lo más importante, e incapacitante, porque esto era vital para él (como medio de apoyo y también de autoexpresión) es que ha descubierto que con Haldol era musicalmente «insulso», vulgar, competente pero sin energía, sin entusiasmo, sin extravagancia y júbilo. No tenía ya tics y aporreaba compulsivamente los tambores... pero no tenía ya arrebatos desbordantes y creadores.

Cuando se le hizo patente esta pauta, y después de analizarla conmigo, Ray tomó una decisión trascendental: tomaría Haldol «obligatoriamente» durante la semana laboral, pero prescindiría de él, y se «dispararía» los fines de semana. Esto es lo que ha hecho durante los tres últimos años. Y ahora hay dos Rays, uno con Haldol y otro sin él. Hay un ciudadano sobrio, cavilador, pausado, de lunes a viernes; y hay el «Ray, el *ticqueur* ingenioso», frívolo, frenético, inspirado, los fines de semana. Es una situación extraña, y Ray es el primero en admitirlo:

Tener el síndrome de Tourette es delirante, es como estar borracho siempre. Con el Haldol todo es tedioso, uno se vuelve normal y sobrio, y ninguna de las dos situaciones es de verdadera libertad, ustedes los «normales», que tienen los transmisores adecuados en los lugares adecuados en los momentos adecuados en sus cerebros, tienen todos los sentimientos, todos los estilos, siempre a su disposición: seriedad, frivolidad, lo que sea más propio. Nosotros, los que padecemos tourettismo, no; nos vemos forzados a la frivolidad por nuestro síndrome y nos vemos forzados a la seriedad cuando tomamos Haldol. *Ustedes* son libres, tienen un equilibrio natural: nosotros hemos de sacar el máximo partido de un equilibrio artificial.

Ray saca el mejor partido posible y lleva una vida plena a pesar del tourettismo, a pesar del Haldol, a pesar de la «no libertad» y el «ardid», a pesar de hallarse privado de ese derecho innato de libertad natural del que disfrutamos la mayoría, pero su enfermedad le ha enseñado y, en cierto modo, la ha trascendido. Podría decir, con Nietzsche: «He atravesado varios géneros de salud y sigo atravesándolos. Y en cuanto a la enfermedad: ¿no nos sentimos casi tentados a preguntarnos si podríamos arreglárnoslas sin ella? Sólo el gran dolor libera de verdad el espíritu.» Paradójicamente Ray (privado de salud fisiológica, animal, natural) ha hallado una nueva salud, una nueva libertad, a través de las vicisitudes a las que está sometido. Ha logrado lo que a Nietzsche le gustaba denominar «La gran salud», humor extraño, valor y flexibilidad de espíritu: a pesar de padecer, o quizás por ello, el síndrome de Tourette.

11. LA ENFERMEDAD DE CUPIDO

Natasha K., una mujer inteligente de noventa años, acudió recientemente a nuestra clínica. Explicó que poco después de cumplir los ochenta y ocho advirtió «un cambio». ¿Qué clase de cambio?, le preguntamos.

–¡Delicioso! –exclamó–. Era muy agradable. Me sentía con mucha más energía, más viva, me sentía joven otra vez. Empezaron a interesarme los hombres jóvenes. Empecé a sentirme, digamos, «retozona», sí, retozona.

–¿Y eso era un problema?

–No, al principio no. Me sentía bien, *extremadamente* bien, ¿por qué iba a pensar yo que pudiese haber problemas?

–¿Y después?

–Mis amistades empezaron a preocuparse. Al principio decían: «Estás radiante... ¡Parece que hayas rejuvenecido!», pero luego empezaron a pensar que aquello no era del todo razonable. «Tú eras siempre tan tímida», decían, «y ahora eres una frívola. Andas siempre riéndote, cuentas chistes..., ¿tú crees que está bien eso a tu edad?»

–¿Y cómo se sentía usted?

–Yo estaba desconcertada. Me había dejado llevar, y no se me había ocurrido poner en entredicho lo que estaba pasando.

Pero entonces lo hice. Me dije: «Natasha, tienes ochenta y nueve, esto ya dura un año. Siempre fuiste muy moderada en tus sentimientos, ¡y ahora esta extravagancia! Eres una mujer vieja, casi al final de la vida. ¿Qué podría justificar una euforia repentina como ésta?» Y en cuanto pensé en euforia, las cosas adquirieron un nuevo aspecto. «Estás enferma, querida», me dije. «¡Te sientes *demasiado* bien, tienes que estar mala!»

–¿Mala? ¿Emotivamente? ¿Mala mentalmente?

–No, emotivamente no, mala físicamente. Era algo de mi cuerpo, de mi cerebro, lo que me ponía tan eufórica. Y entonces pensé: ¡maldita sea, esto es la enfermedad de Cupido!

–¿La enfermedad de Cupido? –repetí, sin comprender. Era la primera vez que oía aquello.

–Sí, la enfermedad de Cupido, la sífilis, comprende. Es que yo estuve en un burdel en Salónica, hace casi setenta años. Cogí la sífilis, muchas de las chicas la tenían, la llamábamos la enfermedad de Cupido. Mi marido me salvó, me sacó de allí, hizo que me la trataran. Eso fue muchos años antes de la penicilina, claro. ¿No es posible que haya seguido conmigo durante todos estos años?

Puede haber un inmenso período de latencia entre la infección primaria y la aparición de neurosífilis, sobre todo si la infección primaria ha sido contenida, no erradicada. Yo tuve un paciente, tratado con Salvarsán por el propio Ehrlich, que manifestó *tabes dorsalis* (una forma de neurosífilis) más de cincuenta años después.

Pero yo no me había encontrado nunca con un intervalo de *setenta* años ni con un autodiagnóstico de sífilis cerebral expuesto con aquella tranquilidad y claridad.

–Es una sugerencia sorprendente –contesté después de pensármelo un poco–. Nunca se me habría ocurrido, pero quizás tenga usted razón.

Tenía razón; el fluido espinal dio positivo, tenía neurosífilis, *eran* realmente las espiroquetas las que estimulaban su córtex cerebral antiguo. Se planteó entonces la cuestión del tratamiento. Pero surgía aquí otro dilema, que planteó, con su agudeza característica, la propia señora K.

–No sé si *quiero* curarlo –dijo–. Ya sé que es una enfermedad, pero me ha hecho sentirme *bien.* He disfrutado de ella, aún sigo disfrutando, no voy a negarlo. Hacía veinte años que no me sentía tan viva, tan animada. Ha sido divertido. Pero sé muy bien cuando una cosa buena va demasiado lejos, y deja de ser buena. He tenido ideas, he tenido impulsos, no le contaré, que son..., bueno, embarazosos y estúpidos. Era como estar un poco ida, un poco achispada, al principio, pero si la cosa va más lejos...

Remedó a un demente espasmódico y babeante. Luego continuó:

–Pensé que lo que tenía era la enfermedad de Cupido, por eso acudí a ustedes. No quiero que la cosa se ponga peor, eso sería horroroso; pero no quiero que me cure, eso sería igual de malo. Hasta que me asaltó esto yo no me sentía plenamente viva. *¿Cree usted que podría mantenerla exactamente como está?*

Lo pensamos un rato y nuestra vía de actuación, afortunadamente, estaba clara. Le hemos administrado penicilina, que ha matado las espiroquetas, pero que nada puede hacer para eliminar los cambios cerebrales, las desinhibiciones, que las espiroquetas han causado.

Y ahora la señora K. tiene ambas cosas, disfruta de una desinhibición suave, una liberación del pensamiento y el impulso, sin nada que amenace su control de sí misma y sin el peligro de una mayor lesión del córtex. Alberga la esperanza de vivir, reanimada así, rejuvenecida, hasta los cien.

–Es curioso –me dice–. Ha conseguido usted jugársela a Cupido.

Muy recientemente (enero de 1985) me he encontrado con algunos de estos mismos dilemas e ironías en relación con otro paciente (Miguel O.), admitido en el hospital del Estado con un diagnóstico de «manía», pero que pronto se comprobó que se hallaba en la etapa agitada de la neurosífilis. Miguel, un hombre sencillo, había sido peón agrícola en Puerto Rico y, aquejado por una cierta dificultad del habla y de la audición, no podía expresarse demasiado bien con palabras, pero se expresaba, exponía su situación, con claridad y sencillez, por medio de dibujos.

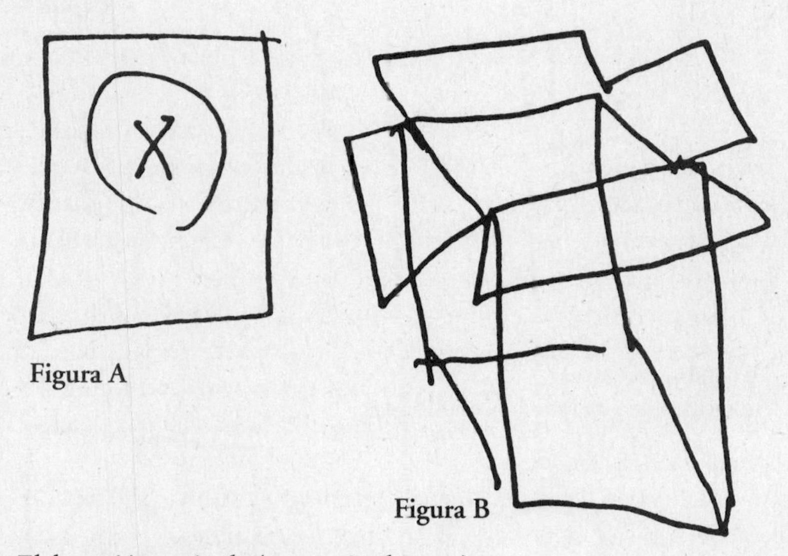

Figura A

Figura B

Elaboración excitada («una caja abierta»)

La primera vez que le vi estaba muy excitado, y cuando le pedí que copiase una figura sencilla (figura A), realizó, con mucho brío, un dibujo tridimensional (figura B), o por tal lo tomé yo, hasta que él explicó que se trataba de «una caja de cartón

Animación excitada («cometa volando»)

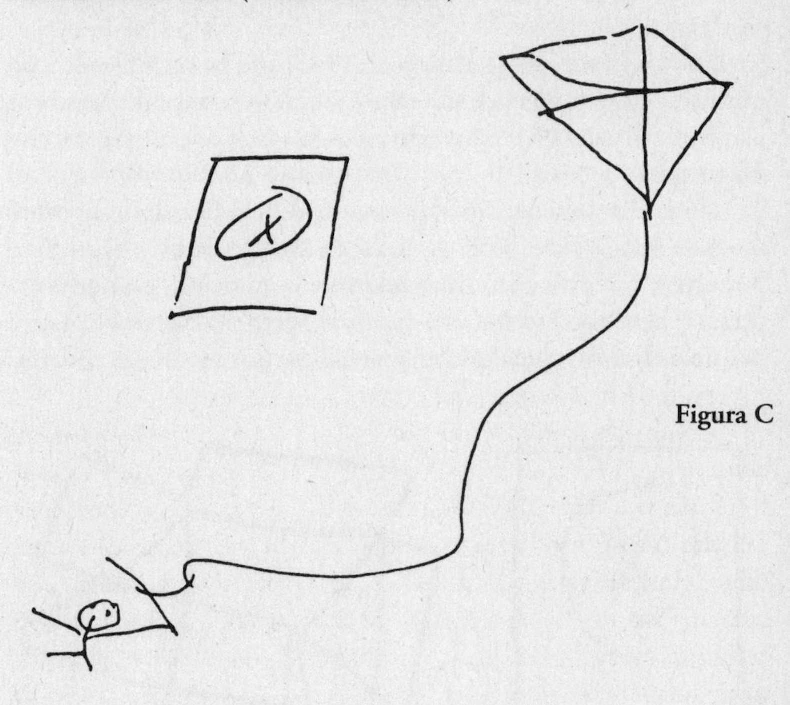

Figura C

Drogado, tratado...
Imaginación y animación eliminadas

Figura D

abierta», y luego intentó dibujar un fruto dentro. Inspirado impulsivamente por su imaginación exaltada, había ignorado el círculo y la cruz, pero había retenido, y concretado, la idea de «recinto». Una caja de cartón abierta, una caja llena de naranjas: ¿acaso no era eso más excitante, más vivo, más real que mi insulsa figura?

Unos días después le vi de nuevo, muy acelerado, muy activo, desbordante de ideas y sentimientos, volando muy alto, como una cometa. Le pedí de nuevo que dibujase la misma figura. Y entonces, impulsivamente, sin detenerse un instante, transformó el original en una especie de trapezoide, un rombo, y luego le añadió una cuerda y un niño (figura C).

–¡Niño lanzando cometa, cometas volando! –exclamó exaltado.

Le vi por tercera vez pocos días después de esto, y le encontré más bien alicaído, muy parkinsoniano (le habían administrado Haldol, para tranquilizarlo, mientras esperaban los últimos análisis del fluido espinal). Le pedí de nuevo que dibujase la figura, y esta vez la hizo copiándola sin gracia, correctamente, y un poco más pequeña que el original (la «micrografía» del Haldol), y sin ninguno de los primores y complicaciones, de la animación y la imaginación, de las otras (figura D).

–Ya no veo «cosas» –dijo–. Parecía tan real, parecía tan vivo antes. ¿Todo parecerá muerto con el tratamiento?

Los dibujos de pacientes con parkinsonismo, cuando se los «despierta» con L-Dopa, constituyen una analogía instructiva. El parkinsoniano, cuando se le pide que dibuje un árbol, tiende a dibujar una cosa pequeña y escuálida, raquítica, empobrecida, un árbol deshojado en invierno. Cuando se «calienta», se «recupera», se anima con L-Dopa, el árbol adquiere vigor, vida, imaginación... y follaje. Si se pone demasiado excitado, demasiado exaltado, debido a la L-Dopa, el árbol puede adquirir una exuberancia y una complicación fantásticas, estallando en una frondosidad de follaje y ramas nuevas con pequeños arabescos, volutas, etcétera, hasta que por último su forma original queda completamente perdida bajo estos primores enormes, barrocos. Estos dibujos son también bastante característicos de los pacientes del síndrome de Tourette (la forma original, el pensamiento original, queda perdido en una selva de adornos) y en el llamado «arte veloz» del anfetaminismo. Primero la imaginación despierta, luego se excita, cae en un frenesí y desemboca en lo interminable, en el exceso.

Qué paradoja, qué crueldad, qué ironía hay aquí. ¡La vida interior y la imaginación pueden permanecer apagadas y adormecidas si no las libera, si no las despierta, una intoxicación o una enfermedad!

Es precisamente esta paradoja la que constituye el corazón de *Despertares;* es responsable también de la seducción del síndrome de Tourette (véanse los capítulos diez y catorce) y asimismo, sin duda, de esa inseguridad peculiar que puede acompañar a una droga como la cocaína (de la que se sabe que, como la L-Dopa y el síndrome de Tourette, eleva la cuantía de dopamina en el cerebro). De ahí el comentario sorprendente de Freud sobre la cocaína, de que la sensación de bienestar y euforia que provoca «... no difiere en modo alguno de la euforia normal de la persona sana. En otras palabras, estás sencillamente normal, y pronto resulta difícil de creer que se halla uno bajo la influencia de una droga».

Esta misma valoración paradójica se puede aplicar también a las estimulaciones eléctricas del cerebro: hay epilepsias que son estimulantes y adictivas, y pueden autoprovocárselas, repetidamente, los que son propensos a ellas (lo mismo que en las ratas con electrodos cerebrales implantados se estimulan compulsivamente los «centros de placer» del cerebro); pero hay otras epilepsias que aportan paz y bienestar genuino. El bienestar puede ser genuino aunque lo provoque una enfermedad. Y este bienestar paradójico puede otorgar incluso un beneficio perdurable, como en el caso de la señora O'C. y su extraña «reminiscencia» convulsiva (capítulo quince).

Nos adentramos aquí en aguas desconocidas donde pueden cambiar completamente de sentido todas las consideraciones habituales, donde enfermedad puede ser bienestar, y normalidad enfermedad, donde la excitación puede ser una esclavitud o una liberación, y donde la realidad puede residir en la ebriedad, no en la sobriedad. Es el reino de Cupido y Dioniso.

–¿Qué será hoy? –dice, frotándose las manos–. ¿Media libra de Virginia, un buen trozo de Nova?

(Me tomaba por un cliente..., no había duda, descolgaba el teléfono del pabellón muchas veces, y decía «Ultramarinos Thompson».)

–¡Oh, señor Thompson! –exclamo–. ¿Quién se cree usted que soy?

–Dios Santo, la luz es mala, lo tomé por un cliente. Como si no supiese que eres mi viejo amigo Tom Pitkins... Tom y yo (le cuchichea en un aparte a la enfermera) siempre íbamos juntos a las carreras.

–Se equivoca usted de nuevo, señor Thompson.

–Sí que me equivoco –acepta, sin inmutarse–. ¿Por qué iba a llevar usted una chaqueta blanca si fuese Tom? Usted es Hymie, el carnicero judío de la tienda de al lado. Pero no le veo manchas de sangre en la chaqueta. ¿Ha ido mal el negocio hoy? ¡A final de semana parecerá usted un matadero!

Sintiéndome un poco aturdido yo mismo en este remolino de identidades, señalo el estetoscopio, que me cuelga del cuello.

–¡Un estetoscopio! –exclamó–. ¡Y fingía usted ser Hymie! Ustedes los mecánicos están empezando a creerse que son médicos, con esas chaquetas blancas y los estetoscopios... ¡Como si necesitase usted un estetoscopio para escuchar un coche! Es usted mi viejo amigo Manners de la estación Mobil del final de la manzana, que ha venido por su salchicha con pan de centeno...

William Thompson se frotó de nuevo las manos, en su gesto de tendero, y buscó el mostrador. Al no encontrarlo, me miró de nuevo extrañado.

–¿Dónde estoy? –dijo, con una súbita expresión aterrada–. Creí que estaba en mi tienda, doctor. Se me ha ido el santo al cielo. ¿Querrá usted que me quite la camisa, para examinarme como siempre?

–No, no como siempre. Yo *no* soy su médico de siempre.

–Claro que no lo es. ¡Ya me di cuenta de eso enseguida! Usted no es mi médico habitual que me examina el pecho. ¡Y vaya barba que tiene, cielo santo! Pero si parece usted Sigmund Freud. ¿Me he vuelto loco, he perdido el juicio?

–No, señor Thompson. No ha perdido el juicio. Lo único que pasa es que tiene usted un pequeño trastorno en la memoria, tiene dificultades para recordar y para identificar a la gente.

–La memoria me ha estado jugando malas pasadas, sí –admitió–. A veces cometo errores..., confundo a una persona con otra... ¿Qué querrá ahora, Nova o Virginia?

Así sucedía, con ciertas variantes, cada vez... con improvisaciones, siempre rápido, a veces divertido, a veces brillante y, en último término, trágico. El señor Thompson me identificaba (me pseudoidentificaba) con una docena de personas distintas en el transcurso de cinco minutos. Maniobraba, ágilmente, de una suposición, una hipótesis, una idea, a la siguiente, sin apariencia alguna de inseguridad en ningún momento, nunca sabía quién era yo, o dónde estaba o qué era *él*, un ex tendero con síndrome de Korsakov grave, ingresado en una institución neurológica.

No recordaba nada más allá de unos cuantos segundos. Estaba continuamente desorientado. Se abrían a sus pies continuamente abismos de amnesia, pero él los salvaba, con ingenio, mediante rápidas fabulaciones y ficciones de todo tipo. Para él no eran ficciones, era como veía de pronto o interpretaba el mundo. El flujo incesante y la incoherencia del mundo no podía tolerarlos, no podía admitirlos ni un instante, sustituía aquella cuasicoherencia extraña y delirante, con la que el señor Thompson, con sus invenciones continuas, inconscientes y vertiginosas, improvisaba sin cesar un mundo a su alrededor, un mundo de *Las mil y una noches,* una fantasmagoría, un sueño de situaciones, imágenes y gentes en perpetuo cambio, en transformaciones y mutaciones continuas, caleidoscópicas. Pero para el señor Thompson no era un tejido de ilusiones y fantasías evanescentes y en cambio incesante, sino un mundo fáctico, estable, plenamente normal. Por lo que a él se refería, no había ningún problema.

En una ocasión el señor Thompson se fue de viaje, identificándose en recepción como «el reverendo William Thompson», pidió un taxi y salió a pasar el día fuera. El taxista, con el que hablamos más tarde, dijo que nunca había tenido un pasajero tan fascinante, pues el señor Thompson le contó una historia tras otra, historias asombrosamente personales, llenas de aventuras fantásticas. «Parecía haber estado en todas partes, haberlo hecho todo, haber conocido a todo el mundo. Yo apenas podía creer que fuese posible tanto en una sola vida», explicó. «No es exactamente una sola vida», le contestamos. «Es un caso muy raro... una cuestión de identidad.»[1]

Jimmie G., otro paciente con síndrome de Korsakov, del que ya he hablado por extenso (capítulo dos), hacía mucho que se había *aliviado* de su Korsakov agudo, y parecía haberse asentado en un estado de desvinculación permanente (o quizás un sueño permanente con apariencia de presente o una reminiscencia del pasado). Pero el señor Thompson, nada más salir del hospital (su síndrome de Korsakov se había manifestado hacía sólo tres semanas, en que le sobrevino fiebre alta, empezó a delirar y dejó de reconocer a la familia) aún seguía en ebullición, aún se mantenía en un delirio confabulatorio casi frenético (del tipo a veces denominado «psicosis de Korsakov», aunque no sea en modo alguno una psicosis), creando continuamente un mundo y un yo, para sustituir al continuamente olvidado y perdido. Este frenesí puede producir potencialidades de invención y de fantasía sumamente brillantes (un auténtico genio confabulatorio), pues el paciente *debe literalmente hacerse a sí mismo (y construir su mundo) a cada instante.* Nosotros tenemos, todos y cada uno, una historia biográfica, una narración interna, cuya continuidad, cuyo sentido, *es* nuestra vida. Podría decirse que cada uno de nosotros edifica y vive una «narración» y que esta narración *es* nosotros, nuestra identidad.

Si queremos saber de un hombre, preguntamos «¿cuál es su historia, su historia real interior?», porque cada uno de nosotros *es* una biografía, una historia. Cada uno de nosotros *es* una narración singular, que se construye, continua, inconscientemente, por, a través de y en nosotros, a través de nuestras percepciones, nuestros sentimientos, nuestros pensamientos, nuestras acciones; y, en el mismo grado, nuestro discurso, nuestras narraciones habladas. Biológica, fisiológicamente, no somos distintos unos de otros; históricamente, como narraciones, somos todos únicos.

Para ser nosotros mismos hemos de *tenernos* a nosotros mismos, hemos de poseer, de reposeer si es preciso, nuestras historias biográficas. Hemos de «recolectar» nosotros mismos, recolectar el drama interior, la narración, la nuestra, la de nosotros mismos. El individuo *necesita* esa narración, una narración interior continua, para mantener su identidad, su yo.

Esta necesidad narrativa es, quizás, la clave de la fantasía desesperada del señor Thompson, de su verbosidad. Privado de continuidad, de una narración interior continua y tranquila, se ve empujado a una especie de frenesí narrativo, de ahí sus historias incesantes, sus fabulaciones, su mitomanía. Al no poder mantener una narración auténtica o una continuidad, al no poder mantener un mundo interior auténtico, se ve empujado a la proliferación de pseudonarraciones, a una pseudocontinuidad, a pseudomundos poblados por pseudogentes, por fantasmas.

¿Y cómo le va al señor Thompson? Superficialmente, parece un comediante entusiasta. La gente dice: «Es tremendo.» Y hay mucho de burlesco en esta situación, en la que podría basarse una novela cómica.[2] Es cómico, pero no es sólo cómico... es también terrible. Pues se trata de un hombre que, en cierto sentido, está desesperado, frenético. El mundo desaparece incesantemente, pierde sentido, se esfuma... y él ha de buscar sentido, *elaborar* sentido, de un modo desesperado, inventando continuamente, tendiendo puentes de sentido para salvar abismos de insensatez, el caos que se abre continuamente a sus pies.

Pero ¿sabe, siente esto el propio señor Thompson? Después de considerarlo «tremendo», «muy simpático», «muy divertido», la gente siente inquietud, miedo incluso, por algo que hay en él. «No para», dicen. «Es como si estuviese corriendo en una carrera, como si intentase alcanzar algo que siempre se le escapa.» Y, verdaderamente, nunca puede parar de correr, porque esa brecha de la memoria, de la existencia, del sentido, no se cura nunca, hay que tender puentes, hay que poner «remiendos», a cada instante. Y los puentes, los remiendos, pese a toda su brillantez, no funcionan... porque *son* confabulaciones, ficciones, que no pueden sustituir a la realidad, y que no se corresponden además con ella. ¿Siente *esto* el señor Thompson? O, dicho de otro modo, ¿cuál *es* su «sentido de la realidad»? ¿Se siente atormentado continuamente, siente la angustia del hombre perdido en la irrealidad que lucha por superar su situación mediante ilusiones, invenciones incesantes que son también totalmente irreales, en las que se hunde? Es indudable que no se siente muy a gusto... tiene siempre una expresión tensa, crispada, como de un hombre sometido a una presión interior continua; y de cuando en cuando, no muy frecuentemente, o enmascarada si aparece, una expresión de desconcierto patente, franco, patético. Lo que salva por una parte al señor Thompson, y lo condena por otra, es la superficialidad forzada o defensiva de su vida: la forma en que se halla reducido, en realidad, a una superficie, brillante, temblequeante, iridiscente, en perpetuo cambio, pero a pesar de todo una superficie, una masa de ilusiones, un delirio, sin profundidad.

Y unido a esto, ningún sentido de que ha perdido el sentido (precisamente porque lo ha perdido), ningún sentido de que ha perdido la profundidad, esa profundidad insondable, misteriosa, de infinitos niveles, que define de algún modo la identidad o la realidad. Esto es algo que resulta evidente para todos los que han estado en contacto con él durante un tiempo... Que bajo su facilidad, su frenesí incluso, hay una extraña pérdida de sentido... ese sentido, o juicio, que diferencia entre «real» e «irreal», «verdadero» y «no verdadero» (no se puede hablar de «mentira» en este caso, sólo de «no verdad»), importante y trivial, relevante e irrelevante. Lo que brota, torrencialmente, en su confabulación inacabable, tiene, por último, una cualidad peculiar de indiferencia... como si no importase en realidad lo que dijese, o lo que cualquier otro hiciese o dijese; como si ya nada importase en realidad.

Un ejemplo sorprendente de esto sucedió una tarde en que William Thompson, farfullando sobre una serie de individuos que iba inventándose sobre la marcha, dijo: «Ahí va mi hermano pequeño, Bob, ahí pasa por el ventanal», en el mismo tono, excitado pero igual e indiferente, que el resto del monólogo. Me quedé estupefacto cuando, al cabo de un minuto, asomó por la puerta un hombre y dijo: «Soy Bob, soy su hermano pequeño, creo que me vio pasar por la ventana.» Nada del tono o de la actitud de William (nada de su tipo de monólogo exuberante, pero invariable e indiferente) me había preparado para la posibilidad de... realidad. William hablaba de su hermano, que *era* real, exactamente en el mismo tono, o con la misma ausencia de tono, con que hablaba de lo irreal. ¡Y allí, de pronto, aparecía, entre los fantasmas, una persona real! Además, William no trataba a su hermano pequeño como «real» (no mostraba ninguna emoción auténtica, no se mostraba orientado o libre de su delirio en ningún sentido) sino que, por el contrario, trató inmediatamente a su hermano *como* algo irreal, borrándolo, perdiéndolo, en otro remolino de delirio... algo totalmente distinto de las ocasiones, raras pero profundamente conmovedoras, en que Jimmie G. (véase el capítulo dos) se encontraba con *su* hermano y mientras estaba con él dejaba de estar perdido. Esto resultó sumamente desconcertante para el pobre Bob, que decía: «Soy Bob, no Rob, no Dob», sin resultado alguno. En medio de sus fabulaciones (quizás algún hilo de memoria, de parentesco recordado o identidad se mantuviese aún, o volviese por un instante) William hablaba de su hermano *mayor,* George, utilizando su presente de indicativo habitual.

–¡Pero si George murió hace diecinueve años! –dijo Bob, horrorizado.

–¡Ay, este George siempre está de broma! –pretextó William, ignorando al parecer el comentario de Bob, o indiferente a él, y siguió hablando de George en su estilo agitado, obsesivo, insensible a la verdad, a la realidad, a lo propio y lo impropio, a todo, insensible también al desasosiego manifiesto de su hermano vivo, al que tenía delante.

Fue esto, sobre todo, lo que me convenció de que había una pérdida total y básica de realidad interior, de sentido y de significado, de alma, en William, y lo que me indujo a preguntarles a las monjas lo mismo que les había preguntado en el caso de Jimmie G.: «¿Creen ustedes que William *tiene* alma? ¿O la enfermedad le ha vaciado, le ha dejado hueco por dentro, lo ha des-almado?»

Esta vez, sin embargo, pareció inquietarles mi pregunta, como si hubiesen pensado ya algo parecido: no podían decir «juzgue por sí mismo. Observe a Willie en la capilla», porque hasta en la capilla seguía con sus bromas, sus fabulaciones. En Jimmie G. hay un patetismo total, un *sentido* triste de carencia que uno no percibe, o no percibe directamente, en el efervescente señor Thompson. Jimmie tiene *estados de ánimo* y una especie de tristeza cavilosa (o, al menos, anhelante), una profundidad, un alma, que no parece existir en el señor Thompson. Éste tenía sin duda, como decían las monjas, un alma inmortal en el sentido teológico; el Todopoderoso podía verlo, llamarlo, como individuo; pero, ellas estaban de acuerdo: al señor Thompson le había sucedido algo muy inquietante, a su espíritu, a su carácter, en el sentido humano, ordinario.

Precisamente *porque* está «perdido», Jimmie *puede* ser redimido o hallado, al menos durante un tiempo, a través de una relación emotiva auténtica. Jimmie se halla sumido en la desesperación, una desesperación tranquila (utilizando o adaptando el término de Kierkegaard) y en consecuencia tiene posibilidad de salvación, puede tocar base, asentarse en la realidad, en el sentimiento y el sentido que ha perdido, pero que aún identifica, que aún anhela...

Pero en el caso del señor William, con su superficie brillante, pulida, el chiste interminable con que sustituye el mundo (que si cubre una desesperación es una desesperación que él no siente), para William, con su indiferencia manifiesta hacia la relación y la realidad atrapadas en una verbosidad incesante, no puede haber nada, absolutamente nada, «redentor». Sus fabulaciones, sus apariciones, su frenética búsqueda de significados, son la barrera fundamental *para* cualquier significado.

Así pues, paradójicamente, el gran don de William (para la fabulación) que ha sido conjurado para saltar continuamente el abismo siempre abierto de la amnesia, el gran don de William es también su perdición. Ay, si pudiese estar *callado* un solo instante, piensas; si pudiese parar esa charla y ese parloteo inacabable; si pudiese abandonar la superficie engañosa de las ilusiones, entonces (¡ah, entonces!) podría penetrar la realidad; podría entrar en su alma algo auténtico, algo profundo, algo cierto, algo sentido.

Porque la víctima última, «existencial», no es la memoria (aunque su memoria *esté* completamente devastada); no es la memoria únicamente lo que se ha alterado tanto, sino cierta capacidad básica para sentir, que ha desaparecido; y es en este sentido en el que él está «des-almado» o «desanimado».

Luria habla de esta indiferencia o «igualación», y a veces parece considerarla la patología primaria, el destructor definitivo de cualquier mundo, de cualquier yo. Ejercía en él, en mi opinión, una fascinación aterradora, y constituía además un reto terapéutico esencial. Volvía a este tema una y otra vez; a veces en relación con el síndrome de Korsakov y la memoria, como en *La neuropsicología de la memoria,* más frecuentemente en relación con síndromes del lóbulo frontal, especialmente en *Cerebro humano y procesos psicológicos,* que contiene varios casos clínicos extensos de estos pacientes, perfectamente comparables en su terrible coherencia y su impacto a «El hombre con un mundo destrozado», comparables y, en cierto modo, más terribles aún, porque se trata de pacientes que no tienen conciencia de que les haya sucedido nada, pacientes que han perdido su propia realidad, y que no lo saben siquiera, pacientes que quizás no sufran, pero que son los más olvidados de Dios. Zazetsky (en *El hombre con un mundo destrozado)* aparece constantemente descrito como un *luchador,* siempre consciente (apasionadamente incluso) de su estado, luchando siempre «con la tenacidad de los condenados» para recuperar el uso de su cerebro enfermo. Pero William, como los pacientes del lóbulo frontal de Luria (véase el capítulo siguiente), está tan condenado que no sabe que está condenado, porque lo dañado no es simplemente una facultad, o algunas facultades, sino la ciudadela misma, el yo, el alma misma. William está «perdido», en este sentido, mucho más que Jimmie, pese a toda su vivacidad; nunca se tiene sensación, o muy raras veces, de que persista una *persona,* mientras que en Jimmie hay claramente un yo real, moral, aunque esté desconectado la mayor parte del tiempo. En Jimmie, al menos, es *posible la* reconexión: el reto terapéutico puede resumirse en: «Basta conectar.»

Nuestras tentativas de «reconectar» a William fracasan todas, aumentan incluso la presión fabuladora. Pero cuando renunciamos y lo dejamos, vaga a veces por el jardín plácido y tranquilo, que nada le exige, que rodea la institución y allí, en esa tranquilidad, recobra la suya. La presencia de otros, de otras personas, le excita y le inquieta, le lanza a un parloteo social frenético, infinito, un verdadero delirio de búsqueda y elaboración de identidad; la presencia de plantas, el jardín silencioso, el orden no humano, al no ejercer ninguna presión social o humana sobre él, permite que este delirio de identidad se relaje, se afloje; y con su plenitud y autosuficiencia no humanas, tranquilas, le permite una extraña calma y autonomía propia, le ofrece (por debajo, o más allá, de todas las identidades y relaciones meramente humanas) una comunión muda y profunda con la propia naturaleza, y con ello la sensación renovada de estar en el mundo, de ser real.

13. SÍ, PADRE-HERMANA

La señora B., una antigua química investigadora, había experimentado un rápido cambio de personalidad, volviéndose «chistosa» (jocosa, dada a chistes y bromas), impulsiva... y «superficial». («Te da la sensación de que no se preocupa por ti», decía una de sus amistades. «No parece preocuparse ya por nada.») Al principio se creyó que podía ser hipomaníaca, pero resultó que tenía un tumor cerebral. La craneotomía reveló, no un meningioma como se había esperado, sino un carcinoma inmenso que afectaba a los sectores orbitofrontales de ambos lóbulos frontales.

Cuando yo la vi, se mostraba alegre, caprichosa («es tremenda», decían las enfermeras), pródiga en ocurrencias y agudezas, con frecuencia divertidas e inteligentes.

–Sí, padre –me dijo en una ocasión.

–Sí, hermana –en otra.

–Sí, doctor –una tercera.

Parecía utilizar los términos de forma intercambiable.

–¿Qué *soy* yo? –le pregunté, intrigado, al cabo de un rato.

–Veo su cara, su barba –dijo–; pienso en un sacerdote archimandrita. Veo su uniforme blanco y pienso en las Hermanas. Veo el estetoscopio y pienso en un médico.

–¿No me mira usted a mí en *absoluto?*

–No, no le miro a usted en absoluto.

–¿Comprende usted la diferencia entre un padre, una hermana y un médico?

–*Conozco* la diferencia, pero no significa nada para mí. Padre, hermana, doctor..., ¿qué importancia tiene?

A partir de entonces, burlonamente, diría: «Sí, padre-hermana. Sí, hermana-doctor» y otras combinaciones.

Comprobar la distinción izquierda-derecha resultó extraordinariamente difícil, porque la señora B. decía izquierda o derecha indistintamente (aunque no hubiese, en reacción, ninguna confusión entre ellas, como cuando hay un defecto lateralizante de percepción o atención). Cuando le indique esto, dijo:

–Izquierda/derecha. Derecha/izquierda. ¿A qué tanto problema? ¿Cuál es la diferencia?

–¿*Hay* una diferencia? –pregunté.

–Por supuesto –dijo ella, con una precisión de química–. Podría usted decir que son *enantiomorfas* entre sí. Pero no significan nada para *mí.* No hay ninguna diferencia para mí. Manos... Doctores... Hermanas... –añadió, al ver mi desconcierto–. ¿No comprende? No significan nada, nada para mí. *Nada significa nada,* al menos para mí.

–Y este no significar nada... –Vacilé, con miedo a seguir–. Esta falta de significado..., ¿le molesta *eso?* ¿Significa algo para usted *eso?*

–Nada en absoluto –dijo rápidamente, con una sonrisa radiante, en el tono de quien hace un chiste, gana en una disputa, gana al póker.

¿Era esto una negación? ¿Era una fanfarronada? ¿Era la «tapadera» de alguna emoción insoportable? En su rostro no se reflejaba ninguna expresión más profunda. Su mundo había quedado vacío de sentido y de significado. Nada resultaba ya «real» (o «irreal»). Todo era ya «equivalente» o «igual», el mundo entero se había quedado reducido a una insignificancia jocosa.

Esto a mí me pareció muy chocante (también se lo parecía a sus amistades y a su familia) pero ella, por su parte, aunque no la había abandonado la inteligencia penetrante que poseía, se mostraba despreocupada, indiferente, mostraba incluso una especie de apatía o ligereza burlona y terrible.

La señora B., aunque inteligente y aguda, no estaba presente en cierto modo (estaba «des-animada») como persona. Me acordé de William Thompson (y también del doctor P.). Éste es el efecto que produce la «igualación» que describió Luria y que examinamos en el capítulo anterior y examinaremos también en el siguiente.

POSDATA

El tipo de indiferencia jocosa y de «igualación» que reflejaba esta paciente no es algo insólito, los neurólogos alemanes le llaman *Witzelsucht* («Enfermedad jocosa»), y Hughlings Jackson la identificó como una forma básica de «disolución» nerviosa hace ya un siglo. No es algo excepcional, aunque sí lo es la capacidad de discernimiento... y ésta, quizás afortunadamente, se pierde a medida que la «disolución» avanza. Veo bastantes casos al año con fenomenología similar pero con las etiologías más diversas. A veces no estoy seguro, al principio, de si el paciente está sólo «haciéndose el gracioso», bromeando, o si es esquizofrénico. Así, tomo casi al azar, me encuentro con lo siguiente en mis notas sobre un paciente con esclerosis cerebral múltiple, al que examiné (aunque no pude seguir su caso) en 1981:

> Habla muy de prisa, impulsivamente y (parece) con indiferencia, de modo que lo importante y lo trivial, lo verdadero y lo falso, lo serio y lo cómico, brotan en una corriente rápida, no selectiva y semifabulatoria. Puede contradecirse completamente en un intervalo de unos segundos, puede decir que le

encanta la música, que no le gusta, que se ha roto una cadera, que no se la ha roto...

Concluía mi comentario con una nota de incertidumbre:

> ¿Cuánto de todo ello es criptoamnesia-confabulación, cuánto indiferencia-igualación del lóbulo frontal, cuánto alguna aniquilación-aplastamiento y desintegración esquizofrénica extraña?

De todas las formas de esquizofrenia la «boba-feliz», la llamada «hebefrénica», es la que más se parece a los síndromes orgánicos amnésicos y del lóbulo frontal. Son las más malignas, y las más increíbles... y nadie se recupera y regresa de esos estados para contarnos cómo eran.

En todos estos estados (aunque parezcan «graciosos» y a menudo ingeniosos) el mundo está desarticulado, socavado, reducido a la anarquía y al caos. Deja de haber un «centro» de la mente, aunque puedan estar perfectamente conservadas las capacidades intelectuales formales de ésta. El punto final de estos estados es una «estupidez» insondable, un abismo de superficialidad, en el que todo carece de sustentación y flota y se despedaza. Luria dijo en cierta ocasión que la mente quedaba reducida en estos estados a «mero movimiento browniano». Comparto el género de horror que claramente sentía él ante tales estados (aunque esto estimula, más que obstaculizar, su descripción precisa). Me hacen pensar, ante todo, en «Funes» de Borges y en su comentario: «Mi memoria, señor, es como un vaciadero de basuras», y por último en la *Dunciad,* la visión de un mundo reducido a Pura Estupidez, la Estupidez como el Fin del Mundo:

> Tu mano, gran Anarco, deja caer el telón.
> Y la Tiniebla Universal lo cubre Todo.

14. LOS POSEÍDOS

En el capítulo diez («Ray, el *ticqueur* ingenioso»), describí una forma relativamente suave del síndrome de Tourette, pero indiqué que había formas más graves «de una violencia y una extravagancia absolutamente terribles». Dije que algunas personas podían adaptar el síndrome de Tourette dentro de una personalidad amplia, mientras que otras podían realmente estar «poseídas», y apenas ser capaces de integrar una identidad real en medio de la presión y el caos tremendos de los impulsos tourétticos.

El propio Tourette, y muchos de los clínicos más antiguos, solían identificar una forma maligna del síndrome, que podía desintegrar la personalidad y conducir a una forma extraña, fantasmagórica, pantomímica y con frecuencia imitativa de «psicosis» o frenesí. Esta forma del síndrome de Tourette («supertourette») es muy rara, quizás cincuenta veces más que el síndrome ordinario, y puede ser cualitativamente distinta, además de mucho más intensa que cualquiera de las formas ordinarias del trastorno. Esta «psicosis de Tourette», este frenesí-identidad singular, es completamente distinto de la psicosis ordinaria debido a su fenomenología y su psicología subyacentes, y exclusivas. Guarda además afinidades con las psicosis motoras frenéticas que a veces provoca la L-Dopa y, también, con los frenesís confabulatorios de la psicosis de Korsakov (véase atrás, el capítulo doce). Y como todos estos trastornos puede aplastar casi a la persona.

Al día siguiente de ver a Ray, mi primer paciente con el síndrome de Tourette, se me abrieron los ojos y el entendimiento, como ya comenté antes, cuando vi, en las calles de Nueva York, tres víctimas más del síndrome, nada menos... todas ellas tan características como Ray, aunque con síntomas más exagerados. Fue un día de visiones para el ojo neurológico. En rápidas viñetas fui testigo de lo que podía significar padecer el síndrome de Tourette de gravedad máxima, no sólo tics y convulsiones del movimiento, sino tics y convulsiones de la percepción, la imaginación, las pasiones... de toda la personalidad.

Ya Ray había mostrado lo que podía suceder en la calle. Pero no basta con que se lo digan a uno. Uno ha de verlo por sí mismo. Y el pabellón de una institución o la clínica de un médico no es siempre el lugar más adecuado para observar la enfermedad, al menos no para observar un trastorno que, aunque de origen orgánico, se expresa en impulso, imitación, personificación, reacción, interacción, llevados a un extremo y a un grado casi increíbles. La clínica, el laboratorio, el pabellón hospitalario están concebidos para reprimir y centrar la conducta, y hasta para excluirla totalmente, en realidad. Son adecuados para una neurología sistemática y científica, reducida a tareas y pruebas fijadas, no para una neurología abierta, naturalista. Ésta ha de ver al paciente desinhibido, no observado, en el mundo real, totalmente entregado al acicate y al juego de cada impulso, y uno mismo, el observador, no debe ser observado tampoco. Qué mejor, para esto, que una calle de Nueva York (una vía pública anónima de una gran ciudad), donde el sujeto de trastornos impulsivos y extravagantes puede gozar y exhibir hasta el extremo la libertad monstruosa, o la esclavitud, de su condición.

La «neurología de calle» tiene, en realidad, antecedentes respetables. James Parkinson, un paseante tan inveterado de las calles de Londres como lo sería Charles Dickens cuarenta años después, delineó la enfermedad que lleva su nombre, no en su despacho, sino en las calles atestadas de Londres. De hecho, el parkinsonismo no puede verse y comprenderse plenamente en la clínica; para que revele plenamente su carácter peculiar (que Jonathan Miller ha mostrado maravillosamente en su película *Ivan)* hace falta un espacio abierto, complejamente interactivo. El parkinsonismo hay que verlo, para comprenderlo plenamente, en el mundo, y si esto es cierto respecto al parkinsonismo, ha de serlo mucho más respecto al síndrome de Tourette. Así, una descripción extraordinaria desde dentro de un *ticqueur* imitativo y bufonesco en las calles de París nos la proporciona «Les confidences d'un ticqueur» que prologa el gran libro de Meige y Feindel *Tics* (1901), y una viñeta de un *ticqueur* amanerado, también en las calles de París, nos la proporciona el poeta Rilke en *El cuaderno de Malte Laurids Brigge.* Así pues, no fue sólo ver a Ray en mi despacho, sino lo que vi al día siguiente, lo que constituyó para mí una revelación tan importante. Y una escena en concreto fue tan singular que se conserva en mi memoria hoy tan clara como el día que la vi.

Recuerdo que me llamó la atención una mujer de pelo canoso, de sesenta y tantos años, que parecía ser el centro de un alboroto muy sorprendente, aunque lo que estaba sucediendo, lo que era tan escandaloso, no se me hizo patente en un principio. ¿Tenía acaso un ataque? ¿A qué se debían sus convulsiones... y, por una especie de simpatía o contagio, las de todos aquellos con los que ella se cruzaba rechinando los dientes y haciendo visajes?

Cuando me acerqué más me di cuenta de lo que sucedía. *Ella estaba imitando a los transeúntes,* aunque puede que «imitación» sea un término demasiado apagado, demasiado pasivo.

¿Deberíamos decir, más bien, que estaba caricaturizando a todas las personas con las que se cruzaba? En un segundo, en una décima de segundo, las «captaba» a todas.

He visto a innumerables actores de mimo e imitadores, payasos y cómicos, pero nada rozaba siquiera la horrible maravilla que contemplé entonces: aquel reflejo convulsivo y automático, prácticamente instantáneo, de todos los rostros y todos los cuerpos. Pero no sólo era una imitación, con todo lo extraordinario que habría sido esto. La mujer no sólo adoptaba y asimilaba las características de innumerables personas, las remedaba. Cada reflejo era también una parodia, una burla, una exageración de expresiones y gestos distintivos, pero una exageración que era en sí misma tan convulsiva como intencional, una consecuencia de la distorsión y la aceleración violentas de todos sus movimientos. Así, una sonrisa lenta, monstruosamente acelerada, se convertía en una mueca violenta que duraba milésimas de segundo; un gesto amplio se convertía, acelerado, en un movimiento ridículo y convulsivo.

En la extensión de una manzana pequeña esta anciana frenética caricaturizó convulsivamente los rasgos de cuarenta o cincuenta transeúntes en una secuencia vertiginosa de imitaciones caleidoscópicas, que duraban un segundo o dos cada una, a veces menos, y la vertiginosa secuencia completa muy poco más de dos minutos.

Y había imitaciones ridículas de segundo y tercer orden; porque la gente de la calle, asombrada, ofendida, desconcertada por las imitaciones de la anciana, adoptaba como reacción esas expresiones; y esas expresiones eran a su vez, re-reflejadas, re-dirigidas, re-deformadas, por la víctima del tourettismo, lo que provocaba un grado aún mayor de conmoción y cólera. Esta grotesca resonancia involuntaria, o reciprocidad, por la que *todos* se veían arrastrados a una interacción absurdamente amplificante, era el origen del alboroto que yo había visto desde lejos.

Aquella mujer que, convirtiéndose en todos, perdía su propio yo, se convertía en nadie. Una mujer con mil rostros, máscaras, *personae,* ¿cómo debía sentirse *ella* en aquel torbellino de identidades? Pronto llegó la respuesta sin un segundo de retraso; porque la acumulación de presiones, la suya y las de los demás, se aproximaba rápidamente al punto de explosión. Súbita, desesperadamente, la anciana se desvió, entró en una calleja que la alejó de la calle principal. Y allí, con todas las apariencias de una persona muy enferma, expulsó, tremendamente acelerados y abreviados, todos los gestos, las posturas, las expresiones, los comportamientos, todos los repertorios de conducta, de las últimas cuarenta o cincuenta personas con las que se había cruzado. Efectuó una regurgitación vasta y pantomímica, en la que vomitó las identidades engullidas de las últimas cincuenta personas que la habían poseído. Y si la asimilación había durado dos minutos, el vómito fue una exhalación única: cincuenta personas en diez segundos, un quinto de segundo o menos para el repertorio condensado de cada persona.

Yo pasaría más tarde cientos de horas hablando con pacientes del síndrome de Tourette, observándolos, grabando sus conversaciones, aprendiendo de ellos. Pero creo que nada me enseñó tanto, tan de prisa, tan penetrante, tan abrumadoramente como aquellos dos minutos fantasmagóricos en una calle de Nueva York.

Se me ocurrió en aquel momento que esos «supertouretters» han de hallarse, por una singularidad orgánica, de la que no son en modo alguno culpables, en una posición existencial de lo más extraordinaria, verdaderamente única, que guarda ciertas analogías con la de los «superkorsakovs» extremos, aunque tengan, claro, una génesis completamente distinta y un objetivo. Ambos pueden verse precipitados a la incoherencia, al delirio de identidad. La víctima del síndrome de Korsakov, quizás afortunadamente, nunca lo sabe, pero el que padece tourettismo percibe su desdicha con una agudeza aplastante, y quizás irónica en último término, aunque puede que sea incapaz de hacer algo al respecto, o que ni siquiera desee hacerlo.

Porque mientras que al que padece el síndrome de Korsakov lo impulsa la amnesia, la ausencia, a la víctima del síndrome de Tourette la arrastra el impulso extravagante... un impulso del que es al mismo tiempo creador y víctima, impulso que puede repudiar pero que no puede ignorar. Se ve así arrastrado, a diferencia del paciente del síndrome de Korsakov, a una relación ambigua con su trastorno: lo vence, es vencido por él, juega con él... hay todo tipo de conflictos y de connivencias.

El ego de la víctima del síndrome de Tourette, al carecer de las barreras protectoras normales de inhibición, los límites normales, orgánicamente determinados, del yo, se halla sometido a un bombardeo que dura toda la vida. Se ve seducido, asaltado, por impulsos que vienen de dentro y de fuera, impulsos que son orgánicos y convulsivos, pero también personales (o más bien pseudopersonales) y seductores. ¿Cómo soportará, cómo *puede* soportar el ego este bombardeo? ¿Sobrevivirá la identidad? ¿Puede *desarrollarse,* frente a este aniquilamiento, frente a estas presiones... o quedará aplastada, produciendo un «alma tourettizada» (en expresión conmovedora de un paciente al que conocería más tarde)? Hay una presión fisiológica, existencial, casi teológica, que pesa sobre el alma de la víctima del tourettismo, ya logre mantenerse completa y soberana, ya se vea arrebatada, poseída y desposeída, por todos los impulsos y las necesidades primordiales.

Hume, como ya hemos indicado, escribió:

> Me atrevo a afirmar que no somos más que un amasijo o colección de diversas sensaciones, que se suceden con rapidez inconcebible, en un movimiento y un flujo perpetuos.

Así pues, para Hume, la identidad personal es una ficción: no existimos, no somos más que una sucesión de sensaciones o percepciones.

Esto no se cumple, evidentemente, en el caso de un ser humano normal, porque éste *posee* sus propias percepciones. No son un mero flujo, sino que son *suyas,* están unidas por una individualidad o yo duradero. Pero lo que dice Hume puede aplicarse sin duda a un ser tan inestable como la víctima del supertourettismo, cuya vida es, hasta cierto punto, una sucesión de movimientos y percepciones convulsivos o imprevisibles, una agitación fantasmagórica sin centro ni sentido alguno. En ese aspecto el paciente del síndrome de Tourette *es* un ser «humeano» más que humano. Éste es el destino filosófico, casi teológico, que aguarda, si la relación entre impulso y yo es demasiado abrumadora. Tiene afinidades con el hado «freudiano», al que también abruma el impulso, pero el hado freudiano tiene sentido (aunque sea trágico), mientras que el hado «humeano» es insensato, absurdo.

Así pues, la víctima del supertourettismo se ve obligada a luchar, como no se ve obligado ningún otro, simplemente para sobrevivir, para convertirse en un individuo, y sobrevivir como tal, frente a un impulso constante. Puede tener que afrontar, desde la más temprana infancia, barreras extraordinarias a la individuación, a la posibilidad de convertirse en una persona real. Lo milagroso es que en la mayoría de los casos lo consigue, pues la capacidad de supervivencia, la voluntad de sobrevivir, y de sobrevivir como individuo único e inalienable, es, no cabe duda alguna, la más fuerte de nuestro yo: más que cualquier impulso, más que la enfermedad. La salud, la salud militante, es normalmente la que triunfa.

Tercera parte

Arrebatos

INTRODUCCIÓN

Si bien hemos criticado el concepto de función, intentando incluso una redefinición bastante radical, nos hemos atenido a él, estableciendo, en los términos más amplios, contraposiciones basadas en «déficit» o «exceso». Pero es evidente que hay que utilizar también términos totalmente distintos. Si abordamos los fenómenos en cuanto tales, el carácter concreto de la experiencia o del pensamiento o de la acción, tenemos que utilizar términos que evocan más un poema o un cuadro. ¿Cómo va a ser inteligible un sueño, por ejemplo, en términos de función?

Tenemos siempre dos universos de discurso (llamémosles «físico» y «fenoménico», o como se quiera), uno que aborda cuestiones de estructura formal y cuantitativa, el otro que aborda esas cualidades que constituyen un «mundo». Todos tenemos mundos mentales propios característicos, paisajes e itinerarios interiores, y éstos no exigen, en la mayoría de los casos, ningún «correlativo» neurológico claro. Podemos explicar normalmente la historia de un individuo, relatar pasajes y escenas de su vida, sin recurrir a consideraciones neurológicas y fisiológicas de ningún género: estas consideraciones parecerían, en principio, superfluas, cuando no francamente absurdas u ofensivas. Pues nos consideramos, con toda justicia, «libres»... o determinados, al menos, por consideraciones éticas y humanas sumamente complejas, más que por las vicisitudes de nuestras funciones nerviosas o nuestros sistemas nerviosos. Normalmente, pero no siempre, porque la vida de un individuo puede quedar cercenada a veces, transformada, por un trastorno orgánico, y si es así su historia exige una correlación fisiológica o neurológica. Esto se cumple, claro, en el caso de todos los pacientes de los que hablamos aquí.

En la primera mitad del libro abordamos casos de individuos patentemente patológicos, situaciones en las que había un déficit neurológico o un exceso notorios. Tarde o temprano se hace evidente para estos pacientes, o para sus familias, lo mismo que para sus médicos, que hay «algún problema» a nivel físico. El mundo interior del individuo, su disposición, puede alterarse realmente, transformarse; pero, como resulta evidente, esto se debe a una modificación notable (y casi cuantitativa) de la función nerviosa. En esta tercera sección, abordaremos la reminiscencia, la percepción alterada, la imaginación, el «sueño». Son cuestiones que no suelen ser objeto de atención neurológica o médica. Estos «arrebatos» (que suelen ser de viva intensidad, y estar cargados de sentido y de sentimientos personales) tienden a considerarse, como los sueños, psíquicos: como una manifestación, quizás, de actividad inconsciente o preconsciente (o, en los individuos de tendencia mística, de algo «espiritual»), no como algo «médico», y mucho menos «neurológico». Tienen un «sentido» dramático, o narrativo, o personal, y no se los puede considerar «síntomas». Quizás forme parte de la naturaleza misma de estos arrebatos el que sea más probable que se destinen exclusivamente a psicoanalistas o confesores, que se consideren psicosis, o que se propaguen como revelaciones religiosas, que se encomienden a los médicos. Porque no pensamos nunca, en principio, que una visión pueda ser cosa «médica»; y si se localiza o sospecha una base orgánica, se puede considerar que ésta «devalúa» la visión (aunque, claro está, no es así: los valores, las valoraciones, no tienen nada que ver con la etiología).

Todos los arrebatos que se describen en esta sección tienen determinantes orgánicos más o menos claros (aunque no fuese evidente en un principio, y fuese necesaria una investigación cuidadosa para descubrirlo). Esto no merma en modo alguno su trascendencia psicológica o espiritual. Si Dios, o el orden eterno, se reveló a Dostoievski en los ataques de que fue víctima, ¿por qué no habrían de servir otras condiciones orgánicas como «puertas de acceso» al más allá o a lo desconocido? Esta sección es, en cierto modo, un estudio de esas puertas.

Hughlings Jackson, al describir en 1880 estos «arrebatos» o «puertas de acceso» o «estados de ensueño» en el curso de ciertas epilepsias, utilizó un término general, «reminiscencia». Escribió lo siguiente:

> Nunca diagnosticaría epilepsia por la aparición paroxísmica de «reminiscencia», sin otros síntomas, aunque sospecharía epilepsia si ese estado mental superpositivo comenzase a aparecer con mucha frecuencia, nunca me han consultado por «reminiscencia» sólo...

Pero *a mí* me han consultado por la reminiscencia forzada o paroxísmica de melodías, de «visiones», de «presencias» o escenas, no sólo en la epilepsia sino en una variedad de condiciones orgánicas distintas. Estos arrebatos o reminiscencias no son en modo alguno excepcionales en la jaqueca (véase «Las visiones de Hildegard», capítulo veinte). Esta sensación de «ir hacia atrás», tenga una base epiléptica o tóxica, impregna «Un pasaje a la India» (capítulo diecisiete). Subyace una base claramente tóxica o química en «Nostalgia incontinente» (capítulo dieciséis) y en la extraña hiperosmia del capítulo dieciocho, «El perro bajo la piel». Y la espantosa «reminiscencia» de «Asesinato» (capítulo diecinueve) viene determinada por una actividad tipo ataque o una desinhibición del lóbulo frontal.

El tema de esta sección es el poder de la imaginería y la memoria para «arrebatar» a una persona como consecuencia de una estimulación anormal de los lóbulos temporales y del sistema límbico del cerebro. Esto puede aclararnos algo incluso sobre la base cerebral de ciertas visiones y sueños y sobre cómo el cerebro (al que Sherrington llamaba «un telar encantado») puede tejer una alfombra mágica para arrebatarnos, para raptarnos y transportarnos.

15. REMINISCENCIA

La señora O'C. estaba un poco sorda, pero gozaba por lo demás de buena salud. Vivía en una residencia para ancianos. Una noche, en enero de 1979, soñó clara y nostálgicamente con su infancia en Irlanda y sobre todo con las canciones que cantaban allí y con cuya música bailaban. Cuando se despertó aún seguía sonando la música, muy alto y muy claro. «Aún debo seguir soñando», pensó, pero no era así. Se levantó, agitada y desconcertada. Se encontró con que era aún de noche. Alguien debe de haberse dejado la radio puesta, supuso. Pero ¿por qué era ella la única persona que la oía? Comprobó todos los aparatos de radio que pudo encontrar: estaban todos apagados. Luego se le ocurrió otra idea: había oído decir que los empastes dentales podían actuar a veces como un receptor cristalino, recogiendo emisiones descarriadas con extraordinaria intensidad. «Es eso», pensó. «Uno de los empastes que tengo me está dando la lata. No me la dará mucho. Haré que me lo arreglen por la mañana.» Se quejó a la enfermera del turno de noche, pero ésta le dijo que los empastes parecían en perfecto estado. Entonces se le ocurrió otra idea: «¿Qué emisora de radio», razonó, «emitiría canciones irlandesas, ensordecedoramente, en mitad de la noche? Canciones, sólo canciones, sin introducción ni comentario. Y sólo canciones que conozco yo. ¿Qué estación de radio iba a poner *mis* canciones y nada más?» Entonces se preguntó: «¿Estará la radio en mi cabeza?»

A estas alturas estaba ya totalmente desconcertada y la música seguía, ensordecedora. Su última esperanza era su ENT, el otólogo que la examinaba: *él* la tranquilizaría, le diría que eran sólo «ruidos en el oído», algo relacionado con su sordera, nada que pudiese ser motivo de preocupación. Pero cuando lo vio, aquella misma mañana, el otólogo le dijo: «No, señora O'C., no creo que sean sus oídos. Un simple zumbido o un silbido o un rumor, quizás. Pero un concierto de canciones irlandesas... eso no son los oídos. Quizás», añadió, «debiera ver usted a un psiquiatra.» La señora O'C. pidió hora a un psiquiatra aquel mismo día. «No, señora O'C.», le dijo el psiquiatra, «no es su mente. No está usted loca... y los locos no oyen música, oyen sólo "voces". Ha de ver usted a un neurólogo, a mi colega el doctor Sacks.» Y así fue como vino a mí la señora O'C.

La conversación no fue nada fácil, en parte por la sordera de la señora O'C., pero más que nada porque yo quedaba eclipsado una y otra vez por las canciones... sólo podía oírme con las más suaves. Era una mujer inteligente, despierta, no deliraba ni estaba loca, pero tenía una expresión absorta, remota, como si tuviese la mitad de su ser en un mundo propio. No pude localizar ningún problema neurológico. De todos modos, yo sospechaba que la música *era* «neurológica».

¿Qué podría haberle sucedido a la señora O'C. para llegar a aquella situación? Tenía ochenta y ocho años y su estado general de salud era excelente, no tenía ni rastro de fiebre. No estaban administrándole medicamentos que pudiesen desequilibrar su notable buen juicio. Y el día anterior estaba perfectamente normal, al parecer.

–¿Cree usted que es un ataque, doctor? –me preguntó, leyendo mis pensamientos.

–Podría ser –dije–, aunque jamás he visto un ataque como

éste. Algo ha pasado, de eso no hay duda, pero no creo que corra usted peligro. No se preocupe y conserve la calma.

–No es fácil conservar la calma –dijo ella– cuando se está pasando por lo que estoy pasando yo. Sé que hay silencio aquí, pero yo estoy en un océano de sonidos.

Quise hacer un electroencefalograma inmediatamente, prestando especial atención a los lóbulos temporales, los lóbulos «musicales» del cerebro, pero las circunstancias no lo permitieron hasta un tiempo después. En este período de espera, se atenuó la música, disminuyó de intensidad y, sobre todo, pasó a ser menos persistente. La señora O'C. pudo dormir después de tres noches y, progresivamente, conversar y oír entre «canciones». Cuando pude hacerle un encefalograma, sólo oía ya fragmentos breves y esporádicos de música una docena de veces, más o menos, a lo largo del día. En cuanto la instalamos y le aplicamos los electrodos en la cabeza, le pedí que se echase y se quedase quieta, que no dijese nada y que no «cantase para sí», pero que levantase el dedo índice de la mano derecha un poco (lo que no modificaría el electroencefalograma) si oía una de sus canciones mientras hacíamos la prueba. En el curso de un período de registro de dos horas, levantó el dedo en tres ocasiones y cada vez que lo hizo las plumas del electroencefalograma resonaron y transcribieron picos y olas agudas en los lóbulos temporales del cerebro. Esto confirmaba que estaba teniendo ataques en el lóbulo temporal, los cuales, lo supuso Hughlings Jackson y lo demostró Wilder Penfield, son la base invariable de la «reminiscencia» y de las alucinaciones experimentales. Pero ¿por qué habría manifestado súbitamente aquel extraño síntoma? Realicé una exploración cerebral y mostró que la señora O'C. había tenido en realidad una pequeña trombosis o infartación en una parte del lóbulo temporal derecho. La súbita irrupción de canciones irlandesas en la noche, la activación súbita de rastros de memoria musicales en el córtex, eran, al parecer, consecuencia de un ataque, y lo mismo que remitió éste, «remitieron» también las canciones.

A mediados de abril habían desaparecido del todo, y la señora O'C. volvía a ser ella misma. Le pregunté entonces qué pensaba de toda la experiencia y si echaba de menos, en concreto, aquellas canciones paroxísmicas que antes oía.

–Es curioso que me lo pregunte usted –dijo con una sonrisa–. Yo diría que, en términos generales, es un gran alivio. Pero, sí, echo de menos un poco las viejas canciones. Ahora muchas de ellas no soy capaz de recordarlas siquiera. Era como volver a una parte olvidada de mi infancia. Y algunas de las canciones eran realmente preciosas.

Había oído cosas similares a algunos de mis pacientes tratados con L-Dopa... y el término que yo utilizaba era «nostalgia incontinente». Y lo que me dijo la señora O'C., su patente nostalgia, me recordó un relato conmovedor de H. G. Wells, «La puerta en el muro». Le expliqué el argumento. «Es eso», dijo ella. «Eso expresa perfectamente la atmósfera, el sentimiento. Pero *mi* puerta es real, lo mismo que era real mi muro. Mi puerta lleva al pasado perdido y olvidado.»

No volví a ver un caso similar hasta junio del año pasado, en que me pidieron que examinara a la señora O'M., que estaba por entonces ingresada en la misma institución. La señora O'M. tenía también ochenta y tantos años, estaba también un poco sorda, era también inteligente y despierta. Oía música también dentro de la cabeza y a veces un zumbido o un silbido o un estruendo; a veces oía «voces que hablaban», normalmente «lejanas» y «varias a la vez», de modo que nunca podía entender lo que decían. No había explicado estos síntomas a nadie y tenía la preocupación secreta, desde hacía cuatro años, de si no estaría loca. Se tranquilizó mucho cuando la monja le dijo que había habido un caso similar en la residencia tiempo atrás, y aún más cuando pudo sincerarse conmigo.

Un día, explicó la señora O'M., estaba rallando chirivías en la cocina y empezó a oír una canción. Era *Easter Parade* y le siguieron, rápidamente, *Glory, Glory, Hallelujah* y *Good Night, Sweet*

Jesus. Ella pensó, lo mismo que la señora O'C., que se habían dejado conectado un aparato de radio, pero descubrió muy pronto que todos los aparatos de radio estaban apagados. Esto sucedió en 1979, cuatro años antes. La señora O'C. se recuperó en unas cuantas semanas, pero la música de la señora O'M. continuó y el problema fue haciéndose cada vez más grave.

Al principio sólo oía estas tres canciones, a veces de forma espontánea, como caídas del cielo, pero las oía seguro si pensaba por casualidad en cualquiera de ellas. Procuraba, por tanto, no pensar en ellas, pero el esfuerzo de evitarlo resultaba tan provocativo como el pensar en ellas.

–¿Le gustan esas canciones concretas? –pregunté, psiquiátricamente–. ¿Tienen algún significado especial para usted?

–No –dijo enseguida–. Nunca me han gustado en especial, no creo que tengan ningún significado especial para mí.

–¿Y qué sentía usted cuando surgían una y otra vez?

–Llegué a odiarlas –contestó con mucho sentimiento–. Era como si un vecino chiflado pusiese continuamente el mismo disco.

Durante un año o más fueron sólo estas canciones, en una sucesión enloquecedora. Pero después (y aunque fue peor en un sentido, fue también un alivio) la música interior se hizo más compleja y variada. Oía muchísimas canciones, a veces varias simultáneamente; a veces oía una orquesta o un coro; y, de vez en cuando, voces, o una mera algarabía de ruidos.

Cuando pasé a examinar a la señora O'M. no hallé nada anormal salvo en la audición, y lo que encontré allí fue de singular interés. Tenía una cierta sordera del oído interno, de tipo común, pero además y, por encima de esto, tenía una extraña dificultad para percibir y distinguir los tonos, de un tipo que los neurólogos denominan *amusia,* y que está especialmente correlacionada con una deficiencia de función en los lóbulos auditivos (o temporales) del cerebro. Ella misma se quejaba de que últimamente los himnos de la capilla parecían todos iguales, de modo que apenas podía distinguirlos por el tono o la melodía y tenía que basarse en las letras o en el ritmo.[1] Y aunque había tenido una voz excelente en el pasado, cuando la examiné cantaba con una voz monótona y desafinada. Comentó también que su música interior era más vívida cuando se despertaba, y que iba perdiendo esa viveza a medida que se acumulaban otras impresiones sensoriales; y que era menos probable que surgiese si estaba ocupada emotiva, intelectual y, sobre todo, visualmente. Durante la hora, más o menos, que estuvo conmigo, sólo oyó la música una vez: unos cuantos compases de *Easter Parade,* tan alto y tan súbitamente que apenas la dejaba oírme a mí.

Le hicimos un electroencefalograma que indicó excitabilidad y un voltaje sorprendentemente elevado en ambos lóbulos temporales, las partes del cerebro relacionadas con la representación central de música y sonidos, y con la evocación de escenas y experiencias complejas. Y siempre que la señora O'M. «oía» algo, las ondas de alto voltaje se hacían agudas, como picos, y francamente convulsivas. Esto confirmaba mi idea de que padecía también una epilepsia musical, asociada con un trastorno de los lóbulos temporales.

Pero ¿qué les pasaba a la señora O'C. y a la señora O'M.? Lo de «epilepsia musical» parece una contradicción en sí mismo, pues la música, normalmente, está llena de sentimiento y de sentido, y corresponde a algo profundo que hay en nosotros, «el mundo de detrás de la música», en frase de Thomas Mann, mientras que la epilepsia sugiere precisamente lo contrario: un acontecimiento fisiológico imprevisible y burdo, totalmente indiscriminado, sin sentimiento ni sentido. Así pues una «epilepsia musical» o una «epilepsia personal» resultaría algo contradictorio en sí mismo. Y sin embargo estas epilepsias se producen, aunque únicamente en el contexto de los ataques del lóbulo temporal, son epilepsias del sector reminiscente del cerebro. Hughlings Jackson las describió hace un siglo, y habló en este marco de «estados de ensoñación», de «reminiscencia», y de «ataques físicos»:

No es nada excepcional que los epilépticos tengan estados mentales nebulosos y sin embargo sumamente complejos al iniciarse los ataques epilépticos. El estado mental complejo, o la llamada aura intelectual, es *siempre el mismo, o esencialmente el mismo,* en cada caso.

Estas descripciones no pasaron de ser puramente anecdóticas hasta los extraordinarios estudios que realizó Wilder Penfield medio siglo después. Penfield no sólo consiguió localizar su origen en los lóbulos temporales, sino que consiguió *evocar* el «estado mental complejo», o las «alucinaciones experimentales» sumamente precisas y detalladas de estos ataques mediante estimulación eléctrica leve de los puntos propensos al ataque del córtex cerebral, cuando éste quedaba expuesto, por una intervención quirúrgica o en pacientes plenamente conscientes. Estas estimulaciones provocaban instantáneamente alucinaciones extraordinariamente vívidas de melodías, personas, escenas, que se experimentaban, se vivían, como algo abrumadoramente real, pese a la atmósfera prosaica de la sala de operaciones, y podían describirse a los presentes con fascinante detalle, confirmando aquello a lo que se refería Jackson sesenta años antes al hablar de la «duplicación de conciencia» característica:

> Hay (1) el estado semiparasitario de conciencia (estado de ensueño) y (2) restos de conciencia normal y, en consecuencia, una conciencia doble, una diplopia mental.

Esto me lo explicaron con toda precisión mis dos pacientes. La señora O'M. me oía y me veía, aunque con cierta dificultad, a través del ensueño ensordecedor de *Easter Parade,* o el sueño más tranquilo, aunque más profundo, de *Good Night, Sweet Jesus* (que le evocaba la presencia de una iglesia de la calle 31 a la que ella solía ir, donde cantaban siempre esta canción después de la novena). Y la señora O'C. también me veía y me oía, a través del ataque anamnésico mucho más profundo de su infancia en Irlanda: «Yo sé que está usted ahí, doctor Sacks. Sé que soy una anciana que sufre un ataque y que estoy en una residencia de ancianos, pero siento que soy una niña de nuevo y estoy en Irlanda, siento los brazos de mi madre, la veo, oigo su voz que canta.» Estas alucinaciones o sueños epilépticos no son nunca fantasías, según demostró Penfield: son siempre recuerdos, y recuerdos del tipo más preciso y claro, acompañados por las emociones que acompañaron a la experiencia original. Su carácter extraordinario y coherentemente detallado, detalle que se evocaba cada vez que se estimulaba el córtex, y que superaba todo lo que pudiese recordarse a través de la memoria ordinaria, indicó a Penfield que el cerebro mantenía un registro casi perfecto de toda la experiencia vital, que la corriente total de la conciencia se preservaba en el cerebro y, por ello, podía evocarse o provocarse siempre, bien por las circunstancias y necesidades normales de la vida, o bien por las circunstancias extraordinarias de una estimulación eléctrica o epiléptica. La variedad, el «absurdo», de estas escenas y recuerdos convulsivos hicieron pensar a Penfield que esta reminiscencia carecía básicamente de sentido y que era imprevisible:

> En la práctica suele hacerse muy patente que la respuesta experimental evocada es una reproducción al azar de lo que formase la corriente de conciencia durante cierto intervalo de la vida pasada del paciente. Puede haber sido [continúa Penfield, resumiendo la extraordinaria variedad de escenas y sueños epilépticos que ha evocado] un momento en que escuchabas música, un momento en que mirabas por la puerta de un salón de baile, un momento en que imaginabas la acción de unos ladrones de una historieta, el momento de despertar de un sueño vívido, el momento de una conversación jocosa con amigos, el momento en que escuchabas atentamente para asegurarte de que tu hijo pe-

queño estaba bien, el momento en que mirabas carteles iluminados, el momento en que estabas en la sala de parto en un nacimiento, el momento en que te asustaba un hombre amenazador, el momento en que veías cómo entraba gente en la habitación con nieve en la ropa... Puede ser ese momento en que estabas parado en la esquina de Jacob y Washington, South Bend, Indiana, cuando contemplabas los carros de un circo una noche hace muchos años, en la infancia, el momento en que oías (y veías) a tu madre apremiar a los invitados que se iban ya, o el de oír a tu padre y a tu madre cantando villancicos.

Ojalá pudiese citar en su integridad este pasaje maravilloso de Penfield (Penfield y Perot, págs. 687 y siguientes). Aporta, lo mismo que mis damas irlandesas, un sentimiento asombroso de «fisiología personal», la fisiología del yo. A Penfield le impresionaba la frecuencia de los ataques musicales, y nos da muchos ejemplos fascinantes, y a menudo divertidos. Una incidencia del tres por ciento en los más de quinientos epilépticos del lóbulo temporal que estudió él:

> Nos sorprendió el número de veces que la estimulación eléctrica provocó que el paciente oyese *música*. Se produjo en diecisiete puntos distintos en once casos (véase figura). A veces era una orquesta, otras voces cantando, o un piano tocando, o un coro. Varias veces fue, según el sujeto, una sintonía de un programa de radio... La localización del área de producción de música es la circunvolución temporal superior, bien la superficie superior o la lateral (y, por tanto, próxima al punto asociado con la llamada *epilepsia musicogénica).*

Corroboran esto, espectacular y a menudo trágicamente, los ejemplos que da Penfield. La lista siguiente procede de su último gran artículo:

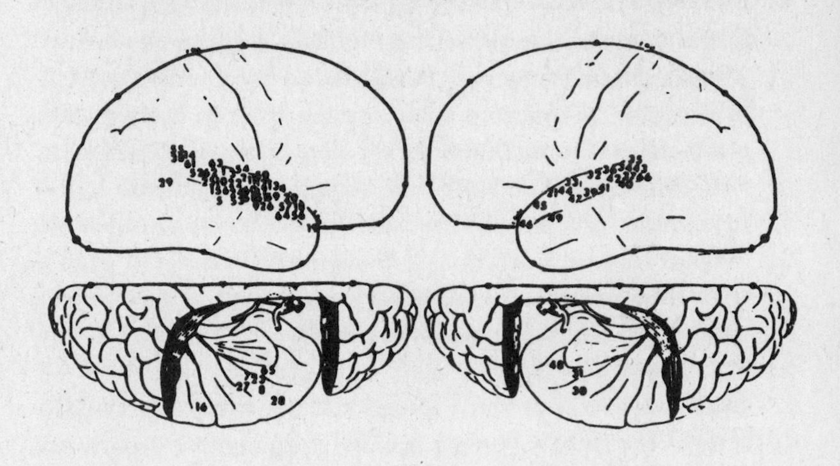

REACCIONES EXPERIMENTALES AUDITIVAS
AL ESTÍMULO

1. Una voz (14); caso 28. 2. Voces (14). 3. 1 voz (15). 4. Una voz familiar (17). 5. Una voz familiar (21). 6. Una voz (23). 7. Una voz (24). 8. Una voz (25). 9. Una voz (28); caso 29. 10. Música familiar (15). 11. Una voz (16). 12. Una voz familiar (17). 13. Una voz familiar (18). 14. Música familiar (19). 15. Voces (23). 16. Voces (27); caso 4. 17. Música familiar (14). 18. Música familiar (17). 19. Música familiar (24). 20. Música familiar (25); caso 30. 21. Música familiar (23); caso 31. 22. Voz familiar (16); caso 32. 23. Música familiar (23); caso 5. 24. Música familiar (Y). 25. Sonido de pies caminando (I); caso 6. 26. Voz familiar (14). 27. Voces (22); caso 8. 28. Música (15); caso 9. 29. Voces (14); caso 36. 30. Sonido familiar (16); caso 35. 31. Una voz (16a); caso 23. 32. Una voz (26). 33. Voces (25). 34. Voces (27). 35. Una voz (28). 36. Una voz (33); caso 12. 37. Música (12); caso 11. 38. Una voz (17d); caso 24. 39. Voz familiar (14). 40. Voces familiares (15). 41. Perro ladrando (17). 42. Música (18). 43. Una voz (20); caso 13. 44. Voz familiar (11). 45. Una voz (12). 46. Voz familiar (13). 47. Voz familiar (14). 48. Música familiar (15). 49. Una voz (16); caso 14. 50. Voces (2). 51. Voces (3). 52. Voces (5). 53. Voces (6). 54. Voces (10). 55. Voces (11); caso 15. 56. Voz familiar (15). 57. Voz familiar (16). 58. Voz familiar (22); caso 16. 59. Música (10); caso 17. 60. Voz familiar (30). 61. Voz familiar (31). 62. Voz familiar (32); caso 3. 63. Música familiar (8). 64. Música familiar (10). 65. Música familiar (D2); caso 10. 66. Voces (11); caso 7.

White Christmas (caso cuatro). Cantada por un coro. *Rolling Along Together* (caso cinco). No identificada por la paciente, pero reconocida por la enfermera cuando la paciente la tarareó estimulada. *Hush-a-Bye Baby* (caso seis). Cantada por su madre, pero se cree que podría ser también la sintonía de un programa de radio. «Una canción que había oído antes, popular en la radio» (caso diez) *Oh Marie, Oh Marie* (caso treinta). La sintonía de un programa de radio. *The War March of the Priest* (caso treinta y uno). Estaba al otro lado del *Hallelujah Chorus* en un disco que pertenecía a la paciente. «Papá y mamá cantando villancicos» (caso treinta y dos). «Música de los Guys and Dolls» (caso treinta y siete). «Una canción que había oído muchas veces en la radio» (caso cuarenta y cinco). *I'll Get By* y *You'll Never Know* (caso cuarenta y seis). Canciones que había oído con frecuencia en la radio.

¿Hay alguna razón, hemos de preguntarnos, por la que canciones concretas (o escenas) sean «seleccionadas» por pacientes concretos para reproducirlas en sus ataques alucinatorios? Penfield considera esta cuestión y cree que no hay ninguna razón y que la selección realizada no tiene significado alguno:

> Sería muy difícil de creer que alguna de las canciones y de los incidentes triviales que se recuerdan bajo estimulación o por descarga epiléptica pudiese tener una posible significación emotiva para el paciente, aun en el caso de que uno tenga una aguda conciencia de esa posibilidad.

Penfield llega a la conclusión de que la selección se realiza «completamente al azar, salvo que haya alguna evidencia de condicionamiento cortical». Éstas son las palabras, ésta es la actitud, digamos, de la fisiología. Quizás Penfield tenga razón, pero ¿podría haber algo más? ¿Es él en realidad «agudamente consciente», suficientemente consciente, a los niveles que importa, de la posible significación emotiva de las canciones, de lo que Thomas Mann llamaba el «mundo de detrás de la música»? ¿Puede uno contentarse con preguntas superficiales, como «¿Tiene esta canción algún significado especial para usted?»? Sabemos, demasiado bien, por el estudio de las «asociaciones libres», que los pensamientos que parecen más triviales, más fruto del azar, pueden tener una profundidad y una resonancia inesperadas, pero que esto sólo se manifiesta con un análisis en profundidad. Es notorio que ese análisis profundo no se da en Penfield, ni en ninguna otra psicología fisiológica. No está claro si es preciso un análisis profundo de este género, pero dada la oportunidad extraordinaria de una antología tal de escenas y canciones convulsivas, uno cree que al menos debería hacerse un intento.

He vuelto brevemente a la señora O'M. para obtener sus asociaciones, sus sentimientos, respecto a sus «canciones». Esto puede ser innecesario, pero creo que merece la pena probar. Ha aflorado ya una cosa importante. Aunque no puede atribuir conscientemente sentido o significado especial a las tres canciones, recuerda ahora, y esto lo confirman otros, que *era propensa a tararearlas,* inconscientemente, mucho antes de que se convirtieran en ataques alucinatorios. Esto indica que estaban *ya,* inconscientemente, «seleccionadas», una selección de la que se sirvió luego la patología orgánica que sobrevino.

¿Siguen siendo sus favoritas? ¿Le importan ahora? ¿Obtiene algo de su música alucinatoria? Un mes después de que yo viese a la señora O'M. salió un artículo en el *New York Times* titulado «¿Tenía Shostakóvich un secreto?». El «secreto» de Shostakóvich, se decía (lo decía un neurólogo chino, el doctor Dajue Wang), era la presencia de una esquirla metálica, un fragmento de bomba móvil, en su cerebro, en el cuerno temporal del ventrículo izquierdo. Al parecer Shostakóvich se mostraba muy reacio a que le extrajesen aquella esquirla:

Desde que tenía alojado allí el fragmento, decía, cada vez que inclinaba la cabeza hacia un lado podía oír música. Tenía la cabeza llena de melodías (siempre distintas) de las que se servía luego para componer.

Al parecer los rayos X indicaron que el fragmento se movía cuando Shostakóvich movía la cabeza, que presionaba en el lóbulo temporal musical cuando se inclinaba, y producía así una infinidad de melodías de las que se servía luego el talento de Shostakóvich. El doctor R. A. Henson, compilador de *Music and the Brain* (1977), mostraba un escepticismo profundo pero no absoluto: «Vacilaría si hubiese de afirmar que no podría suceder.»

Después de leer el artículo se lo di a la señora O'M. para que lo leyera y sus reacciones fueron vigorosas y claras. «Yo no soy Shostakóvich», dijo. «Yo no puedo utilizar *mis* canciones. De todos modos, estoy harta de ellas, son siempre las mismas. Quizás para Shostakóvich fuesen un don las alucinaciones musicales, pero para mí no son más que un fastidio. *Él* no quería tratamiento, pero yo lo quiero, desde luego que sí.»

Le apliqué a la señora O'M. un tratamiento con anticonvulsivos y enseguida dejó de tener convulsiones musicales. Volví a verla hace poco y le pregunté si las echaba de menos. «Nada de eso», dijo. «Estoy mucho mejor sin ellas.» Pero no sucedía lo mismo, como hemos visto, en el caso de la señora O'C., cuya alucinosis era de un género mucho más complejo, más misterioso y más profundo, aunque su origen fuese cosa del azar, tenía en definitiva una gran utilidad y un gran significado desde el punto de vista psicológico.

En realidad en el caso de la señora O'C. la epilepsia era diferente desde el principio, tanto en el aspecto fisiológico como por el impacto y el carácter «personal». Hubo, durante las primeras 72 horas, un ataque, o «status» de ataque, casi continuo, vinculado a una apoplejía del lóbulo temporal. Esto era por sí sólo abrumador. En segundo término, y también esto tenía cierta base fisiológica (en la brusquedad y amplitud del ataque y en la alteración que producía del uncus de los centros emotivos profundos, de la amígdala, del sistema límbico, etcétera, en lo profundo, y en las profundidades del lóbulo temporal), había una *emoción* abrumadora relacionada con los ataques y un contenido abrumador (y profundamente nostálgico), una sensación abrumadora de ser de nuevo niña, en su hogar hacía tanto olvidado, en los brazos y en la presencia de su madre.

Puede ser que estos ataques tengan un origen fisiológico y personal al mismo tiempo, procediendo de determinadas zonas cargadas del cerebro, pero, asimismo, atendiendo a necesidades y circunstancias psíquicas particulares, como en el caso de que nos habla Dennis Williams (1956):

> Un representante, treinta y un años (caso 2770), tenía epilepsia que se manifestaba cuando se encontraba solo entre extraños. Inicio: un recuerdo visual de sus padres en casa, el sentimiento «qué maravilloso estar de vuelta». Lo describía como un recuerdo muy agradable. Se le pone carne de gallina, siente frío y calor, y, o bien remite el ataque, o bien se inicia ya una convulsión.

Williams expone este caso asombroso sin más comentario, y no establece ninguna relación entre sus partes. La emoción se menosprecia como puramente fisiológica («placer ictal» impropio) y no se indica tampoco la posible relación entre «estar de vuelta en casa» y estar solo. Puede que tenga razón, claro; puede que todo sea puramente fisiológico; pero yo no puedo dejar de pensar que si uno ha de tener ataques, este individuo, el caso 2770, se las arreglaba para tener los ataques adecuados en el momento adecuado.

En el caso de la señora O'C. la necesidad nostálgica era más crónica y profunda, pues su padre había muerto antes de que ella naciese y su madre antes de que cumpliese cinco años. Huérfana y sola, la embarcaron para América, a vivir con una tía soltera bastante odiosa. La señora O'C. no tenía ningún recuerdo consciente de los cinco primeros años de su vida, no tenía ningún recuerdo de su madre, de Irlanda, del hogar. Siempre había sentido esto como una tristeza profunda y dolorosa, esa carencia u olvido de los primeros años de su vida, los más valiosos. Había intentado muchas veces, sin conseguirlo nunca, recuperar sus recuerdos de infancia olvidados y perdidos. Ahora, con su sueño, y el largo «estado de ensueño» que le sucedió, recuperaba una sensación básica de su infancia perdida y olvidada. El sentimiento que tenía no era sólo «placer ictal», sino un júbilo tembloroso, profundo y conmovedor. Era, según sus propias palabras, como abrir una puerta, una puerta que había permanecido tercamente cerrada toda su vida.

Esther Salaman, en su hermoso libro sobre «recuerdos involuntarios» *(A Collection of Moments,* 1970), habla de la necesidad de preservar, o recuperar «los sagrados y preciosos recuerdos de infancia», de lo empobrecida y *desarraigada* que resulta la vida sin ellos. Habla del gozo profundo, del sentido de la realidad, que puede aportar la recuperación de estos recuerdos, y expone abundantes y maravillosas citas autobiográficas, sobre todo de Dostoievski y de Proust. Todos somos «exiliados de nuestro pasado», escribe y como tales *necesitamos* recuperarlo. Para la señora O'C., que tiene casi noventa años y se aproxima al final de una vida larga y solitaria, esta recuperación de recuerdos de infancia «sagrados y preciosos», esta anamnesis extraña y casi milagrosa, que abre de par en par la puerta cerrada, la amnesia de la infancia, se la produjo, paradójicamente, un trastorno cerebral.

A diferencia de la señora O'M., a quien los ataques le resultaban agotadores y tediosos, a la señora. O'C. le parecían un alivio para el espíritu. Le proporcionaban un sentido de realidad y de vinculación psicológica, el sentido elemental que ella había perdido, en sus largas décadas de separación y de «exilio», de que *había* tenido un hogar y una infancia reales, que *había* sido mimada y amada y cuidada. La señora O'C., a diferencia de la señora O'M., que *quería* tratamiento, rechazó los anticonvulsivos: «*Necesito* esos recuerdos», decía. «Necesito que esto siga... Y acabará solo muy pronto.»

Dostoievski tenía «ataques psíquicos» o «estados mentales complejos» cuando se iniciaban los ataques, y dijo en una ocasión de ellos:

> Todos ustedes, los individuos sanos, no pueden imaginar la felicidad que sentimos los epilépticos durante el segundo que precede al ataque... No sé si esta felicidad dura segundos, horas o meses, pero créanme, *no lo cambiaría por todos los gozos que pueda aportar la vida* (T. Alajouanine, 1963).

La señora O'C. habría comprendido esto. También ella conocía, en sus ataques, una felicidad extraordinaria. Pero a ella le parecía el apogeo de la cordura y la salud... la clave misma, la puerta en rigor, de la salud y la cordura. Así pues, sentía su enfermedad como salud, como *curación.*

Cuando la señora O'C. mejoró y se recuperó del ataque, tuvo un período de tristeza y de miedo. «La puerta se está cerrando», decía. «Estoy perdiéndolo todo de nuevo.» Y realmente lo perdió, a mediados de abril cesaron las súbitas irrupciones de sensaciones y música y escenas de infancia, sus súbitos «arrebatos» epilépticos que la llevaban al mundo de la temprana infancia, que eran sin lugar a dudas «reminiscencias», y auténticas, pues, como ha demostrado irrefutablemente Penfield, esos ataques captan y reproducen una realidad, una realidad experimental y no una fantasía, segmentos concretos de una existencia y una experiencia pasada de un individuo.

Pero Penfield habla siempre de «conciencia» a este respecto, de ataques físicos que captan y reproducen convulsivamente, parte de la corriente de conciencia, de la realidad consciente. Lo que es especialmente importante, y conmovedor, en el caso de la señora O'C. es que la «reminiscencia» epiléptica se centró en su caso en algo inconsciente, en experiencias de la primera infancia, desvanecidas o desterradas de la conciencia, y las restauró, convulsivamente, sacándolas a la conciencia y al recuerdo pleno. Y por este motivo, hemos de suponer, aunque la puerta se cerró, psicológicamente, la experiencia en sí no se olvidó, sino que dejó una impresión duradera y profunda y la persona la apreció como una experiencia significativa y salutífera. «Me alegro de que sucediese», decía cuando ya había terminado. «Fue la experiencia más saludable y feliz de mi vida. No hay ya un gran sector de infancia perdido. Aunque no pueda recordar los detalles ahora, sé que está todo ahí. Hay una especie de plenitud que nunca había poseído.»

No eran palabras vanas, sino valientes y veraces. Los ataques de la señora O'C. provocaron una especie de «conversión», aportaron un centro a una vida que carecía de él, le devolvieron la infancia que había perdido... y con ella una serenidad que no había experimentado hasta entonces y que persistió el resto de su vida: una serenidad básica y una seguridad de espíritu como sólo pueden disfrutarla aquellos que poseen, o recuerdan, el pasado auténtico.

POSDATA

«Nunca me han consultado sólo por "reminiscencia"...», decía Hughlings Jackson; por el contrario Freud decía: «Neurosis *es reminiscencia.*» Pero no hay duda de que el término se utiliza en sentidos completamente opuestos, dado que el objetivo del psicoanálisis podríamos decir que es sustituir «reminiscencias» falsas o fantásticas por un recuerdo auténtico, o anamnesis, del pasado (y es concretamente este recuerdo auténtico, trivial o profundo, el que se evoca en el curso de los ataques psíquicos). Sabemos que Freud admiraba mucho a Hughlings Jackson... pero no sabemos si Jackson, que vivió hasta 1911, había oído hablar siquiera de Freud.

Lo maravilloso de un caso como el de la señora O'C. es que es al mismo tiempo «jacksoniano» y «freudiano». La señora O'C. padeció una «reminiscencia» jacksoniana, pero esto sirvió para anclarla y curarla como una «anamnesis» freudiana. Estos casos son emocionantes y muy valiosos pues sirven de puente entre lo físico y lo personal y señalan, si los dejamos, la neurología del futuro, una neurología de experiencia viva. Yo creo que esto no habría ni sorprendido ni ofendido a Hughlings Jackson. Yo creo que seguramente era eso lo que él mismo ensoñaba cuando hablaba de «estados de ensueño» y de «reminiscencia» allá por 1880.

Penfield y Perot titularon su artículo «El registro cerebral de la experiencia visual y auditiva», y podemos considerar ahora la forma, o formas, que pueden adoptar esos «registros» internos. Lo que ocurre, en esos ataques «experimentales» totalmente personales, es una reproducción completa de (un segmento de) experiencia. ¿Qué es lo que *podría* suceder, podemos preguntarnos, para que se reproduzca una experiencia? ¿Se trata de algo similar a una película o un disco, activado por el proyector o el fonógrafo del cerebro? ¿O algo análogo, pero lógicamente anterior, como una partitura o un guión? ¿Cuál es la forma última, la forma natural, del repertorio de nuestra vida? Ese repertorio que no sólo aporta el recuerdo y la «reminiscencia», sino la imaginación a todos los niveles, desde las imágenes motrices y sensoriales más simples, a las escenas, los paisajes y los mundos imaginativos más complejos. Un repertorio, una memoria, una imaginación de una vida que es esencialmente personal, dramática e «icónica».

Las experiencias de reminiscencia de nuestros pacientes han planteado cuestiones fundamentales sobre la naturaleza del recuerdo (o *mnesis),* que se han planteado también, por otra parte, en nuestros relatos de amnesia o amnesis («El marinero perdido» y «Una cuestión de identidad», capítulos dos y doce). Nos plantean cuestiones análogas sobre la naturaleza del conocimiento (o *gnosis)* nuestros pacientes con agnosias, la dramática agnosia visual del doctor P. («El hombre que confundió a su mujer con un sombrero») y las agnosias auditivas y musicales de la señora O'M. y de Emily D. (capítulo nueve, «El discurso del Presidente»). Y nos plantean interrogantes similares sobre el carácter de la acción (o *praxis), la* perturbación motriz, o apraxia, de ciertos retrasados, y los pacientes con apraxias del lóbulo frontal, apraxias que pueden ser tan graves que impidan caminar a los pacientes, que los pacientes pueden perder sus «melodías cinéticas», sus melodías de caminar (esto sucede también en el caso de los pacientes parkinsonianos, como se vio en *Despertares).*

Lo mismo que la señora O'C. y la señora O'M. padecían de reminiscencias o irrupción convulsiva de melodías y escenas (una especie de *hipermnesias e hipergnosias),* nuestros pacientes amnésico-agnósicos han perdido, o están perdiendo, sus escenas y melodías interiores. Ambos casos atestiguan el carácter esencialmente «melódico» y «escénico» de la vida interior, la naturaleza «proustiana» del recuerdo y de la mente.

Si se estimula un punto del córtex de uno de estos pacientes hay un despliegue convulsivo de una reminiscencia o evocación proustiana. ¿Qué es lo que facilita esto?, nos preguntamos. ¿Qué clase de organización cerebral podría permitir que sucediera lo que sucede? Las concepciones hoy predominantes acerca de la representación y el procesado cerebrales son todas ellas computacionales básicamente (véase, por ejemplo, el inteligente libro de David Marr *Vision: A Computational Investigation of Visual Representation in Man,* 1982). Y, en consecuencia, se expresan en términos de «esquemas», «programas», «algoritmos», etcétera.

Pero ¿podrían los esquemas, los programas, los algoritmos, aportar por sí solos ese carácter espléndidamente visionario, dramático, musical de la experiencia, ese profundo carácter personal, que la *hace* «experiencia»?

La respuesta es clara y hasta apasionadamente «¡No!». Las representaciones computacionales, incluso las exquisitamente perfeccionadas que esbozaron Marr y Bernstein (los dos grandes adelantados y pensadores de este campo) nunca podrían constituir, por sí solas, representaciones «icónicas», esas representaciones que son el material y el hilo mismo de la vida.

Así pues, hay un abismo abierto, un abismo enorme, entre lo que aprendemos de nuestros pacientes y lo que nos dicen los fisiólogos. ¿Hay algún medio de tender un puente que permita salvar este abismo? O, si esto es (como pudiera ser) categóricamente imposible, ¿hay conceptos, más allá de la cibernética, con los que podamos entender mejor el carácter básicamente personal, proustiano, de la reminiscencia de la mente, de la vida? ¿Podemos, en suma, tener una fisiología personal o proustiana, además y por encima de la mecánica, la sherringtoniana? (el propio Sherrington apunta esto en *Man on His Nature* (1940), cuando imagina la mente como «un telar encantado», que teje formas siempre cambiantes y sin embargo siempre significativas, que teje, en realidad, pautas de sentido...).

Estas pautas de sentido trascenderían sin duda las pautas o programas puramente formales o computacionales, y admitirían ese carácter esencialmente *personal* intrínseco en la reminiscencia, intrínseco a *toda* mnesis, gnosis y praxis. Y si preguntamos qué forma, qué organización podían tener unas pautas tales, la respuesta brota inmediata y, digamos, inevitablemente. Las pautas personales, las pautas de lo individual, habrían de tener la forma de partituras o guiones, lo mismo que las pautas abstractas, las de un ordenador, han de tener la forma de esquemas o programas. Así, por encima del nivel de los programas cerebrales, hemos de situar un nivel de partituras y guiones cerebrales.

Yo imagino que la partitura de *Easter Parade* está indeleblemente grabada en el cerebro de la señora O'M..., la partitura, *su* partitura, la de todo lo que ella oyó y sintió en el momento y la impresión original de la experiencia. Asimismo, en los sectores «dramatúrgicos» del cerebro de la señora O'C., aparentemente olvidados, pero aun así perfectamente recuperables, debía de hallarse, grabado indeleblemente, el guión de *sus* escenas dramáticas de infancia.

Y no olvidemos que, de acuerdo con los casos de Penfield, la eliminación del pequeño sector convulsionante del córtex, el foco irritante que causa la reminiscencia, puede eliminar *in toto* la escena repetida y sustituir una «hipermnesia» o reminiscencia absolutamente específica por un olvido o amnesia igualmente específica. Se perfila aquí algo sumamente importante y sobrecogedor: La posibilidad de una psicocirugía *real,* una neurocirugía de la identidad (infinitamente más delicada y más específica que nuestras toscas amputaciones y lobotomías que pueden apagar o deformar todo el carácter, pero no pueden tocar las experiencias individuales).

La experiencia no es *posible* hasta que no está organizada icónicamente; la acción no es *posible* hasta que no está organizada icónicamente. «El registro cerebral» de todo (de todo lo vivo) debe ser icónico. Ésta es la forma *básica* del registro cerebral, aunque la forma preliminar pueda ser computacional o programática. La forma final de representación cerebral debe ser «arte» o debe permitirlo: la melodía y el decorado artístico de la experiencia y de la acción.

Por esa misma razón precisamente, si las representaciones del cerebro están lesionadas o destruidas, como en las amnesias, agnosias, apraxias, su reconstitución (en el caso de que sea posible) exige un doble enfoque: procurar reconstruir sistemas y programas dañados, tal como viene haciéndolo, con excelentes resultados, la neurología soviética; o un enfoque directo al nivel de escenas y melodías interiores (como se expone en *Despertares, Con una sola pierna* y varios casos de este libro, sobre todo en «Rebeca», (capítulo veintiuno) y en la introducción a la Cuarta parte). Se puede recurrir a cualquiera de los dos enfoques, o utilizar ambos combinados, para entender a los pacientes con lesión cerebral, o para ayudarles: una terapia «sistemática» y una terapia «artística», y a ser posible ambas.

Todo esto se apuntó ya hace cien años, en la referencia original de «reminiscencia» (1880) de Hughlings Jackson; en las consideraciones de Korsakov sobre la amnesia (1887); y lo dijeron también Freud y Anton en la década de 1890, al tratar las agnosias. Estos notables descubrimientos acabaron semiolvidados; quedaron eclipsados por la ascensión de una fisiología sistemática. Ahora es el momento de recordarlos, de volver a utilizarlos, para que nos permitan acceder, en nuestra época, a una terapia y una ciencia «existenciales», nuevas, bellas, que puedan unirse a lo sistemático y proporcionarnos un poder y una capacidad de comprensión globales.

Desde que salió la primera edición de este libro me han ido consultando muchísimos casos de «reminiscencia» musical... es evidente que no se trata de algo insólito, sobre todo entre los ancianos, aunque el temor pueda inhibir la confesión de los hechos y la búsqueda de asesoramiento. A veces (como en los casos de la señora O'C. y de la señora O'M.) se descubre una patología grave y significativa. Otras veces (como en un caso reciente, *NEJM,* 5 de septiembre de 1985) hay una base tóxica, como el abuso de aspirinas. Pacientes con sordera nerviosa grave pueden tener «fantasmas» musicales. Pero en la mayoría de los casos no puede detectarse ninguna patología, y la condición, aunque molesta, es básicamente benigna. (No está claro, ni mucho menos, por qué las partes musicales del cerebro, sobre todo, hayan de ser propensas, a estas «emisiones» en la vejez.)

16. NOSTALGIA INCONTINENTE

Si en el marco de la epilepsia o la jaqueca me encontré con casos de «reminiscencia», en mis pacientes posencefalíticos estimulados por la L-Dopa la «reminiscencia» era algo común, tan común que llegué a calificar a la L-Dopa de «una especie de máquina del tiempo extraña y personal». En el caso de una paciente el fenómeno resultaba tan espectacular que lo convertí en tema de una Carta al Director que se publicó en el número de *Lancet* de junio de 1970, y que reproduzco más adelante. En este caso enfoqué la «reminiscencia» en su sentido estricto, jacksoniano, como una irrupción convulsiva de recuerdos del pasado remoto. Más tarde, cuando me puse a escribir la historia de esta paciente (Rose R.) en *Despertares,* pensé menos en términos de «reminiscencia» y más en términos de «obstrucción», («¿No ha pasado nunca de 1926?», escribí)... y en estos términos es en los que Harold Pinter describe a «Deborah» en *A Kind of Alaska:*

> Uno de los efectos más asombrosos de la L-Dopa, cuando se administra a determinados pacientes posencefalíticos, es la reactivación de síntomas y pautas de conducta presentes en una etapa muy anterior de la enfermedad, pero «perdidas»

subsiguientemente. Ya hemos comentado a este respecto la exacerbación o recurrencia de crisis respiratorias, crisis oculogíricas, hipercinesias repetitivas y tics. Hemos reseñado también la reactivación de muchos otros síntomas primitivos «latentes», como por ejemplo mioclonus, bulimia, polidipsia, satiriasis, dolor central, afectos forzados, etcétera. A niveles funcionales aún más elevados, hemos comprobado el retorno y la reactivación de recuerdos, sueños, sistemas de pensamiento y actitudes morales complejos y con carga afectiva, todos ellos «olvidados», reprimidos o inactivados de cualquier otro modo en el limbo de una enfermedad posencefalítica profundamente acinética y a veces apática.

Un ejemplo asombroso de reminiscencia forzada provocada por L-Dopa fue el caso de una mujer de sesenta y tres años que tenía parkinsonismo posencefalítico progresivo desde los dieciocho y llevaba hospitalizada, en un estado de «trance» oculogírico casi continuo, veinticuatro años. La L-Dopa produjo, al principio, un alivio espectacular del parkinsonismo y del acceso oculogírico, permitiendo que el movimiento y el habla fuesen casi normales. Pronto siguió (como en varios de nuestros pacientes) una agitación psicomotora con una potenciación de la libido. Este período se caracterizó por nostalgia, identificación gozosa con un yo juvenil, e irrupción incontrolable de alusiones y recuerdos sexuales remotos. La paciente pidió una grabadora y en el curso de unos cuantos días grabó innumerables canciones obscenas, chistes y versos «picantes», todo procedente de charlas de fiestas, tebeos «verdes», clubs nocturnos y cafés-cantantes de mediados y finales de los años veinte. Estos recitales estaban animados con alusiones repetidas a acontecimientos de la época y por el uso de modismos sociales, entonaciones y coloquialismos obsoletos que evocaban irresistiblemente aquel mundo del pasado. Nadie mostraba más asombro que la propia paciente: «Es increíble», decía.

«No puedo entenderlo. Hacía más de cuarenta años que no oía esas cosas ni pensaba en ellas. Ni siquiera sabía que las supiese. Pero ahora recorren sin cesar mi pensamiento.» El aumento de la agitación nos obligó a reducir la dosis de L-Dopa, y con ello la paciente, aunque se mantuvo perfectamente equilibrada, «olvidó» instantáneamente todos estos recuerdos lejanos y nunca volvió a ser capaz ya de recordar un solo verso de aquellas canciones que había grabado.

La reminiscencia forzada (que suele ir acompañada de una sensación de *déjà vu,* y, en expresión de Jackson, «una duplicación de la conciencia») es bastante común en los ataques de jaqueca y de epilepsia, en los estados psicóticos e hipnóticos y, menos espectacularmente, en todos nosotros, como reacción al potente estímulo mnemónico de ciertas palabras, sonidos, escenas y especialmente olores. Se ha hablado ya de la incidencia de accesos súbitos de recuerdo en crisis oculogíricas, como en el caso descrito por Zutt en que «se amontonaron en la mente del paciente de pronto miles de recuerdos». Penfield y Perot han podido evocar recuerdos estereotipados estimulando puntos epileptogénicos del córtex, y han deducido de ello que los ataques que se producen de modo natural en esos pacientes, o los inducidos artificialmente, activan «secuencias de recuerdos fosilizadas» en el cerebro.

Nosotros creemos que nuestra paciente tiene almacenado (como todo el mundo) un número casi infinito de rastros de memoria «latentes», algunos de los cuales pueden reactivarse en condiciones especiales, sobre todo cuando se produce una agitación abrumadora. Y creemos que estos rastros (como las impresiones subcorticales de acontecimientos remotos situados muy por debajo del horizonte de la vida mental) están grabados indeleblemente en el sistema nervioso y pueden subsistir indefinidamente en un estado de suspensión, bien debido a falta de estímulo o bien debido a una inhibición positiva.

Los efectos de la estimulación o de la desinhibición pueden ser idénticos, claro, y mutuamente incitativos. Pero dudamos que pueda decirse en rigor que los recuerdos de nuestra paciente hubiesen estado simplemente «reprimidos» durante su enfermedad, y se «des-reprimiesen» luego debido a la L-Dopa.

La reminiscencia forzada que causan la L-Dopa, las exploraciones corticales, las jaquecas, la epilepsia, las crisis, etcétera, parecería ser, primariamente, una excitación; mientras que la reminiscencia incontinentemente nostálgica de la vejez y a veces de la embriaguez, parece más próxima a una desinhibición y un descubrimiento de rastros arcaicos. Todos estos estados pueden «liberar» recuerdo, y todos ellos pueden conducir a una re-experimentación y una re-presentación del pasado.

17. UN PASAJE A LA INDIA

Bhagawhandi P., una muchacha india de diecinueve años con un tumor maligno en el cerebro, fue admitida en nuestra institución en 1978. El tumor (un astrocitoma) se había manifestado por primera vez cuando tenía siete años, pero por entonces era de escasa malignidad y estaba bien delimitado, lo que permitió una resección completa y una total recuperación de la función, y Bhagawhandi pudo volver a hacer vida normal.

Esta tregua duró diez años, durante los cuales vivió una vida plena, con una plenitud agradecida y consciente, porque sabía (era una chica inteligente) que tenía una «bomba de tiempo» en la cabeza.

El tumor volvió a aparecer a los dieciocho años, mucho más expansivo y maligno ya. No era posible además extirparlo. Se efectuó una descompresión para permitir que se expandiera y fue así, con debilidad y parálisis del lado izquierdo, con ataques esporádicos y otros problemas, como ingresó en nuestra institución.

Al principio se mostró bastante animosa, parecía aceptar plenamente el destino que le aguardaba, pero deseaba aún relacionarse y hacer cosas, disfrutar y experimentar mientras pudiese. A medida que el tumor iba creciendo y avanzando hacia el lóbulo temporal y aumentaba la compresión (le administramos esteroides para reducir el edema cerebral), los ataques se hicieron más frecuentes... y más extraños.

Los primeros ataques habían sido convulsiones de *grand mal,* y siguió teniendo ataques de este tipo de vez en cuando. Los nuevos tenían un carácter completamente distinto. No perdía la conciencia, sino que parecía (y se sentía) como «ensoñando»; y era fácil apreciar (y confirmar con un electroencefalograma) que había pasado a tener ataques del lóbulo frontal frecuentes, que, como nos enseñó Hughlings Jackson, suelen caracterizarse por «estados de ensoñación» y «reminiscencia» involuntaria.

Esta ensoñación vaga adquirió pronto un carácter más definido, más concreto y más visionario. Adquirió la forma de visiones de la India (paisajes, aldeas, casas, jardines) que la muchacha reconocía inmediatamente como los lugares que había conocido y amado de niña.

–¿Y eso te molesta? –le preguntamos–. Podemos cambiar la medicación.

–No –dijo, con una plácida sonrisa–. Me gustan esos sueños, me llevan otra vez a casa.

A veces aparecía gente, normalmente de su familia o vecinos de su aldea natal; a veces se hablaba, o se cantaba o se bailaba; en una ocasión estaba en la iglesia, en otra en el camposanto; pero en general eran las llanuras, los campos, los arrozales próximos a la aldea, y las montañas bajas y suaves que se alzaban en el horizonte.

¿Eran sólo ataques del lóbulo temporal? Esto parecía en un principio, pero luego empezamos a estar ya menos seguros; porque los ataques del lóbulo temporal (como destacó Hughlings Jackson, y como pudo confirmar Wilder Penfield por estimulación del cerebro al descubierto, ver «Reminiscencia») suelen tener un formato bastante fijado: Una sola escena o canción, que se repite invariablemente, acompañada de un foco igualmente fijo en el córtex. Sin embargo los sueños de Bhagawhandi no tenían ese carácter fijo, desplegaban panoramas en cambio constante y paisajes que se disolvían ante sus ojos. ¿Estaba entonces intoxicada y alucinaba debido a las enormes dosis de esteroides que estaba recibiendo? Esto parecía posible, pero no podíamos reducir los esteroides, habría entrado en coma y se habría muerto en unos cuantos días.

Y una «psicosis de esteroides», en caso de que fuese eso, suele ser desorganizada y agitada, mientras que Bhagawhandi estaba siempre lúcida, tranquila, serena. ¿Podían ser fantasías o sueños, en el sentido freudiano? ¿O el tipo de locura-ensueño (oneirofrenia) que puede producirse a veces en la esquizofrenia? Tampoco podíamos estar seguros de eso; porque aunque había una especie de fantasmagoría, los fantasmas eran claramente recuerdos todos ellos. Se producían con conciencia y juicio normales (Hughlings Jackson, como hemos visto, habla de una «duplicación de la conciencia»), y no estaban evidentemente «hipercateterizados», o cargados de impulsos apasionados. Se parecían más a ciertos cuadros, o poemas sinfónicos, unas veces felices, otras tristes, evocaciones, re-evocaciones, visitas de ida y vuelta a una niñez estimada y feliz.

Día a día, semana a semana, los sueños, las visiones, se hicieron más frecuentes, más profundos. No eran ya esporádicos, sino que ocupaban la mayor parte del día. La veíamos como arrebatada, como en un trance, los ojos cerrados a veces, otras abiertos pero mirando sin ver, y siempre con una sonrisa dulce, misteriosa en la cara. Si alguien se acercaba a ella o le preguntaba algo, como tenían que hacer las enfermeras, ella respondía inmediatamente, con lucidez y cortesía, pero se tenía la sensación, incluso entre el personal más prosaico, de que estaba en otro mundo y de que no debíamos molestarla. Yo compartía este sentimiento y, aunque sentía curiosidad, me resistía a indagar. Una vez, sólo una vez, le dije:

–¿Qué pasa, Bhagawhandi?

–Me estoy muriendo –contestó–. Me voy a casa. Regreso al lugar del que vine..., sí, podríamos decir que es mi regreso.

Pasó otra semana y entonces dejó de reaccionar ya a los estímulos externos, parecía completamente encerrada en un mundo propio y, aunque tenía los ojos cerrados, aún seguía presente en su rostro aquella sonrisa serena y feliz.

–Está haciendo su viaje de regreso –decía el personal–. Pronto llegará allí.

Tres días después murió, ¿o deberíamos decir «llegó», después de completar su viaje a la India?

18. EL PERRO BAJO LA PIEL

Stephen D., veintidós años, estudiante de medicina, consumo de drogas (cocaína, PCP y sobre todo anfetaminas).

Sueño vívido una noche, soñó que era un perro, en un mundo increíblemente rico y significativo en olores. («El olor feliz del agua... el recio olor de la piedra.») Al despertar, se encontró precisamente en un mundo así. «Como si hubiese sido hasta entonces totalmente ciego a los colores y me encontrase de pronto en un mundo lleno de color.» De hecho tuvo una potenciación de la visión cromática («era capaz de diferenciar docenas de marrones donde antes habría visto sólo marrón. Mis libros forrados de piel, que parecían similares antes, tenían ahora todos ellos matices completamente diferentes y diferenciables»). Y una potenciación espectacular de la percepción visual eidética y de la memoria («antes no podía dibujar nunca, no podía "ver" cosas en el pensamiento, pero de pronto era como si tuviera en la mente una cámara lúcida: Lo "veía" todo, como proyectado sobre el papel, y me limitaba a dibujar los perfiles que "veía". De pronto podía hacer los dibujos anatómicos más precisos»). Pero lo que realmente transformó su mundo fue la exaltación del *olfato:* «Yo había soñado que era un perro (fue un sueño olfativo) y despertaba y me hallaba en un mundo infinitamente fragante, un mundo en el que todas las demás sensaciones, aunque estuviesen potenciadas, palidecían frente al olfato.» Y con todo esto le sobrevino una especie de emoción trémula y anhelante y una nostalgia extraña como de un mundo perdido, medio olvidado y medio recordado.[1]

«Entré en una tienda de perfumes», continuó, «hasta entonces no había sido demasiado sensible a los olores, pero ahora distinguía instantáneamente uno de otro, y cada uno de ellos me parecía único, evocador, todo un mundo.» Se dio cuenta de que podía distinguir a todas sus amistades (y a todos los pacientes) por el olor: «Entraba en la clínica, olfateaba como un perro, e identificaba así, antes de verlos, a los veinte pacientes que había allí. Cada uno de ellos tenía una fisonomía olfativa propia, un rostro de olor, mucho más vívido y evocador, y fragante, que cualquier rostro visual.» Podía oler las emociones de los demás (miedo, alegría, sexualidad) lo mismo que un perro. Podía identificar las calles, las tiendas, por el olor, podía orientarse y andar por Nueva York, infaliblemente, por el olor.

Experimentaba un impulso de olerlo y tocarlo todo («Nada era realmente real hasta que lo tocaba y lo olía»), pero lo reprimía, si había testigos, por parecerle impropio. Los olores sexuales eran excitantes y estaban potenciados, pero de todos modos no más, en su opinión, que los de comida y que otros olores. El placer olfativo era intenso (también lo eran las sensaciones olfativas desagradables) pero le parecía, más que un mundo de meras sensaciones placenteras o desagradables, un todo estético, una concepción global, un nuevo significado total, que le rodeaba. «Era un mundo abrumadoramente concreto, de detalles», decía, «un mundo abrumador por su inmediatez, por su significación inmediata.» Un poco intelectual hasta entonces, e inclinado a la reflexión y la abstracción, el pensamiento, la abstracción y la categorización pasaron a resultarle un tanto difíciles e irreales, dada la inmediatez perentoria de cada experiencia.

De modo un tanto brusco, después de tres semanas, cesó esta extraña transformación: su sentido del olfato, todos sus sentidos, volvieron a la normalidad; se vio de nuevo, con una sensación mixta de alivio y de pérdida, en su viejo mundo de palidez y nebulosidad sensorial, sin concreción, abstracto. «Me alegro de haber vuelto», decía, «pero es una pérdida tremenda, también. Ahora veo a lo que renunciamos siendo civilizados y humanos. Necesitamos también lo otro, lo "primitivo".»

Han transcurrido dieciséis años, y los tiempos de estudiante, los tiempos de las anfetaminas, quedaron muy atrás. No ha habido ninguna recurrencia de nada remotamente similar. El doctor D. es un joven internista de bastante éxito, amigo y colega mío de Nueva York. No es que se lamente pero a veces siente una cierta nostalgia: «Aquel mundo de olor, aquel mundo fragante», exclama. «¡Tan vívido, tan real! Era como una visita a otro mundo, un mundo de percepción pura, rico, vivo, autosuficiente, pleno. ¡Ay, si pudiese volver de vez en cuando y ser de nuevo un perro!»

Freud escribió en varias ocasiones que el sentido del olfato del hombre era una «baja», algo reprimido en el desarrollo y la civilización, al asumir la posición erguida y al reprimir la sexualidad primitiva pregenital. Hay informes de potenciaciones específicas (y patológicas) del olfato en parafilias, en el fetichismo y en regresiones y perversiones relacionadas.[2] Pero la desinhibición que aquí se describe parece mucho más general, y aunque relacionada con la agitación (probablemente una agitación dopaminérgica inducida por las anfetaminas), no era específicamente sexual ni se relacionaba con una regresión sexual. Puede producirse una hiperosmia similar, a veces paroxísmica, en estados potenciados por hiperdopaminérgicos, como en el caso de algunos posencefalíticos a los que se administra L-Dopa, y algunos pacientes del síndrome de Tourette.

Lo que constatamos, al menos, es la universalidad de la inhibición, incluso al nivel perceptivo más elemental: la necesidad de inhibir lo que Head consideraba primordial y lleno de tono-sentimiento, y que llamaba «protopático», a fin de permitir que aflore lo «epicrítico», elaborado, categorizador, sin contenidos afectivos.

La necesidad de esa inhibición no puede reducirse a lo freudiano, ni debería exaltarse su reducción románticamente a lo Blake. Quizás sea necesario, como da a entender Head, quizás tengamos que ser hombres y no perros.[3] Y sin embargo la experiencia de Stephen D. nos recuerda, como el poema de Chesterton «El canto de Quoodle», que a veces necesitamos ser perros y no hombres:

> No tienen, no, narices
> los hijos caídos de Eva...
> ¡Ay, para el olor feliz del agua,
> el recio olor de una piedra!

POSDATA

He encontrado recientemente una especie de corolario de este caso: un hombre de grandes dotes que sufrió una lesión en la cabeza, que deterioró gravemente sus áreas olfativas (son muy vulnerables en su largo recorrido por la fosa anterior) y, debido a ello, perdió completamente el sentido del olfato.

Esto le ha sorprendido y desconcertado por sus efectos: «¿El sentido del olfato?» dice. «Nunca había reparado en él. No sueles reparar en él normalmente. Pero cuando lo perdí, fue como quedarse completamente ciego. La vida perdió mucho de su sabor, uno no se da cuenta de hasta qué punto el «sabor» es olor. Uno huele a las personas, huele los libros, huele la ciudad, huele la primavera, puede que no lo haga uno conscientemente, sino como un telón de fondo inconsciente y espléndido de todo lo demás. Todo mi mundo se empobreció radicalmente de pronto...»

Había una sensación intensa de pérdida, y una sensación intensa de anhelo: un deseo de recordar el mundo de olores al que no había prestado ninguna atención consciente, pero que había constituido, ahora lo comprendía, el fundamento mismo de la vida. Y luego, unos meses más tarde, para su asombro y gozo, su café matutino favorito, que se había hecho «insípido», empezó a recuperar el sabor. Probó entonces la pipa, llevaba meses sin tocarla, y captó también en ella una chispa del rico aroma que amaba.

Muy emocionado (los neurólogos no albergaban ninguna esperanza de recuperación), volvió a ver a su médico. Pero su médico, tras examinarlo minuciosamente, usando una técnica de «desconocimiento doble», dijo: «No, lo siento, no hay ni rastro de recuperación. Aún padece usted una anosmia total. Sin embargo es curioso que «oliese» la pipa y el café...»

Lo que parece suceder (y es importante que fuesen sólo los rastros olfativos, no el córtex, lo lesionado) es que se ha desarrollado una imaginería olfativa notablemente potenciada, podríamos decir casi que una alucinosis controlada, de modo que al tomar el café o encender la pipa (situaciones normal y previamente llenas de asociaciones olfativas) puede evocar o re-evocar estas sensaciones inconscientemente, y con tal intensidad como para pensar al principio que son «reales».

Este poder (en parte consciente, en parte inconsciente) se ha intensificado y ampliado. Ahora, por ejemplo, olfatea y «huele» la primavera. Al menos convoca un recuerdo olfativo o imagen olfativa, tan intenso que casi puede engañarse a sí mismo, y engañar a los demás haciendo creer que huele de veras.

Sabemos que esta compensación suele producirse en los ciegos y en los sordos. Pensemos en el sordo Beethoven y en el ciego Prescott. Pero no tengo ni idea de si es algo frecuente en la anosmia.

19. ASESINATO

Donald mató a su novia estando bajo la influencia del PCP. No tenía, o no parecía tener, ningún recuerdo del hecho, y ni la hipnosis ni el amital sódico sirvieron para liberar ninguno. No había, por tanto, ésta fue la conclusión cuando compareció en juicio, una represión del recuerdo, sino una amnesia orgánica, el tipo de apagón bien descrito del PCP.

Los detalles del hecho, expuestos en el informe forense, eran macabros y no podían revelarse en un juicio público. Se examinaron in *camera,* no sólo se le ocultaron al público sino también al propio Donald. Se comparó lo sucedido con los actos de violencia que a veces se cometen durante ataques psicomotores o del lóbulo temporal. No queda ningún recuerdo de estos actos, y puede que no haya ninguna intención de violencia... a los que los cometen no se les considera ni responsables ni culpables pero no por ello comprometen menos su propia seguridad y la ajena. Esto fue lo que le pasó al pobre Donald.

Luego estuvo cuatro años en un hospital psiquiátrico para desequilibrados que han cometido actos criminales, pese a las dudas de si era delincuente o loco. Él parecía aceptar su internamiento con cierto alivio, la sensación de castigo quizás le resultase agradable y había, él lo sentía sin duda, seguridad en el aislamiento. «No estoy en condiciones de vivir en sociedad», decía, con tristeza, cuando le preguntaban.

Seguridad frente al descontrol súbito y peligroso, seguridad y también una especie de serenidad. Siempre le habían interesado las plantas, y este interés, tan constructivo, y tan alejado de la zona de peligro, de la acción y de la relación humana, se lo fomentaron vigorosamente en el hospital prisión donde vivía. Se hizo cargo de un terreno olvidado y desatendido y creó jardines de flores, jardines de plantas aromáticas, jardines de todo tipo. Parecía haber logrado una especie de austero equilibrio, en el que las relaciones humanas, las pasiones humanas, tan tempestuosas anteriormente, habían sido reemplazadas por una calma extraña. Unos lo consideraban esquizoide, otros sano: todos creían que había logrado alcanzar una cierta estabilidad. Transcurridos cinco años empezó a salir bajo palabra, permitiéndosele abandonar el hospital con permisos de fin de semana. Había sido muy aficionado al ciclismo y se compró una bici. Y fue esto lo que precipitó el segundo acto de su extraña historia.

Bajaba pedaleando, de prisa, como le gustaba a él, por una cuesta bastante pendiente, cuando surgió de pronto un coche, mal conducido, en dirección contraria, en una curva sin visibilidad. Donald intentó desviarse para evitar el choque frontal, perdió el control y acabó precipitándose violentamente, de cabeza, contra el firme de la carretera.

Sufrió una grave herida en la cabeza (grandes hematomas bilaterales subdurales, que se drenaron y evacuaron de inmediato quirúrgicamente) y contusión grave en ambos lóbulos frontales. Permaneció en coma, hemipléjico, casi dos semanas, y luego, inesperadamente, empezó a recuperarse. Y entonces, en ese momento, empezaron las «pesadillas».

El regreso, el re-amanecer, de la conciencia no fue dulce: vino acompañado de una vorágine y una agitación desagradables, en que Donald, semiconsciente, parecía debatirse violentamente y exclamaba sin cesar: « ¡Oh Dios!» y «No!». Al aclararse más la conciencia, se aclaró con ella el recuerdo, el recuerdo pleno, un recuerdo que ahora resultaba terrible. Había varios problemas neurológicos (adormecimiento y debilidad del lado izquierdo, ataques y déficits graves del lóbulo frontal) y con ellos, con el último, algo totalmente nuevo. El asesinato, el hecho, antes perdido para la memoria, se alzaba ahora ante él con gran intensidad de detalle, vívido, casi alucinatorio. La reminiscencia incontrolable afloraba y le abrumaba: veía continuamente el asesinato, lo representaba una y otra vez. ¿Era aquello una pesadilla, era locura, o había ahora «hipermnesia», una irrupción de recuerdos auténticos, verídicos, temiblemente potenciados?

Se le interrogó con las debidas precauciones, con el mayor cuidado para evitar cualquier insinuación o sugerencia, y pronto se hizo evidente que se trataba de «reminiscencia» auténtica, aunque incontrolable. *Conocía ya hasta los detalles más nimios del asesinato, todos los detalles revelados por el examen forense, pero que no se habían revelado en el juicio... ni a él.*

Todo lo que antes había estado, o parecía, perdido u olvidado (incluso con hipnosis o con una inyección de amital) era recuperado y recuperable ahora. Más aún, era incontrolable; y aún más, completamente insoportable. Donald intentó suicidarse por dos veces en la unidad neuroquirúrgica y hubo que administrarle tranquilizantes fuertes y controlarlo por la fuerza.

¿Qué le había sucedido a Donald? ¿Qué estaba sucediéndole? Que se tratase de una súbita irrupción de fantasía psicótica se rechazó por el carácter verídico que tenía la reminiscencia... y aun cuando fuese fantasía totalmente psicótica, ¿por qué habría de producirse en ese momento, de un modo tan brusco, sin precedentes, por la herida de la cabeza? Los recuerdos tenían una carga psicótica, o casi psicótica (estaban, en jerga psiquiátrica, intensamente cateterizados o hipercateterizados), hasta tal punto que provocaban en Donald ideas continuas de suicidio.

Pero ¿qué sería una catexia normal de un recuerdo así, el aflorar de pronto, de la amnesia total, no de una oscura culpa o lucha edípica, sino de un asesinato real?

¿Cabía la posibilidad de que con la pérdida de la integridad del lóbulo frontal se hubiese perdido un requisito previo básico para la represión, y lo que ahora veíamos fuese una «des-represión» súbita, explosiva y específica? Ninguno de nosotros había oído o leído nada parecido hasta entonces, aunque todos estuviésemos bastante familiarizados con la desinhibición general que se produce en los síndromes del lóbulo frontal, la impulsividad, la jocosidad, la locuacidad, la obscenidad, la exhibición de un Id vulgar, despreocupado, desinhibido. Pero no era éste el carácter que mostraba ahora Donald. Él no era en absoluto impulsivo, grosero, indiscriminado. Su carácter, su juicio y su personalidad general se mantenían perfectamente, eran concreta y únicamente los recuerdos y los sentimientos del asesinato lo que irrumpía de forma incontrolada, obsesionándolo y atormentándolo.

¿Operaba también un elemento epiléptico o excitatorio específico? Resultaron especialmente interesantes a este respecto los electroencefalogramas, porque se puso en evidencia, utilizando electrodos especiales (nasofaríngeos), que además de los esporádicos ataques de *grand mal* que tenía había una agitación incesante, una epilepsia profunda, en ambos lóbulos temporales, que se extendía hacia abajo (era de suponer, pero sería preciso implantar electrodos para confirmarlo) en el uncus, la amígdala, las estructuras límbicas... el circuito emotivo que está hundido bajo los lóbulos temporales. Penfield y Perot *(Brain,* 1963, págs. 596-697) habían informado de «alucinaciones experimentales» o «reminiscencia» recurrente en algunos pacientes con ataques del lóbulo temporal. Pero la mayoría de las experiencias o reminiscencias que describía Penfield eran de un tipo más bien pasivo: oír música, ver escenas, estando presente quizás, pero *presente como espectador, no como actor.*[1] Ninguno de nosotros había tenido noticia de un paciente que reexperimentase, o más bien re-interpretase, un *hecho,* y esto era al parecer lo que le pasaba a Donald. No se llegó nunca a una decisión clara.

Sólo queda contar el resto de la historia. La juventud, la suerte, el tiempo, la curación natural, la función pretraumática superior, ayudados por una terapia luriana de «sustitución» del lóbulo frontal, han permitido a Donald, con el paso del tiempo, una recuperación enorme. Las funciones del lóbulo frontal son ya casi normales. El uso de nuevos anticonvulsivos, no asequibles hasta estos últimos años, han permitido un control efectivo de la agitación del lóbulo temporal, y también aquí probablemente haya jugado un papel la recuperación natural. Por último, con psicoterapia regular sensitiva y de apoyo, la violencia punitiva del superego autoacusador de Donald se ha mitigado, y ahora lo que rige es la escala de valores más moderada del ego. Pero lo definitivo, lo más importante, es esto: que Donald ha vuelto ya a la jardinería. «Siento paz trabajando en el jardín», me dice. «No surgen conflictos. Las plantas no tienen ego. No pueden herir tus sentimientos.» La terapia definitiva, como decía Freud, es trabajo y amor.

Donald no ha olvidado, o re-reprimido, nada del asesinato (si es que la represión era, en realidad, operativa en principio) pero no está obsesionado ya por él: se ha alcanzado un equilibrio fisiológico y moral.

Pero ¿y el status del primer recuerdo perdido, y luego recobrado? ¿Por qué la amnesia y el regreso explosivo? ¿Por qué el apagón total y luego las visiones retrospectivas espeluznantes? ¿Qué pasó, en realidad, en este drama extraño, semineurológico? Todas estas cuestiones siguen siendo un misterio hasta hoy.

«Visión de la Ciudad Celestial».
Del manuscrito *Scivias* de Hildegard, escrito en Bingen alrededor de 1180. La figura es una reconstrucción de algunas visiones de origen jaquecoso.

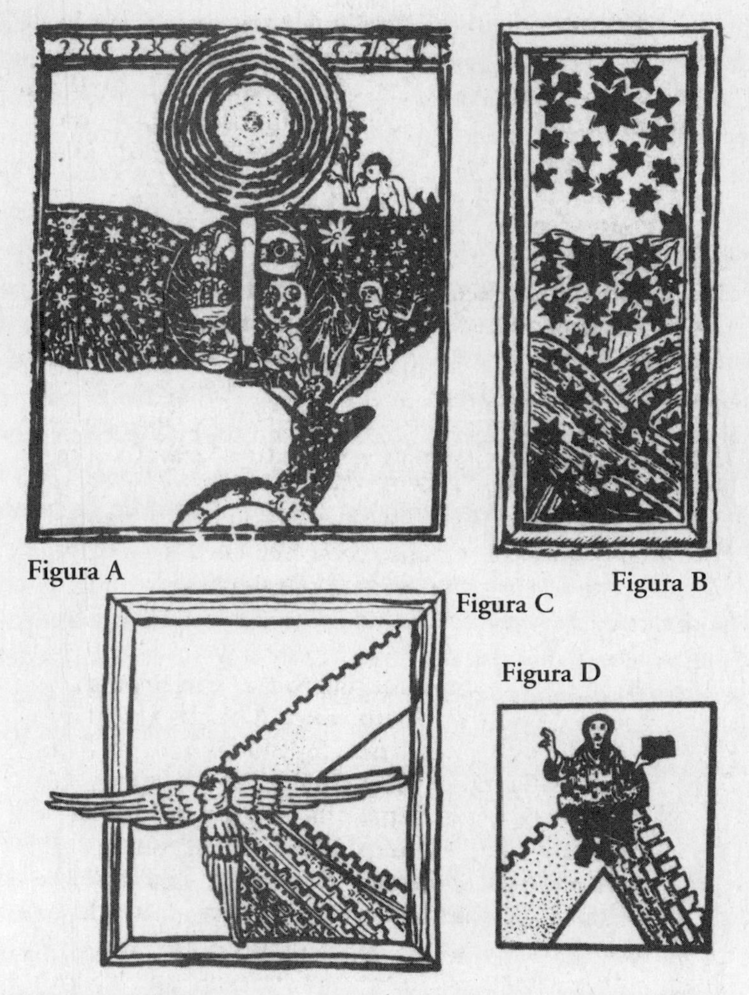

Variaciones de alucinación jaquecosa en las visiones de Hildegard. En la Figura A el fondo está formado por estrellas que titilan sobre líneas ondulantes concéntricas. En la figura B una lluvia de estrellas brillantes (fosfenos) se extingue después de caer: sucesión de escotomas positivos y negativos. En las figuras C y D Hildegard describe formas de fortificación típicamente jaquecosas que irradian de un punto central y que, en el original, están brillantemente iluminadas y coloreadas.

La literatura religiosa de todas las épocas está repleta de «descripciones» de «visiones», en las que sentimientos sublimes e inefables van acompañados por la experiencia de luminosidad radiante (William James habla de «fotismo» en este contexto). Es imposible asegurar, en la inmensa mayoría de los casos, si la experiencia constituye un éxtasis psicótico o histérico, los efectos de una intoxicación o una manifestación jaquecosa o epiléptica. Hay una sola excepción, el caso de Hildegard de Bingen (1098-1180), una monja y mística de una capacidad literaria e intelectual excepcional, que experimentó innumerables «visiones» desde la más temprana infancia hasta el final de su vida, y que nos ha dejado imágenes y relatos exquisitos de dichas visiones en los dos códices suyos manuscritos que han llegado hasta nosotros: *Scivias* y *Liber divinorum operum* («Libro de las obras divinas»).

Una consideración cuidadosa de estos relatos y dibujos no deja duda alguna respecto a su naturaleza: son indiscutiblemente jaquecosos, e ilustran, sin duda, muchas de las variedades del aura visual analizadas anteriormente. Singer (1958), en un extenso ensayo sobre las visiones de Hildegard, selecciona los fenómenos siguientes como los más característicos:

> Un rasgo prominente en todos es un punto o un grupo de puntos de luz, que chispean y se mueven, normalmente en forma ondular, y suelen considerarse estrellas u ojos llameantes (figura B). En gran número de casos, una luz, mayor que el resto, muestra una serie de figuras circulares concéntricas de forma ondulante (figura A); y se describen a menudo formas de fortificación definidas, que irradian en algunos casos de un área coloreada (figuras C y D). Las luces dan frecuentemente esa impresión de algo que hierve o que fermenta, algo que *trabaja,* que describen tantos visionarios...

Hildegard escribe lo siguiente:

> Las visiones que contemplé no las vi ni estando dormida ni soñando ni enloquecida ni con los ojos carnales ni con los oídos de la carne ni en lugares ocultos; sino despierta, alerta, y con los ojos del espíritu y los oídos interiores, las percibo abiertamente y de acuerdo con la voluntad de Dios.

Una visión de éstas, ilustrada por un dibujo de estrellas que caen y se apagan en el océano (figura B), significa para ella «La caída de los ángeles»:

> Y una gran estrella bella y esplendorosa como ninguna, y con ella una multitud innumerable de estrellas fugaces que con ella seguían hacia el sur. Y de pronto fueron todas aniquiladas, se convirtieron en carbones negros y fueron arrojadas al abismo, de modo que no pude verlas más.

Ésta es la interpretación alegórica de Hildegard. Nuestra interpretación literal sería que experimentó un chaparrón de fosfenos que cruzaron el campo visual, tras lo cual se produjo un escotoma negativo. En su *Zelus Dei* (figura C) y en su *Sedens Lucidus* (figura D) aparecen visiones con formas de fortificación, que irradian de un punto coloreado, brillantemente luminoso y (en el original) chispeante. Estas dos visiones se combinan en una visión compuesta (primer dibujo), y en la que ella interpreta las fortificaciones como el *aedificium* de la ciudad de Dios.

La experiencia de estas auras viene acompañada de una gran intensidad extática, sobre todo en las raras ocasiones en que a la estela del centelleo original sigue un segundo escotoma:

> La luz que veo no está localizada, aunque sea más brillante que el sol, ni puedo examinar su altura, longitud y anchura,

> y la llamo «la nube de la luz viva». Y lo mismo que el sol, la luna y las estrellas se reflejan en el agua, así los escritos, palabras, virtudes y obras de los hombres brillan en ella ante mí.
>
> A veces veo dentro de esta luz otra luz a la que llamo «la nube de la luz viva en sí». Y cuando la contemplo se borran de mi memoria todas las tristezas y pesares, de tal modo que vuelvo a ser una simple doncella y no una anciana.

Las visiones de Hildegard, impregnadas de este sentido del éxtasis, iluminadas con una significación filosófica y teófora profunda, la encauzaron hacia una vida de santidad y misticismo. Aportan un ejemplo único de cómo un acontecimiento fisiológico, banal, desagradable o intrascendente para la inmensa mayoría de las personas, puede convertirse, para una conciencia privilegiada, en el sustrato de una suprema inspiración extática. Tendríamos que llegar a Dostoievski, que experimentó a veces auras epilépticas extáticas a las que asignó sentido trascendente, para encontrar un paralelo histórico adecuado.

> Hay momentos, y es sólo cuestión de cinco o seis segundos, en que sientes la presencia de la armonía eterna. Es una cosa terrible la claridad aterradora con que se manifiesta y el arrebato extático que te invade. Si este estado durase más de cinco segundos, el alma no podría soportarlo y tendría que desaparecer. Durante esos cinco segundos yo vivo una existencia humana completa y por eso podría dar mi vida entera sin pensar que estuviese pagando demasiado...

Cuarta parte

El mundo de los simples

INTRODUCCIÓN

Cuando empecé a trabajar con retrasados, ya hace varios años, creí que sería una experiencia deprimente, y escribí a Luria explicándoselo. Pero, ante mi sorpresa, él contestó hablándome en los términos más positivos sobre la experiencia, y diciéndome que no había pacientes que le resultasen, en general, más «queridos», y que consideraba las horas y los años que había pasado en el Instituto de Defectología unos de los más interesantes y estimulantes de toda su vida profesional. En el prefacio a la primera de sus biografías clínicas *(El habla y el desarrollo de los procesos mentales en el niño)* expresa un sentimiento similar: «Si un autor tiene derecho a expresar sentimientos sobre su propia obra, entonces debo confesar el cálido sentimiento que siempre me invade con el material publicado en este librito.»

¿Qué es este cálido sentimiento del que habla Luria? Es claramente la expresión de algo emotivo y personal... que no sería posible si los deficientes no «respondiesen», si no poseyesen también ellos sensibilidades muy reales, posibilidades personales y emotivas, sean cuales sean sus defectos (intelectuales). Pero es más. Es una expresión de interés científico, de algo que Luria consideraba de un interés científico muy especial. ¿Qué podía ser esto? Algo distinto, sin duda, a «deficiencias» y «defectología», que son en sí mismas de un interés bastante limitado. ¿Qué es, entonces, lo que *es* especialmente interesante en los simples?

Se relaciona con cualidades de la mente que están preservadas, potenciadas incluso, de modo que, aunque «mentalmente deficientes» en ciertos sentidos, pueden ser mentalmente interesantes, incluso mentalmente completos, en otros. Las cualidades de la mente no conceptuales: he aquí lo que hemos de investigar con especial intensidad en la mente del simple (como hemos de hacer también en las mentes de los niños y de los «salvajes», aunque, como subraya repetidamente Clifford Geertz, estas categorías nunca deben equipararse: los salvajes no son ni simples ni niños; los niños no tienen ninguna cultura salvaje; y los simples no son ni salvajes ni niños). Sin embargo hay parentescos importantes... y todo lo que Piaget nos ha aclarado sobre la mente de los niños, y Lévi-Strauss sobre la «mente salvaje», nos aguarda, con distinta forma, en la mente y el mundo de los simples.[1]

Lo que nos aguarda es igualmente agradable para el corazón y para el entendimiento y, debido a ello, estimula especialmente el impulso que lleva a la «ciencia romántica» de Luria.

¿Qué es esta cualidad mental, esta disposición, que caracteriza a los simples y les otorga su inocencia conmovedora, su transparencia, su integridad y dignidad, una cualidad tan distintiva que debemos hablar del «mundo» de los simples (lo mismo que hablamos del «mundo» del niño o el salvaje)?

Si hubiésemos de utilizar aquí una sola palabra, habría de ser «concreción», su mundo es vívido, intenso, detallado, pero simple, precisamente porque *es* concreto: no lo complica, diluye ni unifica la abstracción.

Por una especie de inversión o subversión, del orden natural de las cosas, los neurólogos ven con frecuencia la concreción como algo negativo, indigno de consideración, incoherente, un retroceso. Así para Kurt Goldstein, el mayor sistematizador de su generación, la mente, la gloria del hombre, se centra exclusivamente en lo abstracto y categórico, y la consecuencia de una lesión cerebral, de cualquier lesión cerebral y de todas ellas, es expulsarlo de este reino superior a las ciénagas casi subhumanas de lo concreto. Si un individuo pierde la «actitud categórico-abstracta» (Goldstein) o el «pensamiento proposicional» (Hughlings Jackson), lo que queda es subhumano, carece de importancia o interés.

Yo llamo a esto una inversión porque lo concreto es elemental, es lo que hace la realidad «real», viva, personal y significativa. Todo esto se pierde si se pierde lo concreto, como vimos en el caso del casi marciano doctor P., «el hombre que confundió a su mujer con un sombrero» que cayó (de un modo nada goldsteiniano) desde lo concreto *a* lo abstracto.

Mucho más fácil de comprender, y mucho más natural, es la idea de la preservación de lo concreto en la lesión cerebral... no regresión *a* ello, sino preservación *de* ello, de modo que se preserven la humanidad, identidad y personalidad básicas, el *yo* de la criatura lesionada.

Esto es lo que vemos en Zazetsky («el hombre con un mundo destrozado»), que sigue siendo un hombre, quintaesencialmente un hombre, con todo el peso moral y la rica imaginación de un hombre, pese a la destrucción de sus potencialidades proposicionales y abstractas. Luria, aunque parezca apoyar las formulaciones de Hughlings Jackson y de Goldstein, invierte, a la vez, su significado. Zazetski no es ninguna débil reliquia jacksoniana o goldsteiniana, sino un hombre en su humanidad plena, un hombre que conserva totalmente sus emociones y su imaginación, que quizás se hayan potenciado. Su mundo no está «destrozado», a pesar del título del libro, carece de abstracciones unificadoras pero se experimenta como una realidad concreta, profunda y extraordinariamente rica.

Yo creo que todo esto puede aplicarse a los simples... con más motivo aún, pues habiendo sido simples desde el principio nunca han sido seducidos por ello, sino que siempre han experimentado la realidad directa sin intermediarios, con una intensidad elemental y, a veces, abrumadora.

Penetramos en un mundo de fascinación y paradoja, que se centra todo él en la ambigüedad de lo «concreto». Se nos invita, se nos fuerza en realidad, en particular, como médicos, como terapeutas, como maestros, como científicos, a *una investigación de lo concreto.* Ésta *es* la «ciencia romántica de Luria». Las grandes biografías clínicas, o «novelas» de Luria pueden considerarse sin lugar a dudas investigaciones de lo concreto: su preservación, al servicio de la realidad, en Zazetsky, con su lesión cerebral; su exageración, a costa de la realidad, en la «super mente» del mnemonista.

La ciencia clásica no ve nada provechoso en lo concreto, en neurología y en psiquiatría se equipara a lo trivial. Hace falta una ciencia «romántica» para prestarle la atención debida, para apreciar sus posibilidades extraordinarias... y sus peligros: y en los simples nos encontramos con lo concreto directamente, lo concreto puro y simple, con una intensidad sin reservas.

Lo concreto puede abrir puertas, y puede también cerrarlas. Puede constituir una puerta de acceso a la sensibilidad, la imaginación, la profundidad. O puede limitar al posesor (o al poseído) a pormenores intrascendentes. En los simples vemos, amplificadas en cierto modo, estas dos posibilidades potenciales.

Las capacidades potenciadas de la imaginería concreta y la memoria, compensación de la naturaleza por la deficiencia en lo conceptual y abstracto, pueden seguir direcciones completamente opuestas: la de una preocupación obsesiva por pormenores y detalles, el desarrollo de una memoria y una imaginería eidética y la mentalidad del Actor o «joven superdotado», como ocurría con el mnemonista, y en tiempos antiguos con el hipercultivo del «arte de la memoria» en su aspecto concreto;[2] vemos tendencias en este sentido en Martin A. (capítulo veintidós), en José (capítulo veinticuatro) y sobre todo en los Gemelos (capítulo veintitrés), exagerado, sobre todo en los Gemelos, por las exigencias de la actuación en público, unidas a su propio exhibicionismo y su propia obsesión.

Pero el uso *adecuado* y el desarrollo de lo concreto es algo que tiene mucho más interés, es mucho más humano, mucho más conmovedor, mucho más «real», aunque apenas si se admite siquiera en los estudios científicos de los simples, a pesar del hecho de que es algo de lo que se dan cuenta inmediatamente los maestros y los padres inteligentes.

Lo concreto puede llegar a ser también un vehículo de misterio, belleza y profundidad, una vía de acceso a las emociones, a la imaginación, al espíritu... tan plenamente como cualquier concepción abstracta (de hecho quizás más, tal como ha sostenido Gershom Scholem [1965] en su comparación de lo conceptual y lo simbólico o Jerome Bruner [1984] en su comparación de lo «paradigmático» y lo «narrativo»). Lo concreto se empapa enseguida de sentimiento y de sentido... más de prisa, quizás, que cualquier concepción abstracta. Penetra rápidamente en lo estético, lo dramático, lo cómico, lo simbólico, todo ese mundo ancho y profundo del arte y del espíritu. Los deficientes mentales pueden ser, pues, lisiados *conceptualmente*... pero en su capacidad para captar lo concreto y lo simbólico pueden ser plenamente iguales a cualquier individuo «normal». (Esto es científico, y es romántico también...) Nadie ha expresado esto mejor que Kierkegaard, en las palabras que escribió en su lecho de muerte. «*¡Tú, hombre simple!*» (escribe, y parafraseo ligeramente). «El simbolismo de la Sagrada Escritura es algo infinitamente elevado, pero no es "elevado" en un sentido que tenga nada que ver con elevación *intelectual*, o con las diferencias *intelectuales* entre un hombre y otro. No, es para todos, todos pueden alcanzar esa infinita elevación.»

Un individuo puede ser muy «limitado» intelectualmente, puede ser incapaz de meter una llave en una cerradura, e incluso incapaz de comprender las leyes newtonianas del movimiento, totalmente incapaz de comprender el mundo *como conceptos,* y sin embargo plenamente capaz, y muy dotado incluso, para entender el mundo como concreción, *como símbolos.* Éste es el otro aspecto, el otro aspecto casi sublime, de las criaturas singulares, de los simplones con talento, Martin, José y los Gemelos.

Puede alegarse, sin embargo, que son casos extraordinarios y atípicos. Por eso empiezo esta última sección con Rebeca, una joven «sin nada extraordinario», una simplona con la que trabajé hace doce años. La recuerdo con mucho cariño.

21. REBECA

Rebeca no era ninguna niña cuando la enviaron a nuestra clínica. Tenía diecinueve años, pero, como decía su abuela, «es igual que una niña en algunos sentidos». No era capaz siquiera de dar una vuelta a la manzana, ni de abrir una puerta con la llave (era incapaz de «ver» cómo entraba la llave, y no parecía capaz de aprender nunca). Tenía confusión derecha-izquierda, se ponía a veces mal la ropa: al revés, lo de atrás para delante, sin darse cuenta o, si se daba cuenta, sin ser capaz de corregirlo. Podía pasarse horas metiendo una mano o un pie en el guante o el zapato equivocado... no parecía tener, tal como decía su abuela, «ningún sentido del espacio». Se mostraba torpe y mal coordinada en todos sus movimientos, un informe decía que era una «subnormal motriz» (aunque cuando bailaba, desaparecía toda esa torpeza).

Rebeca tenía una fisura palatina parcial, por lo que emitía una especie de silbido al hablar; dedos cortos y gruesos, con uñas romas y deformes; y una miopía degenerativa grave que la obligaba a llevar gafas muy gruesas, estigmas todos ellos de la misma condición congénita que había sido causa de sus deficiencias mentales y cerebrales. Era terriblemente tímida y retraída, y tenía la sensación de que era, y había sido siempre, una «imagen ridícula».

Pero era capaz de afectos cálidos, profundos, apasionados incluso. Sentía un profundo amor hacia su abuela, que la había criado desde los tres años (cuando se quedó huérfana). Le gustaba mucho la naturaleza, y si la llevaban a los jardines botánicos y parques de la ciudad pasaba allí muchas horas felices. También le gustaban mucho los cuentos y relatos, aunque no había aprendido a leer (pese a sus asiduos, y hasta frenéticos, esfuerzos), y suplicaba a su abuela o a otros que le leyesen. «Tiene auténtica hambre de cuentos y relatos», decía su abuela; y, por suerte, a la abuela le encantaba leer y tenía una voz muy agradable que a Rebeca la ponía casi en trance. Y no sólo le gustaban los relatos... también le gustaba la poesía. Esto parecía un hambre o necesidad profunda en Rebeca, una forma necesaria de alimento, de realidad, para su mente. La naturaleza era hermosa pero muda. No bastaba. Rebeca necesitaba que le re-presentaran el mundo en imágenes verbales, en lenguaje, y parecía tener poca dificultad para seguir las metáforas y símbolos, incluso de poemas muy profundos, en agudo contraste con su incapacidad para las instrucciones y proposiciones más simples. El lenguaje del sentimiento, de lo concreto, de la imagen y el símbolo, formaba un mundo que ella amaba, y en el que, en una medida considerable, podía entrar. Aunque inepta conceptualmente (y «proposicionalmente»), se sentía en su elemento con el lenguaje poético, y era además, de un modo sorprendente y conmovedor, una especie de poeta natural, «primitiva». Utilizaba metáforas, comparaciones, símiles un tanto sorprendentes, de forma natural, aunque impredecible, como súbitas exclamaciones o alusiones poéticas. La abuela era bastante devota, aunque sin exageraciones ni estridencias, y lo mismo le sucedía a Rebeca: le encantaban las luces de las velas del sábado, las bendiciones y plegarias que componen la liturgia judía; le encantaba ir a la sinagoga, donde también se la quería (y la veían como a una hija de Dios, una especie de tonta santa, inocente); y comprendía perfectamente la liturgia, los cantos, las oraciones, los ritos y símbolos de que se compone el servicio ortodoxo. Todo esto era posible para ella, accesible, le encantaba, pese a los graves problemas perceptuales y espacio-temporales, y a las graves deficiencias en la capacidad de sistematización, era incapaz de contar una vuelta, los cálculos más simples le resultaban insuperables, jamás pudo aprender a leer o a escribir, y daba una media de sesenta o menos en las pruebas de inteligencia (aunque lo hacía muchísimo mejor en las partes verbales de la prueba que en las prácticas).

Era pues una «retrasada mental», una «boba», una «estúpida», o eso había parecido, y eso la habían llamado a lo largo de toda su vida, pero era una «retrasada» con una capacidad poética inesperada y extrañamente conmovedora. Superficialmente *era* una masa de deficiencias e incapacidades, con las angustias y frustraciones profundas que eso implicaba; a este nivel era, y ella misma tenía la sensación de serlo, una lisiada mental, estaba muy por debajo de las habilidades sin esfuerzo, de las capacidades felices de los demás; pero a cierto nivel más profundo no había ningún sentimiento de deficiencia o incapacidad, sino una sensación de calma y plenitud, de estar plenamente viva, de ser un alma, profunda y elevada, e igual a todas las demás. Así pues, intelectualmente, Rebeca se sentía una lisiada; espiritualmente se sentía un ser pleno y completo.

La primera vez que la vi (torpe, tosca, desmañada), la vi, mera o totalmente, como una víctima, una criatura rota, cuyos trastornos neurológicos yo podía determinar y analizar con precisión: una multitud de apraxias y agnosias, una masa de defectos, deficiencias sensoriomotrices, limitaciones de conceptos y esquemas intelectuales similares (siguiendo criterios de Piaget) a los de un niño de ocho años. Una pobrecilla, me dije, quizás con un «fragmento de habilidad», un don extraño para el lenguaje; un mero mosaico de funciones corticales superiores, esquemas piagetianos... la mayoría deficientes.

La siguiente vez que la vi, era todo muy distinto. No la tenía en una situación de prueba, no estaba «evaluándola» en una clínica. Yo paseaba por fuera (era un maravilloso día de primavera), me quedaban unos minutos para iniciar el trabajo en la clínica, y vi a Rebeca allí sentada en un banco, contemplando tranquilamente el follaje abrileño, con evidente satisfacción. No había en su postura nada de la torpeza que tanto me había impresionado la vez anterior. Sentada allí, con un vestido claro, la expresión tranquila, una leve sonrisa, me hizo recordar de pronto a una joven heroína de Chéjov (Irene, Anya, Sonia, Nina) vista contra el telón de fondo de un bosquecillo de cerezos chejoviano. Podría haber sido una joven cualquiera disfrutando de un bello día de primavera. Ésta era mi visión humana, frente a mi visión neurológica.

Al acercarme oyó mis pisadas y se volvió, me dirigió una amplia sonrisa y me hizo un gesto mudo. «Contempla el mundo», parecía decir. «Qué hermoso es.» Y luego brotaron, en chorros jacksonianos, exclamaciones extrañas, súbitas, poéticas: «Primavera», «nacimiento», «crecimiento», «animación», «brotar a la vida», «estaciones», «todo tiene su tiempo». Pensé de pronto en el Eclesiastés: «Para todo hay una estación, y una época para cada objetivo bajo el cielo. Una época para nacer y una época para morir; una época para plantar y una época...» Esto era lo que, a su modo inconexo, me decía Rebeca: una visión de estaciones, de épocas, como la del Predicador. «Es un Eclesiastés idiota», me dije. Y en esta frase se unían, chocaban y se fundían mis dos visiones de ella (como idiota y como simbolista). Se había desenvuelto mal en la prueba, que, en cierto modo, estaba destinada, como todas las pruebas neurológicas y psicológicas, no sólo a descubrir, a revelar déficits, sino a descomponerla en funciones y déficits. Ella se había desmoronado, horriblemente, en la prueba formal, pero ahora estaba misteriosamente «integrada» y equilibrada.

¿Por qué se había desintegrado antes, cómo podía estar tan integrada ahora? Yo tenía una vigorosísima sensación de dos formas de pensamiento, o de organización, o de ser, totalmente distintas. La primera esquemática, capaz de ver pautas, de resolver problemas, ésta era la que había sido probada, y donde se la había encontrado tan deficiente, tan desastrosamente carente. Pero las pruebas no habían aportado datos más que de los déficits, nada decían de lo que pudiese estar, digamos, *más allá* de los déficits.

No me habían dado ningún indicio de sus capacidades positivas, de su aptitud para percibir el mundo real (el mundo de la naturaleza y quizás de la imaginación) como un todo coherente, inteligible, poético: su capacidad de ver esto, de pensar esto y (cuando podía) de vivir esto; no me habían dado ningún indicio de su mundo interior, que, no había duda, *era* integrado y coherente, y había que abordarlo como algo distinto a una serie de problemas o tareas.

Pero ¿cuál era el principio integrador que podía permitirle la integración (y que evidentemente era algo distinto a lo esquemático)? Pensé de pronto en su amor a los cuentos y relatos, a la coherencia y la composición narrativa. ¿Es posible, me pregunté, que este ser que tengo ante mí (que es al mismo tiempo una muchacha encantadora y una deficiente, una lisiada cognitiva) pueda *utilizar* una forma narrativa (o dramática) para componer e integrar un mundo coherente, en lugar de la forma esquemática, que es en ella tan defectuosa que sencillamente no funciona? Y mientras pensaba esto, la recordé bailando y recordé que así podía organizar sus movimientos por lo demás torpes y mal coordinados.

Mientras la contemplaba sentada allí en el banco (disfrutando no sólo de una visión simple de la naturaleza sino de una visión sagrada) pensé que nuestras «valoraciones», nuestros enfoques, son ridículamente impropios. No nos muestran más que déficits, no nos muestran potencialidades; sólo nos muestran rompecabezas y esquemas, cuando necesitamos ver música, narración, juego, un ser comportándose espontáneamente a su propio modo natural.

Rebeca, pensé, era completa y estaba intacta como ser «narrativo», en condiciones que le permitían organizarse de un modo narrativo; y saber esto era muy importante, pues te permitía verla, y ver su potencial, de un modo completamente distinto al impuesto por la forma esquemática.

Quizás fue una suerte que tuviese la oportunidad de ver a Rebeca en sus dos aspectos, dos aspectos tan diferentes (tan deficiente e incorregible en uno, tan llena de promesas y potencialidades en el otro), y que fuese ella uno de los primeros pacientes que vi en nuestra clínica. Porque lo que vi en ella, lo que ella me mostró, lo veo ahora en todos ellos.

A medida que continué viéndola, su personalidad pareció hacerse más profunda. O quizás reveló, o yo pasé a respetar, más y más sus profundidades. No eran profundidades totalmente dichosas (ninguna profundidad lo es nunca), pero fueron predominantemente dichosas durante la mayor parte del año.

Luego, en noviembre, murió su abuela, y la luz, la alegría que Rebeca había mostrado en abril pasaron a convertirse en la oscuridad y la aflicción más hondas. Estaba destrozada, pero se comportaba con mucha dignidad. La dignidad, la profundidad ética, se añadió en esta ocasión, formando un contrapunto serio y perdurable con el yo leve, lírico que yo había visto especialmente antes.

La visité en cuanto me enteré de la noticia y ella me recibió, con gran dignidad, pero paralizada de dolor, en su pequeña habitación de una casa que se había quedado vacía. Su expresión oral volvía a ser espasmódica (jacksoniana), emisiones breves de dolor y pesar. «¿Por qué tuvo que irse?», gimió, y añadió: «Lloro por mí, no por ella.» Luego, tras una pausa: «La abuelita está perfectamente. Se ha ido a su Casa Grande.» ¡Casa Grande! ¿Era un símbolo propio o un recuerdo inconsciente del Eclesiastés o una alusión a él? «Tengo mucho frío», exclamó, encogiéndose. «No está fuera, el invierno está dentro. Frío como muerte», añadió. «Ella era parte de mí. Parte de mí murió con ella.»

Estaba integrada en su dolor (trágica e integrada), no se percibía ni el más leve indicio de que se tratase de una «deficiente mental». Al cabo de media hora, se desbloqueó, recuperó parte de su calor y su animación y dijo: «Es invierno. Me siento muerta. Pero sé que vendrá de nuevo la primavera.»

La superación de aquella prueba fue lenta, pero positiva, tal como Rebeca, cuando estaba más afectada, había previsto. La ayudaron muchísimo el apoyo y la comprensión de una tía abuela suya, hermana de la fallecida, que se trasladó a vivir a la casa. También la ayudaron mucho la sinagoga y la comunidad religiosa, sobre todo los ritos de «sivan» y el estatus especial que se le otorgaba como la afligida, la familiar más allegada a la difunta. Es probable que también la ayudase el que pudiese hablar libremente conmigo. Y es interesante añadir que la ayudaron también los *sueños,* que explicaba muy animada, y que marcaron claramente *etapas* de la superación del dolor (véase Peters, 1983).

Lo mismo que la recuerdo, como Nina, bajo el sol abrileño, la recuerdo también, bosquejada con trágica claridad, en el sombrío noviembre de aquel año, en el lúgubre cementerio de Queens, rezando el Qaddish ante la tumba de su abuela. Las oraciones y los relatos bíblicos la habían atraído siempre, pues se ajustaban al aspecto «bendito», lírico, feliz, de su vida. Ahora, en las oraciones fúnebres, en el salmo 103 y sobre todo en el Qaddish, hallaba las únicas palabras adecuadas de aflicción y consuelo.

Durante los meses intermedios (entre la primera vez que la vi, en abril, y la muerte de su abuela aquel noviembre), Rebeca, como todos nuestros «clientes» (una palabra odiosa que se ponía de moda por entonces, en teoría menos degradante que «pacientes»), se vio obligada a participar en una serie de talleres y clases, como parte de nuestra Campaña Formativa y Cognitiva (eran también términos muy de aquel período).

La campaña fue completamente ineficaz en el caso de Rebeca, igual que en la mayoría de los demás casos. Yo acabé convencido de que era un procedimiento inadecuado, porque lo que hacíamos era centrarlos predominantemente en sus limitaciones, como se había hecho ya, inútilmente, y a menudo hasta el punto de la crueldad, a todo lo largo de sus vidas.

Prestábamos mucha atención, demasiada, a los defectos de nuestros pacientes, como Rebeca fue la primera en decirme, y demasiado poca a lo que estaba intacto o preservado en ellos. Utilizando otro término del argot, nos interesábamos demasiado en la «defectología», y demasiado poco en la «narratología», la ciencia olvidada y necesaria de lo concreto.

Rebeca mostraba claramente, con ejemplos concretos, con su propio yo, las dos formas de pensamiento y de inteligencia totalmente distintas, totalmente diferenciadas, la «paradigmática» y la «narrativa» (en la terminología de Bruner). Y aunque igualmente natural e innata para el entendimiento humano en expansión, la narrativa viene primero, tiene prioridad espiritual. Los niños muy pequeños gustan mucho de cuentos y relatos y los piden, y pueden entender cuestiones complejas expuestas como cuentos y fábulas, cuando su capacidad para captar conceptos generales, paradigmas, es casi inexistente. Esta capacidad simbólica o narrativa es la que aporta *un sentido del mundo* (una realidad concreta en la forma imaginativa de símbolo y relato) cuando el pensamiento abstracto no puede proporcionar ninguno. El niño sigue la Biblia antes de seguir a Euclides. No porque la Biblia sea más simple (podría decirse lo contrario) sino porque viene dada en una forma simbólica y narrativa.

Y en este sentido Rebeca, a los diecinueve años, era aún, como decía su abuela, «igual que una niña». Como una niña, pero no una niña, porque era adulta. (El término «retardado» indica un niño que persiste, el término «deficiente mental» un adulto deficiente; ambos términos, ambos conceptos, combinan falsedades y verdades profundas.)

En el caso de Rebeca (y en el de otros deficientes a los que se permite, o estimula, el desarrollo personal) las facultades emotivas, narrativas y simbólicas pueden desplegarse vigorosa y exuberantemente, y pueden producir (como en el caso de Rebeca) una especie de poetisa natural (o, como en el caso de José, un género de artista natural), mientras que las potencias paradigmáticas o conceptuales, manifiestamente débiles desde el principio, se desarrollan muy lenta y laboriosamente y sólo pueden llegar a alcanzar un desarrollo muy limitado y raquítico.

Rebeca comprendía esto perfectamente, y me lo había indicado con toda claridad, desde el primer día que la vi, cuando me habló de su torpeza, y de que sus movimientos descompuestos y desorganizados se volvían integrados, ágiles y organizados con la música; y cuando me *mostró* que se integraba frente a un paisaje natural, una escena con unidad y sentido orgánicos, estéticos y dramáticos.

Con bastante brusquedad adoptó, a raíz de la muerte de su abuela, una actitud clara y terminante. «No quiero más clases, no quiero más talleres», dijo. «No me sirven de nada. No hacen nada por integrarme.» Y después, con aquella capacidad para la metáfora o el ejemplo precisos que yo tanto admiraba, y que tan bien desarrollada estaba en ella pese a su índice de inteligencia bajo, clavó la mirada en la alfombra del consultorio y dijo:

–Yo soy como una especie de alfombra viva. Necesito una pauta, un dibujo, como el que hay en esa alfombra. Me derrumbo, me descompongo, si no hay un dibujo.

Contemplé la alfombra mientras Rebeca decía esto, y empecé a pensar en la famosa imagen de Sherrington, que comparaba la mente/cerebro con un «telar encantado», que tejía formas que se disolvían constantemente, pero que siempre tenían un sentido. Pensé: ¿es posible una alfombra tosca sin un dibujo?, ¿es posible el dibujo sin la alfombra (aunque esto pareciese como la sonrisa sin el gato de Cheshire)? Una alfombra «viva» como era Rebeca, tenía que tener ambas cosas, y ella especialmente, con su falta de estructura esquemática (la urdimbre y la trama, el *tejido* de la alfombra, como si dijésemos), podría descomponerse realmente sin un dibujo (la estructura escénica o narrativa de la alfombra).

–Debo tener un sentido –continuó–. Las clases, esas tareas extrañas no tienen ningún sentido. Lo que me gusta de veras –añadió melancólicamente– es el teatro.

Sacamos a Rebeca del taller que odiaba y logramos incorporarla a un grupo de teatro especial. Le encantó... la integró; lo hacía asombrosamente bien: se convertía en cada papel en una persona completa, equilibrada, desenvuelta, con estilo. Y ahora si uno ve a Rebeca en el escenario, pues el teatro y el grupo teatral pronto se convirtieron en su vida, no llegaría nunca a imaginar siquiera que se trataba de una deficiente mental.

POSDATA

El poder de la música, la narración y el teatro, es de la mayor importancia, teórica y práctica. Esto puede comprobarse hasta en el caso de idiotas con índice de inteligencia inferior a 20 y con el descontrol y la incapacidad motrices más extremadas. Sus movimientos torpes pueden desaparecer al instante con música y baile; de pronto, con la música, saben moverse. Vemos cómo los retrasados, incapaces de realizar tareas bastante simples que entrañan por ejemplo cuatro o cinco movimientos o maniobras en una secuencia, pueden hacerlos perfectamente si trabajan con música, la secuencia de movimientos que no pueden captar como esquemas resulta perfectamente captable como música, es decir impregnada de música. Se observa lo mismo, muy espectacularmente, en pacientes con lesión grave del lóbulo frontal y apraxia (una incapacidad para *hacer* cosas, para retener los programas y secuencias motrices más simples, incluso caminar, pese a que la inteligencia se mantenga perfectamente en todos los demás aspectos). Este defecto procedimental, o idiocia motriz, como podríamos llamarla, frente al que resulta totalmente infructuoso cualquier sistema corriente de instrucción rehabilitadora, se esfuma de inmediato si el instructor es la música. Todo esto es, sin duda, el motivo, o uno de los motivos, de las canciones de trabajo.

Lo que comprobamos, básicamente, es el poder de la música para organizar, y para hacerlo eficazmente (¡además de gozosamente!) cuando fallan las formas abstractas o esquemáticas de organización. De hecho, es especialmente espectacular, como cabría esperar, precisamente cuando no resulta eficaz ninguna otra forma de organización. Así, la música, o cualquier otra forma de narración, es esencial cuando se trabaja con los retrasados o apráxicos, la terapia o la enseñanza escolar deben centrarse en este caso en la música o en algo equivalente. Y en el teatro hay más aún, el poder del *papel* para aportar organización, para otorgar, mientras dura, una personalidad completa. La capacidad de representar, de interpretar, de *ser,* parece ser un «don» de la vida humana, en un sentido que nada tiene que ver con diferencias intelectuales. Es algo que uno observa en los niños pequeños, que uno ve en los ancianos y que uno ve, más patéticamente, en las Rebecas de este mundo.

22. UN GROVE AMBULANTE

Martin A., de sesenta y un años, fue admitido en nuestra institución hacia finales de 1983, tras contraer parkinsonismo y no poder ya cuidarse de sí mismo. Había tenido una meningitis casi mortal en la infancia, que le produjo retraso mental, impulsividad, ataques y cierto espasmodismo en un lado del cuerpo. Tenía muy pocos estudios, pero una educación musical notable. Su padre había sido un cantante famoso del Met.

Martin vivió con sus padres hasta que éstos fallecieron y después arrastró una existencia marginal como recadero, portero y cocinero de comidas rápidas, cualquier cosa que pudiese hacer antes de que lo despidiesen, como sucedía invariablemente, debido a su lentitud, su tendencia a la ensoñación o su incompetencia. Habría sido una vida gris y descorazonadora, si no hubiese contado con su sensibilidad musical y sus notables dotes musicales, y sin la alegría que esto le proporcionaba y proporcionaba a otros.

Poseía una memoria musical asombrosa («conozco más de dos mil óperas») aunque nunca había aprendido música ni había sido capaz de leerla. No estaba claro si esto habría sido posible o no, el caso es que siempre había dependido de su oído extraordinario, de su capacidad para retener una ópera o un oratorio después de oírlo una sola vez. Desgraciadamente la voz no estaba al nivel del oído. Era una voz melodiosa pero ronca, con cierta disfonía espasmódica. Su talento musical innato y hereditario había sobrevivido evidentemente a los estragos de la meningitis y de la lesión cerebral, ¿o no había sido así? ¿Habría sido un Caruso si no hubiese habido lesión? ¿O era su desarrollo musical, en cierta medida, una «compensación» por las limitaciones intelectuales y la lesión cerebral? Nunca lo sabremos. Lo que es seguro es que su padre no sólo le transmitió sus genes musicales sino también su gran amor a la música, en la intimidad de una relación padre-hijo, y quizás la relación especialmente tierna de un padre con un hijo retardado. Martin (lento, torpe) gozaba del amor de su padre y le quería a su vez con pasión; y este amor mutuo estaba cimentado por su amor compartido a la música.

El gran pesar de la vida de Martin era no haber podido seguir la carrera de su padre y ser como él un cantante famoso de oratorios y de ópera... pero esto no llegaba a ser una obsesión y Martin hallaba, y proporcionaba, mucho placer con lo que él *podía* hacer. Le consultaban, los famosos incluso, por su memoria extraordinaria, que desbordaba la música en sí y se extendía a todos los detalles de la representación. Gozaba de una modesta fama como «enciclopedia ambulante», que no sólo se sabía la música de dos mil óperas, sino todos los cantantes que habían interpretado los papeles en innumerables representaciones, y todos los detalles de escenarios, puesta en escena, vestuarios y decorados. (Se ufanaba también de conocer Nueva York calle por calle, casa por casa, y de conocer los trayectos de todos sus trenes y autobuses.) Así pues, era un fanático de la ópera y algo así como un «sabio idiota» también. Todo esto le proporcionaba cierto placer infantil, el placer de los eidéticos y raros de su tipo. Pero el verdadero gozo (y lo único que le hacía la vida soportable) era participar personalmente en sesiones musicales, cantando en los coros de las iglesias locales (no podía hacer solos, para su desdicha, debido a su disfonía), sobre todo en las festividades solemnes de Pascua y de Navidad, *La pasión según San Mateo, La pasión según San Juan,* los *Oratorios de Navidad, El Mesías,* en los que había participado a lo largo de cincuenta años, desde muy niño, en las grandes iglesias y catedrales de la ciudad. Había cantado también en el Met y, cuando lo derribaron, en Lincoln Center, discretamente oculto entre los enormes coros de Wagner y Verdi.

En estas ocasiones (en los oratorios y pasiones sobre todo, pero también en las corales y coros de iglesia más humildes), cuando se entregaba a la música, Martin olvidaba que era un «retardado», olvidaba toda la tristeza y la amargura de su vida, sentía como si lo envolviese una gran plenitud, se sentía al mismo tiempo un verdadero hombre y un verdadero hijo de Dios.

En cuanto al mundo de Martin, su mundo interior, ¿qué clase de mundo tenía? Tenía muy poco conocimiento del mundo en general, al menos muy poco conocimiento vivo, y ningún interés. Si le leían una página de una enciclopedia o de un periódico, o le mostraban un mapa de los ríos de Asia o del metro de Nueva York, quedaba registrado, instantáneamente, en su memoria eidética. Pero no mantenía ninguna relación con estos registros eidéticos, estos registros eran «a-céntricos», utilizando un término de Richard Wollheim, sin él, sin nadie, o nada, como centro vivo. Parecía haber muy poca emoción o ninguna en estos recuerdos (no más de la que pueda haber en un plano de calles de Nueva York) y no se conectaban o ramificaban o se generalizaban en ningún sentido. En consecuencia, su memoria eidética (la parte rara de él) no formaba por sí misma un «mundo» ni transmitía ningún sentido de él. Carecía de unidad, de sentimiento, de relación con él mismo. Era fisiológica, daba esa sensación, como un núcleo mnemonista o un banco de memoria, pero no formaba parte de un yo vivo real y personal.

Y sin embargo, en eso incluso, había una excepción singular y sorprendente, que era al mismo tiempo su hazaña memorística más prodigiosa, más personal y más devota. Se sabía de memoria el *Diccionario de música y músicos de Grove,* la inmensa edición en nueve volúmenes publicada en 1954: era verdaderamente un «Grove ambulante». Cuando su padre se hizo mayor y enfermó, no podía cantar ya en público y se pasaba la mayor parte del tiempo en casa, escuchando su gran colección de discos en el fonógrafo, repasando y cantando todas sus partituras, y hacía todo esto con su hijo, que tenía por entonces treinta años (en la comunión más íntima y más afectuosa de sus vidas), y le leía en voz alta el diccionario de Grove (le leyó las seis mil páginas) y todo lo que le leyó quedó impreso indeleblemente en el córtex infinitamente retentivo, aunque iletrado, de su hijo. Así pues, él «oía» el Grove *en la voz de su padre* y no podía recordarlo sin emoción.

Estas hipertrofias prodigiosas de la memoria eidética, sobre todo si se emplean o explotan «profesionalmente», parecen desalojar a veces al yo real, o competir con él, e impiden su desarrollo. Y si no hay ninguna profundidad, ningún sentimiento, no hay tampoco ningún dolor en estos recuerdos, y pueden servir por ello como un «escape» frente a la realidad. Esto ocurría patentemente, en gran medida, en el mnemonista de Luria, según lo expuso éste patéticamente en el último capítulo de su libro. Ocurría también, sin duda, en cierta medida, en los casos de Martin A., de José y de los Gemelos, pero se utilizaba *también,* en los tres casos, para la realidad, «super-realidad» incluso, un sentido del mundo excepcional, intenso y místico.

Dejando a un lado los registros eidéticos, ¿qué decir, en general, de su mundo? Era, en muchos aspectos, pequeño, mísero, desagradable y lúgubre, el mundo de un retardado del que se habían burlado y al que habían marginado de niño y al que luego, cuando era un hombre, habían admitido y despedido, despectivamente, de varios trabajos serviles: el mundo de alguien que raras veces se había sentido, o había sentido que lo consideraban, un niño o un hombre normal.

Era con frecuencia infantil, a veces rencoroso, y propenso a súbitas rabietas... y el lenguaje que utilizaba entonces era el de un niño. «¡Te tiraré una torta de barro a la cara!», le oí chillar en una ocasión y, de vez en cuando, daba bofetadas y golpes. Era sucio, se limpiaba los mocos con la manga, tenía en esas ocasiones el aspecto (y sin duda los sentimientos) de un niño pequeño insolente. Estas características infantiles, coronadas con su exhibicionismo eidético irritante, hacían que gozase de pocas simpatías. Pronto se hizo antipático dentro de la residencia y muchos de los internados le rehuían. Se desencadenó una crisis, con Martin empeorando semana a semana y día a día, y nadie sabía muy bien, en principio, qué hacer. Primero se achacó a «dificultades de adaptación», que es algo que todos los pacientes pueden experimentar al renunciar a la vida exterior independiente e ingresar en una «residencia». Pero la hermana creía que había algo más concreto en el asunto: «Algo que le corroe, una especie de hambre, un hambre corrosiva que no podemos satisfacer. Está destruyéndole», decía la hermana. «Tenemos que *hacer* algo.»

Así, en enero, por segunda vez, fui a ver a Martin, y me encontré con un hombre muy distinto: no se mostraba ya petulante y ostentoso como antes sino claramente apesadumbrado, víctima de un dolor espiritual y hasta físico.

–¿Qué pasa? –dije–. ¿Cuál es el problema?

–Tengo que cantar –dijo ásperamente–. No puedo vivir sin eso. Y no es sólo la música, no puedo rezar sin eso.

Y luego, bruscamente, con el relampagueo de un viejo recuerdo, añadió:

–«La música era, para Bach, el instrumental del culto», Grove, artículo sobre Bach, página 304... Nunca he pasado un domingo –continuó, con más suavidad, reflexivamente– sin ir a la iglesia, sin cantar en el coro. Fui por primera vez, con mi padre, en cuanto tuve edad para aprender a andar, y seguí yendo después de su muerte en 1955. *Tengo que ir* –dijo fieramente–. Moriré si no voy.

–Pues claro que ha de ir usted –dije–. No sabíamos que lo echase de menos.

La iglesia no estaba lejos de la residencia, y a Martin volvieron a recibirlo allí de buena gana, no sólo como un miembro asiduo de la congregación y del coro, sino como el cerebro y asesor del coro que había sido su padre antes que él.

Con esto, cambió su vida de un modo súbito y espectacular. Martin había vuelto a ocupar el lugar que le correspondía, según su opinión. Podía cantar, podía rendir culto, con música de Bach, todos los domingos, y disfrutar también de la tranquila autoridad que se le otorgaba.

–Sabe –me explicó, la vez siguiente que lo visité, sin petulancia, como si se tratase de la simple constatación de un hecho–, saben que sé toda la música coral y litúrgica de Bach. Conozco todas las cantatas de iglesia, (todas las doscientas dos que enumera el Grove) y qué domingos y festividades deben cantarse. Somos la única iglesia de la diócesis que dispone de un coro y una iglesia como es debido. La única donde se cantan habitualmente todas las obras vocales de Bach. Hacemos una cantata cada domingo. ¡Y esta Pascua vamos a hacer *La pasión según San Mateo!*

Me pareció curioso y conmovedor que Martin, un retardado, sintiese una pasión tan grande por Bach. Bach parecía tan intelectual, y Martin era un pobre bobo. De lo que no me daba cuenta, y no me la di hasta que empecé a utilizar casetes de las cantatas, y en una ocasión el *Magnificat,* cuando le visitaba, era de que, a pesar de todas sus limitaciones intelectuales, la inteligencia musical de Martin era plenamente capaz de apreciar gran parte de la complejidad técnica de Bach; pero, más aún, me di cuenta de que no se trataba en absoluto de una cuestión de inteligencia. Bach vivía para él, y él vivía en Bach.

Martin tenía, sin duda, dotes musicales «raras», pero eran sólo rarezas si se las desplazaba de su marco justo y natural.

Lo fundamental para Martin, que había sido fundamental también para su padre, y que ambos habían compartido íntimamente, había sido siempre el *espíritu* de la música, sobre todo la música religiosa, y de la voz como el instrumento divino hecho y previsto para cantar, para elevarse en gozo y oración.

Martin se convirtió en un hombre distinto, pues, cuando volvió a cantar y a la iglesia, se recuperó a sí mismo, se reintegró, volvió a hacerse real. Las pseudopersonas (el niño rencoroso, el retardado estigmatizado) desaparecieron; lo mismo que desapareció también el eidético impersonal, sin emociones, irritante. Reapareció la persona real, un hombre digno y decente, respetado y estimado ahora por los demás residentes.

Pero la maravilla, la verdadera maravilla, era ver a Martin cuando estaba cantando, o cuando estaba en comunión con la música (escuchando con una intensidad que bordeaba el trance), «un hombre en su totalidad totalmente atento». En esas ocasiones (lo mismo le sucedía a Rebeca cuando actuaba o a José cuando dibujaba o a los Gemelos en su extraña comunión numérica) Martin quedaba, en una palabra, transformado. Todo lo que era deficiente o patológico se desprendía de él y veías sólo atención y animación, totalidad y salud.

POSDATA

Cuando escribí esta pieza, y las dos siguientes, lo hice partiendo únicamente de mi propia experiencia, sin conocer apenas la literatura científica sobre el tema, sin ningún conocimiento, en realidad, de que *hubiese* abundante literatura (véase, por ejemplo, las cincuenta y dos referencias en Lewis Hill, 1974). Sólo tuve indicios de ello, a menudo desconcertantes e intrigantes, después de la primera publicación de «Los Gemelos», en que me vi inundado de cartas y separatas.

Atrajo en particular mi atención el estudio de un caso clínico, un estudio maravilloso y detallado, de David Viscott (1970). Hay varias similitudes entre Martin y su paciente Harriet G. Había en los dos casos poderes extraordinarios, que a veces se utilizaban de un modo «a-céntrico», que negaba la vida, y otras de un modo creador que la afirmaba: a Harriet su padre le leyó las tres primeras páginas de la guía telefónica de Boston y ella las retuvo («y durante varios años podía repetir cualquier número de esas páginas si se le pedía»); pero, de un modo totalmente distinto, y sorprendentemente creador, podía componer, e improvisar, según el estilo de cualquier compositor.

Es evidente que a ambos pacientes (como a los Gemelos del próximo capítulo) podía empujárseles, o arrastrárseles, al tipo de hazañas mecánicas que se consideran típicas de los «sabios idiotas», hazañas prodigiosas e insensatas al mismo tiempo; pero se daba en ambos también (como en los Gemelos), cuando no se los empujaba o arrastraba en esa dirección, una búsqueda coherente de belleza y de orden. Aunque Martin tiene una memoria asombrosa para datos sin sentido y sin orden, lo que le proporciona auténtico placer viene del orden y de la coherencia, sea el orden espiritual y musical de una cantata o el orden enciclopédico del Grove. Tanto Bach como el Grove comunican un *mundo*. Martin, en realidad, no tiene más mundo que la música (igual que le sucede a la paciente de Viscott), pero este mundo es un mundo real, le hace a él real, puede transformarle. Es maravilloso contemplar esto en Martin, y no debía de serlo menos, evidentemente, en el caso de Harriet:

Esta dama desmañada, torpe, desgarbada, esta niña de cinco años demasiado crecida, se transformó totalmente cuando le pedí que interpretara en un seminario en el Boston State Hospital. Se sentó tímidamente, miró atenta las teclas y permaneció un instante sin tocarlas. Luego cabeceó y empezó a tocar con todo el sentimiento y la movilidad de un concertista. Desde aquel momento era otra persona.

Se habla de los «sabios idiotas» como si tuviesen una habilidad o talento extraño de tipo mecánico, sin ningún entendimiento o inteligencia auténticos. De hecho, esto fue lo que yo pensé en principio de Martin, y seguí pensándolo hasta que utilicé el *Magnificat*. Sólo entonces se me hizo por fin evidente que Martin podía captar toda la complejidad de una obra como aquélla, y que no era sólo una extraña habilidad, o una notable memoria rutinaria lo que operaba allí, sino una inteligencia musical auténtica y potente. Debido a ello, me interesó particularmente, después de la primera publicación de este libro, recibir un artículo fascinante, obra de L. K. Miller de Chicago, titulado «Sensibilidad a la estructura tonal en un sabio musical de desarrollo deficiente» (presentado a la Psychonomics Society, Boston, noviembre de 1985). El meticuloso estudio de este prodigio de cinco años de edad, con deficiencias mentales y de otro tipo debidas a rubéola materna, no indicaba ni mucho menos una memoria rutinaria de tipo mecánico, sino «... una impresionante sensibilidad para las normas que rigen la composición, en especial el papel de las diversas notas para determinar la estructura clave (diatónica)... [que entrañaba] conocimiento implícito de normas estructurales en un sentido generativo: es decir, normas no limitadas a los ejemplos específicos aportados por la propia experiencia». Lo mismo sucede, estoy convencido, en el caso de Martin, y hay que preguntarse si no pasará igual con *todos* los «sabios idiotas»: que pueden ser auténtica y creadoramente inteligentes, y no sólo poseer una «habilidad» mecánica, en los campos específicos en los que se destacan (musical, numérico, visual, etcétera). Lo que al final se nos impone es la *inteligencia* de un Martin, un José, de los Gemelos, pese a que abarque un área especial y reducida; y es esta *inteligencia* lo que hay que reconocer y alimentar.

23. LOS GEMELOS

Cuando yo conocí a los Gemelos, John y Michael, en 1966, en un hospital del Estado, eran ya famosos. Habían actuado en la radio y en la televisión, y habían sido tema de informes populares y científicos detallados.[1] Habían logrado incluso, sospechaba yo, acceder a la ciencia ficción, un poco «ficcionalizados», pero básicamente similares a como los retrataban en los informes y artículos que se habían publicado.[2]

Los Gemelos, que tenían por entonces veintiséis años, llevaban internados en instituciones desde los siete, diagnosticados diversamente como autistas, psicóticos o gravemente retardados. La mayoría de los informes llegaban a la conclusión de que, como sucede con los *sabios idiotas,* no había «nada especial en ellos», salvo su notable «memoria documental» para los detalles visuales más nimios de su propia existencia y el uso que hacían de un algoritmo calendario inconsciente que les permitía decir inmediatamente en qué día de la semana caía una fecha del futuro o el pasado lejanos. Éste fue el punto de vista que adoptó Steven Smith, en su obra amplia e imaginativa titulada *The Great Mental Calculators* (1983). No ha habido, que yo sepa, más estudios sobre los Gemelos desde mediados de los años sesenta, quedando atenuado el breve interés que despertaron por la aparente «solución» de los problemas que planteaban.

Pero yo creo que esto es una apreciación errónea, quizás natural en vista del enfoque estereotipado, el formato fijado de las preguntas, la concentración en una «tarea» u otra, con que los investigadores originales abordaron a los Gemelos y con los que los redujeron (su psicología, sus métodos, sus vidas) casi a la nada.

La realidad es mucho más extraña, mucho más compleja, mucho menos explicable de lo que sugiere cualquiera de esos estudios, pero no puede vislumbrarse siquiera haciendo pasar a los Gemelos por un «examen» formal agresivo o por la entrevista habitual de televisión tipo *60 Minutes.*

No quiero decir con esto que esos estudios, o los programas de televisión, sean «erróneos». Son muy razonables, y a menudo instructivos, en la medida de sus posibilidades, pero se limitan a la «superficie» comprobable y obvia y no llegan a las profundidades, ni siquiera insinúan, quizás no lo «sospechen», que hay profundidades debajo.

Pero resulta imposible vislumbrar profundidades en el caso de los Gemelos si no deja uno de ponerlos a prueba, si uno no deja de mirarlos como «sujetos». Hay que dejar a un lado el ansia de delimitar y de demostrar, y llegar a conocerlos, observarlos, sincera, tranquilamente, sin supuestos previos, con una imparcialidad fenomenológica plena y comprensiva, ver cómo viven y piensan e interactúan tranquilamente, viviendo sus propias vidas, de modo espontáneo, a su manera singular. Entonces uno ve que hay algo actuando allí que es sumamente misterioso, uno ve potencias y profundidades de un género quizás fundamental, que yo no he sido capaz de «descifrar» en los dieciocho años que hace que los conozco.

La primera vez que uno los ve imponen en realidad muy poco, son una especie de seres grotescos, indiferenciables, imágenes especulares, idénticos en la cara, en los movimientos del cuerpo, en la personalidad, en la inteligencia, idénticos también en sus estigmas cerebrales y en sus lesiones de tejidos. Tienen una talla inferior a la media, con desproporciones desagradables de la cabeza y las manos, paladares de arco alto, los pies con el puente muy arqueado, voces monótonas y chillonas, toda una gama de muecas y tics peculiares, y una miopía degenerativa muy acusada que exige gafas tan gruesas que los ojos parecen deformes, y que les dan una apariencia absurda de profesorcitos que atisban y señalan con una concentración desplazada, obsesiva y absurda. La impresión se refuerza si se les pregunta o se les permite, y es muy probable que lo hagan, como marionetas, iniciar espontáneamente una de sus «rutinas».

Ésta es la imagen transmitida en los artículos publicados y desde el escenario (se suele incluir su «actuación» en el festival anual del hospital en el que yo trabajo), y en sus apariciones en televisión, bastante frecuentes y más bien embarazosas.

Los «hechos» están establecidos hasta la saciedad, en tales circunstancias. Los Gemelos dicen: «Dígannos una fecha cualquiera de los cuarenta mil años futuros o pasados.» Se les da una fecha y, casi instantáneamente, ellos dicen a qué día de la semana corresponde. «Otra fecha», gritan, y se repite la operación. Son capaces también de decir en qué fecha caerá Pascua dentro de ese mismo período de 80.000 años. Se puede apreciar, aunque no suela mencionarse en los informes, que mueven los ojos y los fijan de un modo peculiar cuando hacen esto... como si estuviesen desplegando, o escudriñando, un paisaje interior, un calendario mental. Es una expresión como de estar «viendo», de visualización intensa, aunque se ha llegado a la conclusión de que lo que hacen es un puro cálculo.

La memoria que tienen para los números es excepcional y posiblemente ilimitada. Repiten un número de tres cifras, de treinta cifras, de trescientas cifras, con la misma facilidad. Esto también se ha atribuido a un «método».

Pero cuando uno pasa a examinar su capacidad de cálculo (el plato fuerte típico de los «calculadores mentales» y prodigios aritméticos) resulta que lo hacen asombrosamente mal, tan mal como podría esperarse de su índice de inteligencia de sesenta. No son capaces de hacer bien una resta o una suma simples, y ni siquiera pueden entender lo que significa multiplicación o división. Es decir: ¿«calculadores» que son incapaces de calcular, y que carecen hasta del talento más elemental para la aritmética?

Y sin embargo les llaman «calculadores del calendario», y se ha deducido y aceptado, sin ninguna base prácticamente, que lo que opera no es en modo alguno la memoria, que hay un algoritmo inconsciente que es el que se utiliza para los cálculos calendáricos. Si consideramos que hasta Carl Friedrich Gauss, uno de los grandes matemáticos, y de los grandes calculadores también, tuvo enormes dificultades para obtener un algoritmo para la fecha de la Pascua, resulta casi increíble que estos Gemelos, que no son capaces de dominar ni los métodos aritméticos más elementales, pudiesen haber obtenido, calculado y utilizado ese algoritmo. Hay, ciertamente, gran número de calculadores que tienen un repertorio mayor de métodos y algoritmos que han elaborado ellos mismos, y quizás esto predispusiese a W. A. Horwitz y a otros a sacar la conclusión de que también sucedía así en el caso de los Gemelos. Steven Smith, abordando en una primera impresión estos estudios iniciales, comenta:

> Opera aquí algo misterioso aunque corriente: la misteriosa capacidad humana para formar algoritmos inconscientes basándose en ejemplos.

Si éste fuese el principio y el fin del asunto, podría en realidad considerarse algo corriente, sin el menor misterio, pues el cálculo de algoritmos, que puede realizarse perfectamente mediante una máquina, es en el fondo mecánico, y pertenece a la esfera de los «problemas» pero no de los «misterios».

Y, sin embargo, hay en sus «trucos», e incluso en algunas de sus actuaciones, una cualidad que sorprende. Pueden explicarte el tiempo meteorológico y los acontecimientos de cualquier día de sus vidas, cualquier día a partir, aproximadamente, de los cuatro años de edad. Su forma de hablar (bien reproducida por Robert Silverberg en su retrato del personaje Melangio) es a la vez infantil, detallada, sin emoción. Se les da una fecha, giran los ojos un momento y luego los fijan y con una voz lisa y monótona te dicen el tiempo que hizo, los acontecimientos políticos de los que hubiesen oído hablar y los hechos de sus propias vidas, esto último suele incluir la angustia dolorosa y conmovedora de la infancia, el desprecio, las burlas, las aflicciones que soportaban, pero todo expuesto en un tono invariable, igual, sin un ápice de emoción o inflexión personal. Es evidente que se trata de recuerdos que parecen de género «documental», en los que no hay ninguna referencia personal, ninguna relación personal, ningún centro vivo de ningún tipo.

Podría decirse que la implicación personal, la emoción, se ha omitido en esos recuerdos, por el mismo método defensivo que se puede apreciar en los tipos esquizoides u obsesivos (y hay que considerar a los Gemelos obsesivos y esquizoides, sin duda). Pero podría decirse igual, y sería ciertamente más plausible, que los recuerdos de este género no *tuvieron* jamás el menor carácter personal, es algo que constituye en realidad un rasgo básico de una memoria eidética como la suya.

Pero lo que hay que subrayar (y no se resalta lo suficiente en las investigaciones realizadas con ellos, aunque sea muy evidente para el oyente ingenuo dispuesto a asombrarse) es la magnitud de la memoria de los Gemelos, su amplitud aparentemente ilimitada (aunque sea infantil y corriente) y junto a esto la forma de recuperar los recuerdos. Y si les preguntas cómo pueden retener tanto en la cabeza (un número de trescientas cifras, o el trillón de acontecimientos de cuatro décadas) ellos dicen, con toda sencillez: «Lo vemos.» Y ese «ver», ese «visualizar» de extraordinaria intensidad, de amplitud ilimitada y de fidelidad perfecta parece ser la clave de todo el asunto. Parece ser una capacidad fisiológica innata de su inteligencia, algo que tiene ciertas analogías con el modo que tenía de «ver» el famoso paciente que describe A. R. Luria en *La mente de un mnemonista,* aunque quizás a los Gemelos les falte la rica sinestesia y la organización consciente de los recuerdos del Mnemonista. Pero no hay duda alguna, en mi opinión al menos, de que los Gemelos disponen de un panorama prodigioso, una especie de paisaje o de fisonomía, de todo lo que han oído o visto o pensado o hecho a lo largo de su vida, y que en un pestañeo, visible desde fuera como la operación de girar los ojos y fijarlos, son capaces (con los «ojos del entendimiento») de recuperar y «ver» casi cualquier cosa que se encuentre en ese vasto panorama.

Esta capacidad de memoria es sumamente rara, pero no es en modo alguno algo único. Sabemos poco o nada de por qué los Gemelos o cualquier otro individuo poseen una memoria así. ¿Hay entonces en los Gemelos algo que tenga un interés más hondo, tal como se ha dicho? Yo creo que lo hay.

Se dice de Sir Herbert Oakley, profesor de música de Edimburgo del siglo XIX, que lo llevaron en cierta ocasión a una granja y oyó gruñir a un cerdo e inmediatamente exclamó: «¡Sol sostenido!» Alguien corrió al piano y era sol sostenido. Mi primera visión de los poderes «naturales» y de la actuación «natural» de los Gemelos se produjo de un modo similar, espontáneo y (se me ocurrió sin que pudiera evitarlo) bastante cómico.

Se cayó de su mesa una caja de cerillas y su contenido se esparció por el suelo: «111», gritaron ambos simultáneamente; y luego, en un murmullo, John dijo «37». Michael repitió esto,

John lo dijo por tercera vez y se paró. Conté las cerillas (me llevó un rato) y había 111.

–¿Cómo pueden contar las cerillas tan de prisa? –pregunté.

–Nosotros no contamos –dijeron–. Nosotros *vimos* las 111.

Se cuentan cosas similares de Zacharias Dase, el prodigio de los números, que decía instantáneamente «183» o «79» si se desparramaban ante él unos guisantes, e indicaba lo mejor que podía (era también un deficiente) que él no contaba los guisantes sino que simplemente «veía» su número como un todo en un relampagueo.

–¿Y por qué murmuraron ustedes «37» y lo repitieron tres veces? –pregunté a los Gemelos.

–37, 37, 37, 111 –dijeron al unísono.

Y esto me pareció aún más desconcertante, si cabe. El que *viesen* 111 (la «111-idad») en un relampagueo era extraordinario, pero quizás no más extraordinario que el «sol sostenido» de Oakley, una especie de «tono absoluto», como si dijésemos, para los números. Pero luego habían pasado a descomponer en factores el número 111: sin disponer de ningún método, sin «saber» siquiera (del modo ordinario) lo que eran factores. ¿No había comprobado yo que eran incapaces de los cálculos más simples y que no «entendían» (o no parecían entender) qué *era* multiplicar o dividir? Y, sin embargo, ahora, de una forma espontánea, habían dividido un número compuesto en tres partes iguales.

–¿Cómo hicieron ustedes eso? –dije, con cierta ansiedad.

Ellos indicaron, lo mejor que pudieron, en términos pobres e insuficientes (pero quizás no haya palabras que correspondan a tales cosas) que ellos no lo habían «hecho», que sólo lo habían «visto» en un relampagueo. John hizo un gesto con dos dedos extendidos y el pulgar, lo que parecía indicar, que habían *triseccionado* el número espontáneamente, o que éste se había «disgregado» por decisión propia, en aquellas tres partes iguales por una especie de «fisión» numérica espontánea. Parecía sorprenderles mi sorpresa... era como si yo *fuese* ciego en cierto sentido; y el gesto de John transmitía una sensación extraordinaria de realidad directa, *sentida.* ¿Es posible, me dije, que puedan algo así como «ver» las propiedades, no de un modo conceptual, abstracto, sino como *cualidades* sentidas, sensoriales, de una forma directa, concreta y no simplemente cualidades aisladas (como «111-idad») sino cualidades de relación...? Quizás de un modo parecido a como Sir Herbert Oakley podría haber dicho «una tercera» o «una quinta».

Yo había llegado ya a creer, por el hecho de que «viesen» sucesos y fechas, que podían retener en sus mentes, que *retenían,* un inmenso tapiz mnemotécnico, un paisaje enorme (o puede que infinito) en el que podía verse todo, aislado o en relación. Era aislamiento, más que un sentido de relación, lo que manifestaban predominantemente cuando desplegaban su implacable «documental» arbitrario.

Pero ¿no podrían tales poderes prodigiosos de visualización (poderes fundamentalmente concretos y totalmente diferenciados de la conceptualización), no podrían esos poderes permitirles ver relaciones, relaciones formales, relaciones de forma, arbitrarias o significativas? Si podían ver «111-idad» de una ojeada (si podían ver toda una «constelación» entera de números), ¿no podrían «ver» también, de una ojeada (ver, reconocer, relacionar y comparar, de un modo exclusivamente sensorial y no intelectual) constelaciones y formaciones complejísimas de números? Un poder ridículo, negativo incluso. Me recordaba al «Funes» de Borges:

> Nosotros, de un vistazo, percibimos tres copas en una mesa; Funes, todos los vástagos y racimos y frutos que comprende una parra... Una circunferencia en un pizarrón, un triángulo rectángulo, un rombo, son formas que podemos in-

tuir plenamente; lo mismo le pasaba a Ireneo con las aborrascadas crines de un potro, con una punta de ganado en una cuchilla... No sé cuántas estrellas veía en el cielo.

¿Podían los Gemelos, que parecían sentir una pasión muy singular por los números y tener un especial dominio de ellos, podían estos Gemelos, que habían visto de una ojeada la «111-idad», ver quizás en su pensamiento una «parra» numérica, con todas las hojas-números, los zarcillos-números, frutos-números, que la componían? Un pensamiento extraño, quizás absurdo, casi imposible, pero lo que ellos me habían demostrado era también tan extraño como para resultar prácticamente incomprensible. Y se trataba, por lo que ya sabía, de sólo un levísimo indicio de lo que eran capaces de hacer.

Pensé en el asunto, pero era algo que daba muy poco de sí. Y luego lo olvidé. Lo olvidé hasta una segunda escena espontánea, una escena mágica, en la que me vi envuelto absolutamente por casualidad.

Esta segunda vez estaban sentados los dos en un rincón, sonrientes, una sonrisa confidencial y misteriosa, una sonrisa que yo no les había visto nunca, gozando de la extraña paz y el extraño placer del que parecían disfrutar. Me acerqué silenciosamente para no molestarlos. Parecían encerrados en un singular diálogo puramente numérico. John decía un número, un número de seis cifras. Michael escuchaba el número, asentía, sonreía y parecía saborearlo. Luego él decía a su vez otro número de seis cifras, y entonces era John el que escuchaba y lo consideraba muy detenidamente. Al principio parecían dos entendidos en vinos que estuviesen saboreando caldos diversos, compartiendo sabores exóticos, valoraciones exóticas. Me senté allí en silencio, sin que me viesen, hipnotizado, desconcertado.

¿Qué estaban haciendo? ¿Qué demonios pasaba? No podía sacar ninguna conclusión. Quizás se tratase de algún juego, pero

había una seriedad y una concentración, una especie de profundidad serena y meditativa y casi sagrada, que yo no había visto jamás en un juego ordinario, y que desde luego no había visto nunca en los Gemelos, normalmente excitados y distraídos. Me limité a anotar los números que iban diciendo, aquellos números que evidentemente les proporcionaban tanto gozo y que ellos «contemplaban», saboreaban, compartían en comunión.

¿Tenían los números algún significado, me pregunté mientras iba en el coche camino de casa, tenían algún sentido «real» o universal, o (si es que tenían alguno) era este sentido un sentido meramente privado o caprichoso, como los «lenguajes» secretos ridículos que se inventan a veces hermanos y hermanas para hablar entre ellos? Y allí, en el coche camino de casa, me acordé de los gemelos de Luria (Liosha y Yura), gemelos idénticos con lesión cerebral y deficiencias de lenguaje, y recordé que jugaban y hablaban entre ellos en un idioma primitivo, una especie de galimatías privado (Luria y Yudovich, 1959). John y Michael ni siquiera utilizaban palabras o semipalabras, se limitaban a lanzarse números el uno al otro. ¿Se trataba, quizás, de números «borgesianos» o «funesianos», meras vides numéricas, o crines de potros, o constelaciones, formas-números privadas, una especie de argot que sólo los Gemelos conocían?

En cuanto llegué a casa busqué tablas de potencias, factores, logaritmos y números primos, recuerdos y reliquias de un período extraño y aislado de mi propia infancia en que yo también fui una especie de rumiador de números, un «vidente» numérico, y sentí una pasión extraña por los números. Yo ya tenía una hipótesis y con esas tablas pude confirmarla. *Todos los números, los números de seis cifras, que los gemelos se habían intercambiado eran primos,* es decir, números que no podían dividirse por más enteros que por sí mismos y por la unidad. ¿Habían acaso los gemelos visto o tenido por alguna razón un libro como el mío, o estaban, de algún modo inconcebible «viendo», por sí solos, números primos, de forma parecida a como habían «visto» la 111-idad, o la triple 37-idad? Desde luego no podían *calcularlos,* eran absolutamente incapaces de calcular.

Volví al pabellón al día siguiente, llevaba conmigo el valioso libro de números primos. Les encontré encerrados en su comunión numérica, como la vez anterior, pero ésta, sin decir nada, me uní tranquilamente a ellos. Al principio mostraron cierto recelo, pero al ver que no los interrumpía reanudaron su «juego» de primos de seis cifras. Al cabo de unos minutos decidí incorporarme al juego, aventuré un número, un primo de ocho cifras. Se giraron los dos hacia mí, luego se quedaron de pronto silenciosos e inmóviles, con una expresión de concentración profunda y puede que de asombro. Hubo una larga pausa (jamás los había visto hacer una pausa tan larga, debió de durar medio minuto o más) y luego súbita y simultáneamente sonrieron los dos.

Habían visto de pronto, tras un proceso interno incomprensible, que mi número de ocho cifras era un número primo, y esto les produjo claramente una gran alegría, una alegría doble; primero porque yo había introducido un elemento de juego nuevo y divertido, un número primo de un orden con el que no se habían encontrado hasta entonces; y, segundo, porque era evidente que yo me había dado cuenta de lo que estaban haciendo, me había gustado, me había causado admiración, y me había unido yo también al juego.

Se apartaron un poco, para dejarme sitio; un nuevo jugador, un tercero en su mundo. Después John, que era el que llevaba siempre la iniciativa, se pasó un buen rato pensando (debieron de ser por lo menos cinco minutos, aunque yo no me atreví a moverme y apenas respiraba) y luego dijo un número de nueve cifras; y tras un período similar de tiempo su hermano gemelo, Michael, respondió con otra cifra semejante, luego yo, por mi parte, tras un vistazo subrepticio al libro, añadí mi propia aportación, un tanto deshonesta. Un número primo de diez cifras que busqué en el libro.

Volvieron a quedarse callados, un rato aún mayor, inmóviles, atónitos; y luego John, tras una prodigiosa contemplación interior, formuló un número de doce cifras. Yo no tenía ningún medio de comprobarlo, y no pude responder, porque mi libro (el cual, que yo supiese, era único en su género) no sobrepasaba los primos de diez cifras. Pero Michael sí, aunque debió de tardar cinco minutos, y al cabo de una hora los Gemelos estaban intercambiando primos de veinte cifras, o yo supongo al menos que eso eran, ya que no tenía ningún medio de comprobarlo. Ni siquiera había un medio fácil de hacerlo, en 1966, a menos que pudiese uno recurrir a un ordenador potente. E incluso en ese caso habría sido difícil, porque si uno no utiliza la criba de Eratóstenes, o a algún otro algoritmo, no hay ningún método sencillo de calcular números primos. *No existe ningún método simple para calcular números primos de este orden, y sin embargo los Gemelos estaban haciéndolo.* (Véase la posdata.)

Pensé de nuevo en Dase, sobre el que había leído años antes en un libro encantador, *La personalidad humana* (1903), de F. W. H. Myers.

> Sabemos que Dase (quizás el prodigio de este tipo de más éxito) adolecía de una notoria carencia de capacidad matemática. Sin embargo, a los doce años, hacía tablas de factores y de números primos hasta el séptimo orden y casi los ocho millones completos, una tarea que pocos hombres podrían haber realizado sin ayuda mecánica en el tiempo correspondiente a una vida ordinaria.

Puede considerárselo en consecuencia, concluye Myers, como el único hombre que logró hacer un valioso servicio a las matemáticas sin haber hecho estudios superiores.

Lo que Myers no aclara, y que quizás no estuviese claro, es si Dase tenía algún método para componer las tablas, o si, como parecían indicar sus experimentos de «visión de números» simples, «veía» de algún modo estos números primos de muchas cifras lo mismo que hacían, al parecer, los Gemelos.

Mientras los observaba, discretamente (era fácil, porque tenía un despacho en el pabellón donde estaban ingresados), los vi practicar muchísimos tipos de juegos numéricos, los vi establecer de muchos otros modos aquella comunión numérica cuya naturaleza no era capaz de determinar, ni de vislumbrar siquiera.

Pero parece probable, o seguro, que utilicen cualidades o propiedades «reales», porque lo arbitrario, por ejemplo números al azar, no les proporciona placer alguno, o muy poco. Está claro que tiene que haber sentido en sus números, del mismo modo, quizás, que un músico necesita armonía. La verdad es que los comparo muchas veces sin darme cuenta con los músicos o con Martin (capítulo veintidós), un retrasado también, que captaba en la serena y majestuosa estructura arquitectónica de Bach una manifestación sensible de la armonía básica y del orden del mundo, totalmente inaccesibles a él desde el punto de vista conceptual, por sus limitaciones intelectuales.

«Todo el que está armónicamente integrado», escribe Sir Thomas Brown, «goza con la armonía y con la contemplación honda del Primer Compositor. Hay en ello algo divino que sobrepasa lo que el oído descubre; es una oculta lección jeroglífica del total del mundo, un arrebato sensorial de esa armonía que resuena intelectualmente en los oídos de Dios... El alma es armónica, y tiene su afinidad más íntima con la música.»

Richard Wollheim establece en *The Thread of Life* (1984) una distinción absoluta entre cálculos y lo que él llama estados mentales icónicos, y sale al paso de una posible objeción a esta distinción:

Alguien podría poner en duda el hecho de que todos los cálculos son no icónicos basándose en que, cuando calcula, a veces, lo hace visualizando el cálculo en una página. Pero esto no es un contraejemplo. Porque lo representado en tales casos no es el cálculo en sí, sino una representación de él; lo que se calcula son *números,* pero lo que se visualiza son *cifras,* que representan números.

Leibniz, por otra parte, establece una tentadora analogía entre los números y la música: «El placer que nos proporciona la música viene de *contar,* pero de contar inconscientemente. La música no es más que aritmética inconsciente.»

¿Cuál es la situación, en la medida en que podemos determinarlo, en el caso de los Gemelos y quizás de otros más? Ernst Toch, el compositor (me lo explica su nieto Lawrence Weschler), podía retener fácilmente tras su simple audición una serie muy larga de números; pero lo hacía «convirtiendo» la serie de números en una melodía (una melodía que componía él mismo, y que «correspondía» a los números). Jedediah Buxton, un calculador lento pero tenaz que sentía una auténtica pasión, patológica incluso, por calcular y por contar (se ponía, según decía él, «borracho de cálculos»), «convertía» la música y el teatro en números. «Durante el baile», según una referencia contemporánea, de 1754, «fijaba la atención en el número de pasos; después de una magnífica pieza de música afirmó que los innumerables sonidos producidos por la música le habían dejado completamente desconcertado, y sólo escuchó al señor Garrick para contar las palabras que pronunció en lo cual dijo que alcanzó un éxito completo.»

Tenemos aquí un par de ejemplos magníficos aunque extremos: el músico que convierte números en música y el calculador que convierte la música en números. Difícilmente podríamos tener, creo yo, dos mentalidades más opuestas o, al menos, dos modos de pensar más opuestos.[3]

Yo creo que los Gemelos, que tienen una «sensibilidad» extraordinaria para los números, aunque sean incapaces de calcular, se alinean en este aspecto no con Buxton sino con Toch. Excepto por el hecho (y es algo que nos resulta difícil de concebir a las personas normales) de que no «convierten» los números en música, sino que realmente los sienten, en sí mismos, como «formas», como «tonos», como las formas multitudinarias que componen la naturaleza misma. No son calculadores, y su enfoque de los números es «icónico», conjuran extrañas escenas de números, habitan entre ellas; vagan libremente por grandes paisajes de números; crean, dramatúrgicamente, todo un mundo constituido por números. Tienen, en mi opinión, una imaginación singularísima, y una de sus singularidades, y no la menor, es que esa imaginación puede imaginar sólo números. No parecen «operar» con números, no-icónicamente, como hace un calculador; ellos los «ven», directamente, como un enorme paisaje natural.

Y si nos preguntamos si hay analogías, al menos, con esta «iconicidad», la hallamos, en mi opinión, en ciertas inteligencias científicas. Dmitri Mendeléiev, por ejemplo, llevaba consigo, escritas en tarjetas, las propiedades numéricas de los elementos, hasta que se le hicieron completamente «familiares», tan familiares que no pensaba ya en ellas como conjuntos de propiedades, sino (según nos cuenta) «como rostros familiares». Veía los elementos, icónicamente, fisonómicamente, como «rostros», rostros que se relacionaban, como miembros de una familia, y que componían, *in toto,* dispuestos periódicamente, el rostro formal completo del universo. Esta inteligencia científica es básicamente «icónica» y «ve» toda la naturaleza como rostros y escenas, quizás también como música. Esta «visión», interior, impregnada de lo fenoménico, tiene de todos modos una relación integral con lo físico, y devolviéndolo, pasando de lo psíquico a lo físico, constituye la tarea secundaria o externa de esa ciencia. («El filósofo procura oír dentro de sí mismo los ecos de la sinfonía del mundo», escribe Nietzsche, «y reproyectarlos en forma de conceptos.») Los Gemelos, aunque retardados, oían la sinfonía del mundo, supongo, pero la oían enteramente en forma de números.

El alma es «armónica» sea cual sea el índice de inteligencia del individuo, y para algunos, como los matemáticos y los físicos, el sentido de armonía quizás sea primordialmente intelectual. Y sin embargo no se me ocurre nada intelectual que no sea también, en cierto modo, sensible, en realidad el mismo término «sentido» tiene siempre esta connotación doble. Sensible y, en cierto modo, «personal» también, porque no podemos sentir nada, hallar nada «sensible», a menos que esté relacionado, de algún modo, o sea relacionable con nosotros mismos. Así, la majestuosa estructura arquitectónica de Bach aporta, como en el caso de Martin A., «una oculta lección jeroglífica del mundo entero», pero esa estructura es también identificable, exclusiva, cálidamente, Bach. Y esto también lo sentía de un modo profundo Martin A. y lo relacionaba con el amor que le profesaba a su padre.

Yo creo que los Gemelos no tienen sólo una «facultad» extraña, sino una sensibilidad armónica, aliada quizás con la de la música. Podríamos calificarla, sin grave problema, de sensibilidad «pitagórica», y lo extraño no es que exista sino que sea al parecer tan poco frecuente. El alma del individuo es «armónica» sea cual sea su índice de inteligencia, y puede que la necesidad de hallar o sentir un orden o armonía básicos sea una condición universal de la mente, independientemente de sus potencias y de la forma que adopte. Siempre se ha llamado a las matemáticas la reina de las ciencias, y los matemáticos han considerado siempre el número como el gran misterio, y han considerado que el mundo estaba organizado, misteriosamente, por el poder del número. Esto lo expuso maravillosamente Bertrand Russell en su *Autobiografía:*

Yo he buscado el conocimiento con la misma pasión. He deseado comprender el corazón del hombre. He deseado saber por qué brillan las estrellas, y he intentado entender el poder pitagórico por el que los números dominan el flujo.

Resulta extraño comparar a estos Gemelos deficientes mentales con una inteligencia, un espíritu, como el de Bertrand Russell. Y sin embargo no es, creo yo, tan insólito. Los Gemelos viven exclusivamente en un mundo-pensamiento de números. No les interesan ni el brillo de las estrellas ni el corazón del hombre. Y sin embargo los números son para ellos, en mi opinión, no «sólo» números, sino significaciones, significadores cuyo «significando» es el mundo.

Los Gemelos no abordan los números a la ligera, como hacen la mayoría de los calculadores. No les interesan los cálculos, no tienen capacidad para ellos, no pueden comprenderlos. Son, más bien, contempladores serenos de los números, y los abordan con una actitud de reverencia y sobrecogimiento. Los números son para ellos sagrados, están preñados de significación. Éste es su modo (como la música es el de Martin) de captar al Primer Compositor.

Pero los números no son sólo sobrecogedores para ellos, son también amigos, puede que los únicos amigos que hayan conocido en sus vidas aisladas y autísticas. Se trata de un sentimiento bastante frecuente entre las personas que tienen un don para los números, y Steven Smith, aunque considere el «método» algo decisivo, da varios ejemplos deliciosos de ello: George Parker Bidder, que escribió sobre su primera infancia numérica: «llegué a familiarizarme perfectamente con los números hasta el cien; llegaron a ser como amigos míos, y conocía a todos sus parientes y conocidos»; o el contemporáneo Shyam Marathe de la India: «Cuando digo que los números son amigos míos, quiero decir que en una época del pasado traté con un número concreto de diversos modos, y en varias ocasiones he hallado ocultas en él cualidades nuevas y fascinantes. Así que si en un cálculo me tropiezo con un número conocido lo miro inmediatamente como a un amigo.»

Hermann von Helmholtz dice, hablando de la percepción musical, que aunque los tonos compuestos *pueden* analizarse y descomponerse en sus componentes, suelen oírse normalmente como cualidades, cualidades únicas de tono, todos indivisibles. Habla en este caso de una «percepción sintética» que trasciende el análisis y es la esencia inanalizable de todo sentido musical. Compara esos tonos con rostros y aventura la hipótesis de que podemos identificarlos de un modo personal y similar en cierta forma. En suma, medio sugiere que los tonos musicales, y desde luego las melodías, *son,* en realidad, «rostros» para el oído, y son reconocidos, sentidos de forma inmediata como «personas» (o «personalidades»), una identificación que entraña calidez, emoción, relación personal.

Lo mismo parece sucederles a los que aman los números. También para ellos se hacen identificables como tales en un «¡Te conozco!» único, intuitivo, personal.[4] El matemático Wim Klein lo ha expresado muy bien: «los números son para mí como amigos, más o menos. ¿Para usted no significa lo mismo, verdad, 3844? Para usted es sólo un tres y un ocho y un cuatro y un cuatro. Pero yo digo: «¡Qué hay, 62 al cuadrado!»

Yo creo que los Gemelos, en apariencia tan aislados, viven en un mundo lleno de amigos, que tienen millones, billones de números a los que les dicen «¡Qué hay!» y que les contestan «¡Qué hay!». Estoy seguro. Pero ninguno de los números es arbitrario como 62 al cuadrado ni se llega a él (y éste es el misterio) por ninguno de los métodos habituales, por ningún método que yo haya podido determinar hasta la fecha. Los Gemelos parecen servirse de una cognición directa, como los ángeles. Ven, directamente, un universo y un cielo de números. Y esto, aunque singular, aunque extraño (pero ¿qué derecho tenemos a llamarlo «patológico»?), aporta a sus vidas una serenidad y una autonomía singulares, y podría ser trágico alterarlas o destruirlas.

Esta serenidad fue, de hecho, interrumpida y alterada diez años después, cuando se consideró que había que separar a los Gemelos «por su propio bien», para impedirles su comunicación patológica, y con el fin de que pudiesen «salir y afrontar el mundo, de un modo adecuado, socialmente aceptable» (según la jerga médica y sociológica). Así pues, los separaron en 1977 con resultados que podrían considerarse satisfactorios o terribles. Ambos han sido trasladados ahora a «instituciones intermedias» y hacen trabajos serviles, para ganar un poco de dinero, bajo estrecha supervisión. Son capaces de coger un autobús, si se les dan instrucciones detalladas y un billete, y de mantenerse moderadamente presentables y limpios, aunque su carácter psicótico y deficiente sigue siendo identificable a simple vista.

Éste es el lado positivo, pero hay también un lado negativo (que no se menciona en sus fichas porque no se ha admitido nunca): privados de su mutua «comunión» numérica y de tiempo y de posibilidad de «contemplación» o «comunión» (se los agobia y apremia continuamente haciéndoles pasar de una tarea a otra), parecen haber perdido su extraña capacidad numérica, y con ello la principal alegría y el principal sentido de sus vidas. Pero esto se considera, sin duda, un precio pequeño, a cambio de haber llegado a ser semiindependientes y «socialmente aceptables».

Esto recuerda, en cierto modo, el tratamiento que se aplicó a Nadia, una niña autista con un talento excepcional para el dibujo (véase más adelante, pág. 280). Nadia fue sometida también a un régimen terapéutico «en busca de medios para que sus aptitudes en otras direcciones pudiesen potenciarse al máximo».

La consecuencia básica fue que empezó a hablar y dejó de dibujar. Nigel Dennis comenta: «Nos dejan un genio al que se le ha extirpado el talento, sin que quede atrás más que una deficiencia general. ¿Qué hemos de pensar de una curación tan extraña?»

Habría que añadir (es una cuestión sobre la que se explaya F. W. H. Myers, cuyo análisis de los prodigios numéricos inicia su capítulo sobre «Genio») que la facultad es «extraña», y puede desaparecer espontáneamente aunque persista con igual frecuencia toda la vida. Desde luego en el caso de los Gemelos no era sólo una «facultad», sino el centro personal y emotivo de sus vidas.[5]

POSDATA

Israel Rosenfield dijo, cuando se le mostró el manuscrito de este artículo, que existe otra aritmética, superior y más simple que la aritmética «convencional» de operaciones, y preguntó si las facultades (y limitaciones) singulares de los Gemelos *no* podrían indicar que éstos utilizaban esta aritmética «modular». En una nota que me escribió exponía la hipótesis de que quizás los algoritmos modulares, del tipo de los descritos por Ian Stewart en *Conceptos de matemática moderna* (1975), explicasen las habilidades calendáricas de los Gemelos:

> Su capacidad para determinar los días de la semana a lo largo de un período de ochenta mil años parece apuntar a un algoritmo bastante simple. Se divide el número total de días entre «ahora» y «entonces» por siete. Si no queda ningún resto, la fecha cae en el mismo día que «ahora»; si el resto es uno, la fecha es un día después; y así sucesivamente. Adviértase que la aritmética modular es cíclica: consiste en pautas repe-

titivas. Puede que los Gemelos visualizasen esas pautas, bien en forma de gráficos de fácil construcción o de algún tipo de «paisaje», como la espiral de enteros que aparece en la página 30 del libro de Stewart.

Esto deja sin aclarar por qué los Gemelos se comunican en números primos. Pero la aritmética del calendario exige el primo de siete. Y si se piensa en la aritmética modular en general, la división modular dará por resultado pautas cíclicas netas sólo si uno utiliza números primos. Dado que el número primo 7 ayuda a los Gemelos a obtener las fechas, y en consecuencia los acontecimientos de días concretos de sus vidas, otros primos, que puedan haber hallado, producen pautas similares a las que son tan importantes para sus operaciones de recuerdo. (Cuando dicen de las cerillas «111 – 37 tres veces» adviértase que toman el primo 37 y lo multiplican por tres.) En realidad, sólo podrían «visualizarse» las pautas primas. Las diferentes pautas producidas por los diferentes números primos (por ejemplo, tablas de multiplicación) pueden ser los elementos de información visual que se comunican entre ellos cuando repiten un número primo determinado. En suma, la aritmética modular puede ayudarles a recuperar su pasado, y en consecuencia las pautas creadas al utilizar esos cálculos (que sólo se dan con los primos) pueden adquirir para los Gemelos un significado especial.

Ian Stewart indica que con la utilización de esa aritmética modular se puede llegar rápidamente a una solución única en situaciones insuperables con cualquier aritmética «ordinaria», en particular en el cálculo (a través de un llamado «principio de casillero») de primos extremadamente grandes e incalculables (por métodos convencionales).

Si estos métodos, estas visualizaciones, se consideran algoritmos, se trata de algoritmos de un tipo muy especial, organizados no algebraica sino espacialmente, como árboles, espirales, arquitecturas, «paisajes-pensamiento», configuraciones de un espacio mental formal pero casi sensorial. Me han emocionado los comentarios de Israel Rosenfield y las consideraciones de Ian Stewart sobre una aritmética «superior» (y especialmente modular), pues parecen prometer, si no una «solución», sí al menos una aclaración poderosa de potencias por lo demás inexplicables, como las de los Gemelos.

Esta aritmética superior o más profunda la formuló, en principio, Gauss en su libro *Disquisitiones Arithmeticae,* en 1801, pero hasta fechas recientes no se ha aplicado a realidades prácticas. Uno se pregunta si no podría existir una aritmética «convencional» (es decir, una aritmética de operaciones), a menudo irritante para profesor y alumno, «antinatural» y difícil de aprender, y además una aritmética del tipo de la que describe Gauss, que puede ser en realidad algo innato en el cerebro, tan innato como la gramática generativa y la sintaxis «profunda» de Chomsky. Esa aritmética, en mentes como las de los Gemelos, podría ser algo dinámico y casi vivo, nebulosas y enjambres estelares globulares de números girando y evolucionando en un cielo mental en expansión perenne.

Como ya he explicado, después de publicar «Los Gemelos» recibí gran número de comunicaciones tanto personales como científicas. Algunas abordaban los temas específicos de la «visión» o captación de números, otras el sentido o la significación que podría atribuirse a este fenómeno, otras el carácter general de la sensibilidad y disposición autistas y cómo podrían inhibirse o estimularse, y otras el tema de los Gemelos idénticos. Eran especialmente interesantes las cartas de padres de niños de este tipo, y dentro de ellas las más insólitas y más destacables las de los padres que se habían visto forzados a reflexionar e investigar y que habían conseguido combinar el sentimiento y la entrega más profundas con la objetividad plena. Dentro de esta categoría se incluían los Park, padres muy inteligentes de una niña sumamente dotada pero autista (véase C. C. Park, 1967 y D. Park, 1974, págs. 313-23). La hija de los Park, «Ella», era una dibujante de mucho talento y estaba también especialmente dotada para los números, sobre todo en el primer período de su vida. Esta sensibilidad peculiar para los números primos no es algo excepcional ni mucho menos. C. C. Park me escribió explicándome el caso de otro niño autista al que conocía, que llenaba cuartillas con números que escribía «compulsivamente». «Todos eran números primos», me indicaba, y añadía: «Son ventanas a otro mundo.» Más adelante mencionó una experiencia reciente con un joven autista que estaba también fascinado por múltiplos y primos, y me decía que este joven percibía instantáneamente estos números como «especiales». De hecho la palabra «especial» debe utilizarse para provocar una reacción:

> «¿Algo especial, Joe, en ese número (4875)?»
> Joe: «Es sólo divisible por 13 y 25.»
> De otro (7241): «Es divisible por 13 y por 557.»
> Y de 8741: «Es un número primo.»

Park comenta: «Nadie de su familia le estimula en lo de los números primos; son un placer solitario.»

No está claro, en estos casos, cómo se llega a la solución casi instantáneamente: si los números se «calculan», si se «conocen» (recuerdan) o si (quién sabe cómo) simplemente se «ven». Lo que está claro es la sensación peculiar de placer y significado asociada a los números primos. Parece derivarse, por una parte, de cierto sentido de simetría y belleza formal, pero por otra se vincula a una «potencia» o «significado» asociativo peculiar. Esto se calificaba a menudo de «mágico» en el caso de Ella: los números, sobre todo los primos, conjuraban relaciones, sentimientos, imágenes y pensamientos especiales... algunos casi demasiado «especiales» o «mágicos» para mencionarlos. Esto se explica muy bien en el artículo de David Park (obra citada).

Kurt Gödel ha estudiado, de un modo completamente general, cómo los números, sobre todo los primos, pueden servir de «indicadores» de ideas, personas, lugares, de cualquier cosa; y esta indicación gödeliana cimentaría la vía de una «aritmetización» o «numeralización» del mundo (véase E. Nagel y J. R. Newman, 1958). Si sucediese esto, es posible que los Gemelos, y otros como ellos, no vivan simplemente en un mundo *de* números, sino en un mundo, en *el* mundo, *como* números, y que su meditación o juego de números sea una especie de meditación existencial, y si uno logra entender, o dar con la clave (como a veces hace David Park), quizás sea también una comunicación extraña y precisa.

–Dibuja esto –dije, y le di a José mi reloj de bolsillo.

José tenía unos veintiún años, decían que era un retrasado mental sin esperanza, y había tenido antes uno de los violentos ataques que padece. Era delgado, de aspecto frágil.

Su distracción, su inquietud, desaparecieron bruscamente. Cogió el reloj con mucho cuidado, como si fuese un talismán o una joya, se lo puso delante y lo miró fijamente con una concentración inmóvil.

–Es un idiota –interrumpió el ayudante–. No le pregunte nada. No sabe lo que es..., no sabe leer la hora. No habla siquiera. Dicen que es «autista», pero no es más que un idiota.

José se puso pálido, puede que más por el tono del ayudante que por sus palabras: el ayudante había dicho antes que José no utilizaba palabras.

–Vamos –dije–. Sé que puedes hacerlo.

José dibujó con una quietud absoluta, concentrándose completamente en el relojito que tenía delante, bloqueando todo lo demás. Por primera vez era audaz, no vacilaba, estaba integrado, no distraído. Dibujó rápida pero minuciosamente, con un trazo limpio, sin tachaduras.

Yo pido siempre a mis pacientes que, si les es posible, escriban y dibujen, en parte como índice aproximado de varias aptitudes, pero también como expresión de «carácter» o «estilo».

José había dibujado el reloj con notable fidelidad, reproduciendo todos los rasgos (al menos todos los rasgos esenciales, no incluyó «*Westclox, shock resistant, made in USA*»), no sólo la «hora» (aunque ésta fue registrada fielmente como las 11:31), sino también todos los minutos y el circulito interior de los segundos y, además, la ruedecilla estriada y la presilla trapezoidal del reloj que sirve para engancharlo a una cadena. La presilla estaba sorprendentemente amplificada, pero todo lo demás guardaba la proporción debida. Y las cifras, ahora que me fijo en ellas, eran de tamaños distintos, de formas distintas, de estilos distintos, unas gruesas, otras finas; unas alineadas, otras intercaladas; unas sencillas y otras más elaboradas, incluso un poco «góticas». Y la manecilla del minutero, que pasa más bien desapercibida en el original, había recibido un tratamiento que le otorgaba una prominencia chocante, como los pequeños indicadores internos de los relojes estelares o astrolabios.

La expresión general del objeto, su «sentimiento», había sido captada sorprendentemente, y resultaba aún más sorprendente si, tal como había dicho el ayudante, José no tenía idea del tiempo. Y por otra parte había una extraña mezcla de exactitud precisa, casi obsesiva, y de variaciones y elaboraciones curiosas (y, en mi opinión, chistosas).

Esto me desconcertó, me obsesionó mientras volvía en el coche a casa. ¿Un «idiota»? ¿Autismo? No. Allí había algo más.

No me llamaron más para ver a José. La primera llamada, un domingo por la noche, había sido un caso de emergencia. Llevaba teniendo ataques todo el fin de semana y, por la tarde, yo le había recetado por teléfono cambios en los anticonvulsivos que tomaba. Una vez «controlados» los ataques, no hacía falta ya atención neurológica. Pero a mí aún me asediaban los problemas que planteaba el reloj, y tenía la sensación de que había allí un misterio sin resolver. Necesitaba volver a verlo. Así que preparé otra visita y decidí examinar su historial completo (la otra vez que le había visto sólo me habían dado una ficha de consulta muy poco informativa).

José entró en la clínica con un aire indiferente (no tenía ni idea de por qué le habían llamado, quizás ni le importase), pero se le iluminó la cara con una sonrisa en cuanto me vio. Desapareció la expresión vacua e indiferente, la máscara que recordaba yo. Sustituida por una sonrisa súbita, tímida, como una visión fugaz a través de una puerta.

–He estado pensando en ti, José –dije; quizás no entendiese mis palabras, pero entendía el tono–. Quiero ver más dibujos.

Y le di mi pluma.

¿Qué podía pedirle que dibujase esta vez? Llevaba conmigo, como siempre, un ejemplar de *Arizona Highways,* una revista que tiene unas magníficas ilustraciones y que me gusta mucho,

siempre la llevo con fines neurológicos, para hacer pruebas a mis pacientes. En la portada se veía una escena idílica, dos personas cruzando un lago en una canoa, con un fondo de montañas y el sol poniente. José empezó por el primer plano, una masa casi negra perfilada contra el agua, lo dibujó con gran exactitud y empezó a rellenarlo. Pero era evidente que esto era tarea para el pincel y no para una pluma.

–Ahórrate eso –dije, y luego le indiqué–: Sigue con la canoa.

Rápidamente, sin vacilar, José dibujó la canoa y las figuras en silueta. Las miró, luego apartó la vista, con las formas fijadas en el pensamiento..., y luego, rápidamente, las dibujó ladeando la pluma. También en este caso, y de modo aún más sorprendente, debido a que se trataba de una escena completa, me quedé asombrado ante la rapidez y la minuciosa exactitud de la reproducción, y aún más teniendo en cuenta que José había mirado la canoa y luego había apartado la vista de ella, tras haberla captado. Éste era un poderoso argumento contra la idea

del puro calco (el ayudante había dicho antes: «Es como una Xerox») e indicaba que José había captado la canoa como una imagen, mostrando una capacidad sorprendente no sólo de copia sino de percepción. Porque la imagen tenía una calidad dramática que no existía en el original. Se hallaban presentes todas las características de lo que Richard Wollheim llama «iconicidad» (subjetividad, intencionalidad, dramatización). Así pues, por encima y además de la capacidad de mera reproducción, aunque ésta fuese sorprendente, parecía tener evidentes capacidades de imaginación y creatividad. No era *una* canoa sino *su* canoa lo que aparecía en el dibujo.

Pasé a otra página de la revista, a un artículo sobre la pesca de truchas, una acuarela de un río truchero, con un fondo de rocas y árboles y en primer plano una trucha arco iris a punto de cazar una mosca.

–Dibuja esto –dije, señalando la trucha. La miró atentamente, pareció sonreír para sí, y luego apartó la vista, y entonces, con evidente gozo, la sonrisa fue creciendo y creciendo, mientras dibujaba un pez propio.

Yo sonreía para mí, involuntariamente, mientras él dibujaba, porque ya, sintiéndose cómodo conmigo, se dejaba ir, y lo que brotaba, tímidamente, no era simplemente un pez, sino un pez con una especie de «carácter» propio.

Al original le faltaba carácter, parecía sin vida, bidimensional, disecado incluso. Sin embargo el pez de José ladeado y equilibrado era notablemente tridimensional, se parecía mucho más a una trucha real que el original. Y no sólo le había añadido verosimilitud y animación sino algo más, algo notablemente expresivo, aunque no propio del todo de un pez: una boca grande, cavernosa, ballenesca; un morro ligeramente cocodrilesco; un ojo que resultaba, era patente, claramente humano, y que tenía un brillo muy pícaro. Era un pez muy divertido (no era chocante que José hubiese sonreído), una especie de pez-persona, un personaje de parvulario, como el hombre de pies de rana de *Alicia.*

Ahora tenía ya algo para seguir. El dibujo del reloj me había sorprendido, había estimulado mi interés, pero no había

aportado, por sí solo, ni ideas ni conclusiones. La canoa había revelado que José tenía una impresionante memoria visual, y algo más. La trucha demostraba una imaginación clara y vivaz, sentido del humor y algo emparentado con las ilustraciones de los cuentos de hadas. No se trataba, desde luego, de gran arte, era «primitivo», quizás fuese arte infantil; pero no había duda de que se trataba de un tipo de arte. Y la imaginación, la alegría, el arte son precisamente lo que uno no espera encontrar en los idiotas, en los *sabios idiotas* ni en los autistas. Ésta es al menos la opinión predominante.

Mi amiga y colega Isabelle Rapin había visto a José años atrás, cuando lo llevaron con «ataques incurables» a la clínica neurológica infantil, y ella, con su gran experiencia, consideró, sin una sola duda, que José era «autista». La doctora Rapin había escrito lo siguiente sobre el autismo en general:

> Un número reducido de niños autistas son sumamente eficientes descodificando lenguaje escrito y llegan a ser hiperléxicos o a obsesionarse con los números. La extraordinaria habilidad de algunos niños autistas para resolver rompecabezas, desmontar juguetes mecánicos o descifrar textos escritos quizás refleje las consecuencias de que la atención y el aprendizaje se centren extraordinariamente en tareas espaciales-visuales no verbales hasta el punto de excluir, o quizás por ello, la falta de exigencia de habilidades verbales de aprendizaje (1982, págs. 146-50).

Lorna Selfe, en su asombroso libro *Nadia* (1978), hace comentarios bastante parecidos, refiriéndose concretamente al dibujo. Todas las exhibiciones y habilidades de autistas o de *sabios idiotas* se basaban al parecer, según dedujo la doctora Selfe de la literatura relacionada, exclusivamente en el cálculo y en la memoria, nunca en algo imaginativo o personal. Y si los niños autistas sabían dibujar (algo que se creía sucedía con muy poca frecuencia), sus dibujos eran también meramente mecánicos. «Islas aisladas de eficiencia» y «habilidades fragmentarias», así se las denomina en la literatura científica. No se acepta una personalidad individual, y no digamos ya creadora.

Qué era José, entonces, hube de preguntarme. ¿Qué clase de ser? ¿Qué pasaba dentro de él? ¿Cómo había llegado al estado en que se hallaba? ¿Y qué estado era aquél? ¿Y podría hacerse algo?

La información disponible me ayudó y me desconcertó al mismo tiempo; la masa de «datos» acumulada desde la primera manifestación de su extraña enfermedad, su «estado». Tuve a mi disposición una extensa ficha que contenía las primeras descripciones de su enfermedad original: una fiebre muy alta a los ocho años, acompañada de la aparición de ataques incesantes, y luego continuos, y la rápida aparición de una condición de lesión cerebral o autista. (Había habido dudas desde el principio respecto a lo que pasaba exactamente.)

Durante el estadio agudo de la enfermedad el fluido espinal había sido anormal. El criterio unánime era que probablemente hubiese padecido un tipo de encefalitis. Los ataques eran de varios tipos distintos: *petit mal, grand mal*, «acinéticos» y «psicomotores», siendo estos últimos de un tipo excepcionalmente complejo.

Los ataques psicomotores pueden ir acompañados también de violencia y pasión súbitas, y de la aparición de estados de conducta peculiares, incluso entre un ataque y otro (la llamada personalidad psicomotora). Se relacionan invariablemente con trastornos, o lesiones en los lóbulos temporales, y en el caso de José numerosos electroencefalogramas habían demostrado que había un trastorno grave de lóbulo temporal, tanto en el izquierdo como en el derecho.

Los lóbulos temporales están relacionados también con la capacidad auditiva, y concretamente con la percepción y la formación del lenguaje. La doctora Rapin no sólo había considerado a José «autista», sino que se había preguntado si un trastorno del lóbulo temporal no habría provocado una «agnosia verbal auditiva», una incapacidad para identificar sonidos verbales que alteraba su capacidad para utilizar o entender la palabra hablada. Porque lo más sorprendente, aunque había de interpretarse (y se ofrecieron interpretaciones psiquiátricas y neurológicas), era la pérdida o regresión del lenguaje, de manera que José, previamente «normal» (o así lo afirmaban al menos sus padres), se hizo «mudo», y dejó de hablar a los demás cuando se puso enfermo.

Al parecer había una capacidad que se conservaba que quizás de un modo compensatorio estaba potenciada: un vigor y una pasión insólitos en relación con el dibujo, que se habían hecho evidentes desde la infancia y que parecían en cierta medida algo hereditario y familiar, pues a su padre siempre le había gustado dibujar y su hermano mayor (mucho mayor) era un artista de éxito. Con la aparición de la enfermedad; con aquellos ataques que parecían incurables (podía tener veinte o treinta grandes convulsiones al día, e innumerables «ataques pequeños», caídas, «lagunas» o «estados de ensueño»); con la pérdida del lenguaje y con su «regresión» intelectual y emotiva general, José se halló en una situación extraña y trágica. Tuvo que dejar de asistir a la escuela, aunque durante algún tiempo le pusieron un profesor particular, y volvió de forma permanente a la familia, como un niño retrasado «de jornada completa», epiléptico, autista, quizás afásico. Se le consideró ineducable, incurable y, en términos generales, un caso perdido. A los nueve años se le marginó de la escuela, de la sociedad, de casi todo lo que debía de ser la «realidad» para un niño normal.

Durante quince años apenas si salió de su casa, en principio debido a los «ataques incurables», su madre decía que no se atrevía a sacarle porque tendría veinte o treinta ataques en la calle todos los días. Probaron a administrarle anticonvulsivos de todo tipo, pero su epilepsia parecía «incurable»: al menos ésta era la opinión firme que figuraba en su historial. Tenía hermanos y hermanas mayores, pero era, con mucha diferencia de edad, el más pequeño, el «bebé grande» de una mujer que se aproximaba a los cincuenta.

Disponemos de muy poca información sobre estos años intermedios. Lo cierto es que José desapareció del mundo, quedó «perdido para el tratamiento complementario», no sólo desde el punto de vista médico sino desde el punto de vista general, y podría haber seguido perdido para siempre, encerrado y convulso en su habitación del sótano si no hubiese «explotado» de forma violenta en fecha muy reciente y le hubiesen llevado por primera vez al hospital. No carecía completamente de vida interior allí en el sótano. Mostraba verdadera pasión por las revistas con muchas imágenes, sobre todo de historia natural, del tipo *National Geographic,* y cuando podía, entre ataque y ataque, buscaba lápices y dibujaba lo que veía.

Estos dibujos quizás fuesen su único vínculo con el mundo exterior, y especialmente el mundo de los animales y de las plantas, de la naturaleza, que tanto le entusiasmaba de niño, sobre todo cuando salía a dibujar con su padre. Esto, y sólo esto, le era permitido conservar, era el único vínculo que le quedaba con la realidad.

Ésta era pues la historia que recibí, o, más bien, que estructuré a partir de su ficha o fichas, de unos documentos tan notables por lo que no contenían como por lo que contenían. La documentación, en fin, salvo la pequeña «laguna» de quince años, de una asistenta social que había visitado la casa, se había interesado por él, pero no había podido hacer nada; y de sus padres, ancianos ya y enfermos, también. Pero nada de esto habría salido a la luz si no se hubiese producido un arrebato de violencia súbito, sin precedentes y aterrador (un arrebato en el que se rompieron objetos) que condujo a José a un hospital estatal por primera vez.

No estaba claro ni mucho menos qué había provocado este arrebato, si había sido un brote de violencia epiléptica (como los que se dan, muy excepcionalmente, en ataques del lóbulo temporal muy graves), si se trataba, en los términos simplistas de su ficha de ingreso, simplemente de «una psicosis», o si constituía una petición de ayuda desesperada, final, de un alma torturada que estaba muda y no tenía ningún medio directo de expresar sus problemas, sus necesidades.

Lo que estaba claro era que el ingreso en el hospital y el que se «controlasen» sus ataques mediante nuevas y potentes drogas por primera vez, le otorgó cierto espacio y cierta libertad, un «desahogo», fisiológico y psicológico a la vez, algo que no había experimentado desde los ocho años.

Los hospitales, los hospitales del Estado, suelen considerarse «instituciones totales» en el sentido de Ervin Goffman, orientadas principalmente a la degradación de los pacientes. No hay duda de que es así, y en una escala enorme. Pero pueden ser también «asilos» en el mejor sentido del término, un sentido que quizás Goffman apenas tuvo en cuenta: lugares que proporcionen refugio al alma atribulada y a la deriva, que le proporcionen justamente esa mezcla de orden y libertad que tanto necesita. José había padecido confusión y caos (en parte epilepsia orgánica, en parte el propio trastorno de su vida) y de confinamiento y cautiverio también, existencial y epiléptico a la vez. El hospital le hizo bien, quizás le salvó la vida, en aquel punto de su existencia, y no hay duda de que él por su parte se daba perfecta cuenta de ello.

Súbitamente también, tras la cerrazón moral, la intimidad febril de su casa, pasó a encontrarse con otros, encontró un mundo, «profesional» e interesado a la vez: distanciado, acrítico, sin criterios morales, sin acusaciones, pero al mismo tiempo con un sentimiento real tanto respecto a él como respecto a sus problemas. En este punto, en consecuencia (llevaba ya en el hospital cuatro semanas), empezó a tener esperanzas; a sentirse más animado, a recurrir a otros, que era algo que nunca había hecho, al menos desde la aparición del autismo cuando tenía ocho años.

Pero la esperanza, el recurrir a otros, la interacción, era algo «prohibido» y también, sin duda, aterradoramente complicado y «peligroso». José había vivido quince años en un mundo protegido y cerrado, en lo que Bruno Bettelheim llama en su libro sobre el autismo la «fortaleza vacía». Pero para él no estaba, no había estado nunca, vacía del todo; siempre había sentido aquel amor por la naturaleza, por los animales y las plantas. *Esta* parte de él, *esta* puerta, había permanecido abierta siempre. Pero ahora surgía la tentación y la presión para «interactuar», presión que a menudo era excesiva, que llegaba demasiado pronto. Y precisamente en ese período José «recayó», volvió de nuevo, como buscando tranquilidad y seguridad, al aislamiento, a los movimientos de balanceo, que había manifestado en un principio.

La tercera vez que vi a José no le hice traer a la clínica: subí, sin avisar, al pabellón de admisión. Estaba allí sentado, balanceándose, en la aterradora sala de día, la expresión hermética, los ojos cerrados, una imagen de regresión. Sentí un desasosiego de horror, cuando le vi así, pues me había imaginado la posibilidad, me había permitido la idea, de «una recuperación firme y continuada». Hube de ver a José en un estado regresivo (y habría de verlo una y otra vez) para entender que para él no habría un simple «despertar», sino un camino cargado de una atmósfera de peligro, de amenaza doble, aterrador además de emocionante, porque José había llegado a amar los barrotes de su cárcel.

En cuanto le llamé se incorporó de un salto y, ávido, ansioso, me siguió a la sala de arte. Saqué una vez más una buena pluma del bolsillo, pues parecía sentir aversión por las tizas, que era lo único que utilizaban en el pabellón.

–Ese pez que dibujaste –lo indiqué con un gesto en el aire, pues no sabía hasta qué punto podía entender mis palabras–, aquel pez, ¿eres capaz de recordarlo, podrías dibujarlo otra vez?

Él asintió ávidamente y me quitó la pluma de la mano. Hacía tres semanas que no la veía. ¿Qué dibujaría ahora?

Cerró los ojos un momento (¿conjurando una imagen?) y luego dibujó. Seguía siendo una trucha, con manchas irisadas, aletas flequeadas y cola ahorquillada, pero, esta vez, con rasgos egregiamente humanos, un extraño ollar (¿qué pez tiene ollares?) y un par de carnosos labios humanos. Estuve a punto de cogerle la pluma, pero, no, no había terminado. ¿En qué pensaba? La imagen estaba completa. La imagen quizás, pero la escena no. Antes el pez existía (como un icono) aislado: ahora iba a convertirse en parte de un mundo, de una escena. Rápidamente dibujó un pez pequeño, un compañero, entrando en el agua, cabrioleando, claramente jugando. Y luego fue surgiendo la superficie del agua, elevándose en una súbita ola tumultuosa. Al dibujar la ola se excitó mucho y emitió un grito extraño, misterioso.

Yo no pude evitar la sensación, quizás un tanto facilona, de que aquel dibujo era simbólico, el pez pequeño y el pez grande, ¿quizás él y yo?, pero lo más importante, y lo más emocionante, era la representación espontánea, el impulso, que no era sugerencia mía, que partía enteramente de él, de introducir aquel elemento nuevo... una interacción viva en lo que dibujaba. La interacción había estado ausente en sus dibujos y en su vida hasta entonces. Ahora, aunque sólo como un juego, como un símbolo, se le permitía volver. ¿O no? ¿Qué era aquella ola furiosa, vengadora?

Lo mejor era volver a terreno firme, pensé; basta de asociación libre. Había visto capacidad, pero había visto también, y percibido, peligro. Había que volver a la Madre Naturaleza, segura, edénica, de antes de la caída. Vi en la mesa una tarjeta de Navidad, un petirrojo en el tronco de un árbol, nieve y ramitas peladas alrededor. Indiqué el pájaro y le di la pluma a José. Dibujó el pájaro magníficamente, y utilizó una pluma roja para el pecho. Los pies tenían algo de garras asiendo la corteza (me sorprendió, entonces y más tarde, la necesidad que tenía de subrayar la capacidad de asir de manos y pies, de establecer contacto seguro, casi apremiante, obsesivo). Pero (¿qué sucedía?) la seca ramita invernal, próxima al tronco de árbol, había crecido en el dibujo, convirtiéndose en un brote abierto florido. Había otras cosas que quizás fuesen simbólicas, aunque no podía estar seguro. Pero la transformación destacada y emocionante y más significativa era ésta: que José había transformado el invierno en primavera.

Ahora, por fin, empezaba a hablar. (Aunque «hablar» es un término demasiado fuerte para las emisiones extrañas, titubeantes, ininteligibles que brotaban, sorprendiéndole a él en ocasiones tanto como a nosotros.) Porque todos nosotros, José incluido, le habíamos considerado total e incorregiblemente mudo, por incapacidad, por indisposición o por ambas cosas (estaba la *actitud,* además del hecho, de no hablar). Y también aquí nos resultaba imposible determinar cuánto era «orgánico» y cuánto era cuestión de «motivación». Habíamos reducido, aunque no eliminado, sus trastornos del lóbulo temporal, sus electroencefalogramas no eran nunca normales; mostraban aún en esos lóbulos una especie de murmullos eléctricos de baja intensidad, espigas ocasionales, disritmia, ondas lentas. Pero constituían una inmensa mejora comparados con lo que eran en el momento de su ingreso en la institución. José podía eliminar la convulsividad, pero no podía reparar la lesión que la había sostenido.

No cabía duda de que habíamos conseguido mejorar sus *potenciales* fisiológicos del habla, aunque había una deficiencia en su capacidad de utilizar, comprender e identificar el lenguaje, con la que, indudablemente, habría de enfrentarse siempre. Pero, y tenía una importancia similar, ahora luchaba por recuperar su entendimiento y su lenguaje (instado por todos nosotros y guiado en particular por el terapeuta del lenguaje), mientras que hasta entonces había aceptado la situación, desesperada o masoquísticamente, y se había negado casi en redondo a la comunicación con los demás, verbal y de cualquier otro tipo. El deterioro del lenguaje y la negativa a hablar se habían unido previamente en la malignidad doble de la enfermedad; ahora, la recuperación del lenguaje y las tentativas de hablar se unían felizmente en la doble benignidad de empezar a curarse. Era evidente, hasta para los más optimistas, que José no llegaría a hablar nunca de un modo normal, que el lenguaje jamás podría ser para él un auténtico vehículo de autoexpresión, que sólo podría servir para expresar sus necesidades más elementales. Y también él parecía creer esto, y aunque siguiese luchando por recuperar la palabra, se volcaba más rabiosamente en el dibujo como forma de autoexpresión.

Un último episodio. José había sido trasladado del pabellón de ingreso de frenéticos a un pabellón especial más tranquilo y sosegado, más hogareño, menos carcelario que el resto del hospital: un pabellón que contaba con una calidad y un número excepcional de especialistas y de personal, concebido especialmente, como diría Bettelheim, como «un hogar para el corazón», para pacientes con autismo que parecen requerir un tipo de atención amorosa y esmerada que pocos hospitales pueden proporcionar. Cuando subí a este nuevo pabellón, José me hizo un gesto vivo con la mano en cuanto me vio, un gesto expansivo, franco. Jamás lo hubiese imaginado capaz de un gesto como aquél. Indicó la puerta cerrada, quería que la abriesen, quería salir.

Me condujo él mismo escaleras abajo, afuera, al jardín cubierto de hierba, bañado por el sol. Según pude saber no había salido, voluntariamente, desde los ocho años, desde el principio mismo de su enfermedad y su retiro. Ni siquiera tuve que ofrecerle una pluma, cogió una él mismo. Paseamos por el jardín, José miraba de cuando en cuando el cielo y los árboles, pero sobre todo miraba el suelo, a sus pies, la alfombra malva y amarilla de trébol y diente de león sobre la que caminaba. Tenía buena vista para los colores y las formas de las plantas, localizó enseguida y cogió un extraño trébol blanco y localizó también uno aún más raro de cuatro hojas. Diferenció nada menos que siete tipos distintos de hierba y pareció identificar, saludar, a cada uno de ellos como a un amigo. Le entusiasmaban sobre todo los grandes dientes de león amarillos, abiertos, todas las florecillas expuestas al sol. Aquélla era su planta, así lo sentía, y para demostrar su sentimiento la dibujaría. La necesidad de dibujar, de rendir homenaje gráfico, era inmediata y vigorosa: se arrodilló, colocó el cuaderno en el suelo, y, cogiendo el diente de león, lo dibujó.

Creo que era el primer dibujo del natural que José hacía desde que su padre lo llevaba de niño a dibujar al campo, antes de que cayese enfermo. Es un dibujo espléndido, fiel, lleno de vida. Muestra su amor a la realidad, a otra forma de vida. Es, en mi opinión, bastante similar, y no inferior, a las magníficas y vívidas flores que se ven en los herbarios y botánicas medievales, esmerada, botánicamente exacta, aunque José no tenga ningún conocimiento formal de botánica, y no pueda enseñársele o entenderlo si se intentase. Su inteligencia no está estructurada para lo abstracto, lo conceptual. *Eso* no es para él asequible como vía hacia la verdad. Pero José tiene una pasión y una capacidad real para lo particular, le encanta, entra en ello, lo recrea. Y lo particular, si uno es suficientemente particular, es también una vía (podríamos decir que es la vía de la naturaleza) hacia la realidad y la verdad.

Lo abstracto, lo categórico, no tiene el menor interés para el autista, para el que lo concreto, lo particular, lo singular, lo es todo. No hay la menor duda de que es así, sea por una cuestión de capacidad o de disposición. El autista, que carece del sentido de lo general, o de disposición para apreciarlo, parece estructurar su visión del mundo exclusivamente a base de detalles particulares. Viven así no en un universo sino en lo que William James llamaba un «multiverso» de detalles innumerables, precisos y apasionadamente intensos. Se trata de una mentalidad situada en el extremo opuesto de la generalizadora, la científica, pero que es a pesar de ello «real», igualmente real, de un modo completamente distinto. Esta mentalidad la imaginó Borges en su relato «Funes el memorioso» (lo mismo que Luria en su *Mnemonista):*

> [Ireneo], no lo olvidemos, era casi incapaz de ideas generales, platónicas. En el vertiginoso mundo de Funes, había sólo detalles, casi inmediatos en su presencia. Nadie ha sentido el calor y la presión de una realidad tan infatigable como la que día y noche convergía sobre el infeliz Ireneo.

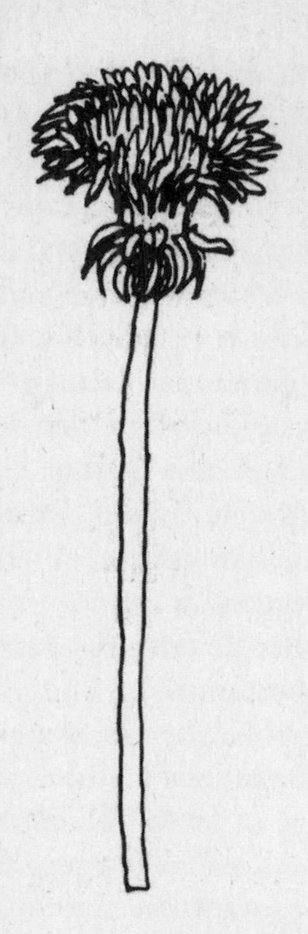

A José le sucedía exactamente lo mismo que al Ireneo de Borges. Pero no es inevitablemente una circunstancia desdichada: en los detalles particulares puede haber una satisfacción profunda, sobre todo si brillan, como podían brillar para José, con un resplandor emblemático.

Yo creo que José, un autista, un retrasado además, tiene un don tal para lo concreto, para la *forma,* que es, a su manera, un naturalista y un artista nato. Capta el mundo como formas (formas sentidas de un modo directo e intenso) y las reproduce. Posee unas magníficas capacidades reproductivas, pero posee también capacidades figurativas. Es capaz de dibujar una flor o un pez con una fidelidad sorprendente, pero puede también dibujar uno que sea una personificación, un emblema, un sueño, o una broma. ¡Y se considera al autista falto de imaginación, de alegría, de arte!

En realidad no se admite que existan criaturas como José. No se admite que existan artistas infantiles autistas como «Nadia». ¿Son tan excepcionales realmente, o se los margina? Nigel Dennis, en un brillante ensayo sobre Nadia que apareció en la *New York Review of Books* (4 de mayo de 1978), se pregunta cuántas «Nadias» del mundo son menospreciadas o marginadas, sus notables trabajos desechados y destinados a la papelera, o simplemente, como en el caso de José, tratados sin consideración alguna, como un don extraño, aislado, insignificante, sin ningún interés. Pero el artista autista o (seamos menos arrogantes) la imaginación autista, no es algo excepcional ni mucho menos. He visto docenas de ejemplos de ella y sin hacer ningún esfuerzo especial por buscarlos.

Los autistas, por su carácter, raras veces están abiertos a influencias. Su «destino» es estar aislados, y en consecuencia ser originales. Su «visión», si puede vislumbrarse, procede de dentro y parece aborigen. A mí me parecen, a medida que veo más ejemplos, una especie extraña en nuestro medio, rara, original, dirigida totalmente hacia dentro, distinta a todas las demás.

El autismo se consideró en tiempos como una esquizofrenia de infancia, pero es más bien lo contrario fenomenológicamente. El esquizofrénico está siempre aquejado de «influencia» del exterior: es pasivo, se juega con él, no puede ser él mismo. El autista se quejaría (si se quejase) de ausencia de influencia, de aislamiento absoluto.

«Ningún hombre es una isla, completa en sí misma», escribió Donne. Pero esto es precisamente lo que es el autismo: una isla, separada del continente. En el autismo «clásico», que se hace manifiesto, y es a menudo total, en el tercer año de vida, la separación es tan prematura que puede no haber ningún recuerdo del continente. En el autismo «secundario», como el de José, debido a lesión cerebral en una etapa más tardía de la vida, hay algún recuerdo, puede que cierta nostalgia, del continente. Quizás esto explique por qué José era más accesible que la mayoría, y por qué podía, dibujando al menos, mostrar que se producía interacción.

¿El ser una isla, el estar separado, es inevitablemente una muerte? Puede ser una muerte, pero no inevitablemente. Porque aunque se hayan perdido las conexiones «horizontales» con los demás, con la sociedad y la cultura, puede haber aún conexiones «verticales» intensificadas y vitales, conexiones directas con la naturaleza, con la realidad, sin influencias, sin intermediarios, inasequibles para cualquier otro. Este contacto «vertical» es muy notable en el caso de José, debido a la penetrante franqueza, la claridad absoluta de sus percepciones y dibujos, sin la menor huella o matiz de ambigüedad o desviación, un vigor pétreo, sin influencia ajena.

Esto nos lleva a nuestra cuestión final: ¿hay algún «lugar» en el mundo para un hombre que es como una isla, que no puede ser aculturado, al que no se le puede hacer formar parte del continente? ¿Puede «el continente» adaptarse a lo singular, hacerle un sitio? Hay similitudes aquí con las reacciones sociales y culturales ante el genio. (No quiero sugerir con esto, claro, que todos los autistas posean un talento genial, sólo que comparten con el genio el problema de la singularidad.) Concretando más: ¿qué le reserva el futuro a José? ¿Hay algún «lugar» para él en el mundo que *emplee* su autonomía, pero la deje intacta?

¿Podría, con su excelente vista y su gran amor a las plantas, hacer ilustraciones para obras botánicas o herbarios? ¿Podría ser ilustrador de textos de anatomía o de zoología? (Véase el dibujo que me hizo cuando le enseñé una ilustración de un manual del tejido en capas llamado «epitelio ciliado».) ¿Podría participar en expediciones científicas y hacer dibujos (pinta y hace maquetas con la misma facilidad) de especies raras? Su concentración pura sobre el objeto que tiene delante sería ideal en estas circunstancias.

O, dando un salto extraño pero no absurdo, ¿podría, con sus peculiaridades, su idiosincrasia, hacer dibujos para cuentos de hadas, cuentos para párvulos, cuentos bíblicos, mitos? O (dado que no sabe leer y para él las letras son sólo formas puras y bellas) ¿no podría ilustrar, y adornar, las soberbias mayúsculas de misales y breviarios manuscritos? Ha hecho bellos retablos para iglesias, en mosaico y en madera coloreada. Ha tallado letras exquisitas en lápidas. Su «trabajo» actual es escribir con letras de imprenta letreros diversos para el pabellón, que hace con los adornos y florituras de una Carta Magna moderna. Todo esto puede hacerlo, y hacerlo muy bien. Y sería útil y placentero para los demás, y placentero también para él. Podría hacer todas estas cosas, pero, por desgracia, no hará ninguna, salvo que alguien muy comprensivo, y con oportunidades y medios, pueda guiarlo y emplearlo. Porque, tal como están las cosas, probablemente no haga nada, y lleve una vida inútil y estéril, como la que llevan tantos otros autistas en pabellones retirados de un hospital estatal, donde ni les hacen caso ni los tienen en cuenta.

POSDATA

Después de publicar esta pieza, volví a recibir muchas separatas y cartas, siendo las más interesantes las de la doctora C. C. Park. Está muy claro (como sospechaba Nigel Dermis) que aunque «Nadia» quizás haya sido un caso único (una especie de Picasso), no son algo excepcional las dotes artísticas de un nivel bastante elevado entre los autistas. Es casi inútil hacer pruebas de capacidad artística, tipo la prueba de inteligencia «dibuja-un-hombre» de Goodenough: tiene que surgir, como en el caso de «Nadia», de José y de la «Ella» de los Park, una producción *espontánea* de dibujos sorprendentes.

La doctora Park, en un interesante comentario ricamente ilustrado de «Nadia» (1978), expone, basándose en su experiencia con su propia hija, y también en un repaso de la literatura mundial sobre el tema, lo que parecen ser las características cardinales de estos dibujos. Se incluyen características «negativas», como la influencia y el estereotipo, y «positivas», como una capacidad excepcional para la plasmación aplazada y para plasmar el objeto como *percibido* (no como concebido): de ahí esa especie de inspirada ingenuidad que se hace tan patente. También indica la doctora Park una relativa indiferencia en lo referente a

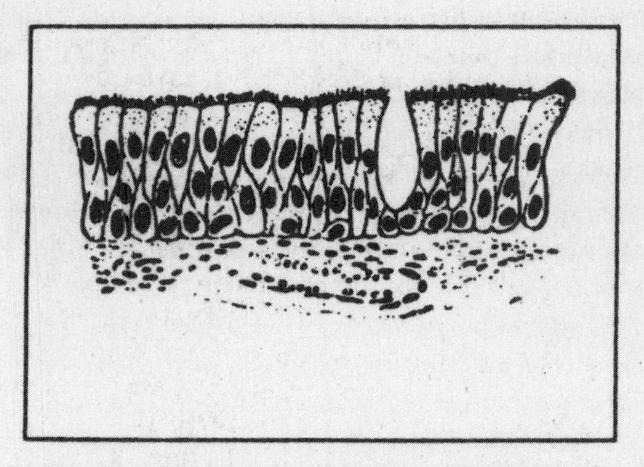

mostrar reacciones de otros, que podría parecer que plasman estos niños no educables. Y sin embargo es evidente que no tiene por qué ser así de modo necesario. Estos niños no son necesariamente impermeables a la enseñanza o a la atención, aunque éstas puedan tener que ser de un tipo muy especial.

La doctora Park, además de experimentar con su propia hija, que es ya una artista adulta consumada, cita también las experiencias fascinantes e insuficientemente conocidas de los japoneses, sobre todo de Morishima y Motzugi, que han logrado éxitos notables en la tarea de convertir a autistas con un talento infantil no educado (y en apariencia impermeable a la educación) en artistas adultos de un buen nivel profesional. Morishima se inclina por técnicas especiales de instrucción («un cultivo del talento sumamente estructurado»), un tipo de aprendizaje que se atiene a la tradición cultural japonesa clásica, y al fomento del dibujo *como medio de comunicación.* Pero este aprendizaje formal, aunque sea decisivo, no es suficiente. Hace falta una relación más íntima e intensa. Las palabras con que la doctora Park pone fin a su comentario pueden poner fin también muy adecuadamente a «El mundo de los simples»:

> El secreto puede hallarse en cualquier parte, en la dedicación que llevó a Motzugi a vivir con otro artista retardado en su casa, y a escribir: «El secreto para poder desarrollar el talento de Yanamura fue compartir su espíritu. El maestro debería amar a la bella y sincera persona retardada y convivir con un mundo purificado y retardado.»

BIBLIOGRAFÍA

REFERENCIAS GENERALES

Hughlings Jackson, Kurt Goldstein, Henry Head, A. R. Luria, éstos son los padres de la neurología que vivieron intensamente con sus pacientes y sus problemas, y pensaron intensamente en ellos de un modo muy parecido al nuestro. Ellos están siempre presentes en el pensamiento del neurólogo, y presiden las páginas de este libro. Existe la tendencia a reducir figuras complejas a estereotipos, a rechazar la plenitud y el rico carácter a menudo contradictorio de su pensamiento. Así yo suelo hablar de la neurología «jacksoniana» clásica, pero el Hughlings Jackson que escribió sobre «estados de ensoñación» y «reminiscencia» era muy distinto del Jackson que veía en todo pensamiento un cálculo proposicional. El primero era un poeta, el segundo un lógico, y sin embargo son uno, son el mismo hombre. Henry Head el constructor de diagramas, con su pasión por la sistemática, era muy distinto del Head que escribió con tanta profundidad sobre el «tono de sentimiento». Goldstein, que escribió en términos tan abstractos sobre «lo Abstracto», disfrutaba con el rico carácter concreto de los casos individuales. Por último, en Luria la duplicidad era consciente: Luria consideró que tenía que escribir dos tipos de libros, libros académicos, estructurales (como *Funciones corticales superiores en el hombre)* y «novelas» biográficas (como *La mente de un mnemonista).* Lo primero era lo que él llamaba «ciencia clásica», lo segundo «ciencia romántica».

Jackson, Goldstein, Head y Luria forman el eje básico de la neurología y son sin duda el eje de mi propio pensamiento y de este libro. Por tanto, deben ser para ellos mis primeras referencias, en teoría debería mencionar todo lo que escribieron, porque lo más característico está siempre embebido en la obra de toda una vida, pero a efectos prácticos me limitaré a ciertas obras clave que son las más accesibles para lectores de habla inglesa.

Hughlings Jackson

Hay descripciones maravillosas de casos anteriores a Hughlings Jackson (como por ejemplo el «Ensayo sobre la parálisis agitante» de Parkinson, que data nada menos que de 1817), pero no hay ninguna visión general, ninguna sistematización de la función nerviosa. Jackson es el fundador de la neurología como ciencia. Se pueden ojear los volúmenes clásicos de las obras de Jackson: Taylor, J., *Selected Writings of John Hughlings Jackson,* Londres, 1931; reimpreso en Nueva York, 1958. Estas obras no son de fácil lectura, aunque suelen tener partes sugerentes y deslumbrantemente claras. Purdom Martin, poco antes de su reciente muerte, había casi terminado otra selección, con grabaciones de conversaciones de Jackson y con una reseña biográfica que se publicará, es de esperar, en este año del sesquicentenario del nacimiento de Jackson.

Henry Head

Head, como Weir Mitchell (véase más adelante en el capítulo 6), es un escritor maravilloso, y es siempre un placer leer *sus* densos volúmenes, a diferencia de los de Jackson:

Studies in Neurology. 2 volúmenes, Oxford, 1920.

Aphasia and Kindred Disorders of Speech. 2 volúmenes, Cambridge, 1926.

Kurt Goldstein

La obra general más accesible de Goldstein es *Der Aufbau des Organismus* (La Haya, 1934), traducido al inglés con el título de *The organism: A Holistic Approach to Biology Derived from Pathological Data in Man* (Nueva York, 1939). Véase también Goldstein, K., y Sheerer, M., «Abstract & concrete behaviour», *Psychol. Monogr.*, 53 (1941).

Los fascinantes casos clínicos de Goldstein, esparcidos por diversos libros y publicaciones, aguardan un compilador.

A. R. Luria

El mayor tesoro neurológico de nuestra época, tanto desde el punto de vista del pensamiento como de la descripción de casos, son las obras de A. R. Luria. La mayor parte de ellas han sido traducidas al inglés. Las más accesibles son:

The Man with a Shattered World, Nueva York, 1972.

The Mind of a Mnemonist, Nueva York, 1968.

Speech & the Development of mental Processes in the Child, Londres, 1959. Un estudio de las deficiencias mentales, el lenguaje, el juego y los gemelos.

Human Brain and Psychological Processes, Nueva York, 1966. Historiales clínicos de pacientes con síndromes del lóbulo frontal.

The Neuropsychology of Memory, Nueva York, 1976.

Higher Cortical Functions in Man, 2.ª edición, Nueva York, 1980. La obra magna de Luria, la mayor síntesis de pensamiento y obra neurológicos de nuestro siglo.

The Working Brain, Harmondsworth, 1973. Una versión reducida y de muy fácil lectura del libro anterior. Es la mejor introducción a la neuropsicología que hay en el mercado.

1. *El hombre que confundió a su mujer con un sombrero.*

Macrae, D., y Trolle, E. «The Defect of function in visual agnosia», *Brain* (1956), 77:94-110.

Kertesz, A. «Visual agnosia: the dual deficit of perception and recognition», *Cortex* (1979), 15:403-19.

Marr, D. Véase más adelante el capítulo 15.

Damasio, A. R. «Disorders in Visual Processing», en M. M. Mesulam (1985), págs. 259-88. (Véase más adelante el capítulo 8.)

2. *El marinero perdido*

No hay traducción al inglés de la contribución original de Korsakov (1887) ni de sus obras posteriores. Hay una bibliografía completa, con extractos traducidos y un análisis de ellos, en el libro de A. R. Luria *Neuropsychology of Memory* (obra citada), que aporta por su parte muchos ejemplos notables de amnesia emparentados con el de «El marinero perdido». Tanto en este caso, como en el inmediatamente anterior, aludí a Anton, Pötzl y Freud. De ellos sólo ha sido traducido al inglés la monografía de Freud, una obra de gran importancia.

Anton, G. «Über die Selbstwarnehmung der Herderkrankungen des Gehirns durch den Kranken», *Arch. Psychiat* (1899), 32.

Freud, S. *Zur Auffassung der Aphasia,* Leipzig, 1891. Traducción inglesa autorizada de E. Stengel, con el título de *On Aphasia: A critical Study,* Nueva York, 1953.

Pötzl, O. *Die Aphasielehre vom Standpunkt der klinischen Psychiatrie: Die Optische-agnostischen Störungen,* Leipzig, 1928. El síndrome que describe Pötzl no es meramente visual, sino que puede ampliarse a una inconsciencia completa de partes del cuerpo o de una mitad de *él.* Debido a ello tiene también relevancia en relación con los temas de los capítulos 3, 4 y 8. También se lo menciona en mi libro *Con una sola pierna* (1984).

3. *La dama desencarnada*

Sherrington, C. S. *The Integrative Action of the Nervous System,* Cambridge, 1906, especialmente págs. 335-43.

—. *Man on His Nature,* Cambridge, 1940. El capítulo 11, especialmente págs. 328-29, es el que más importancia directa tiene en relación con la condición de este paciente.

Purdon, Martin, J. *The Basal Ganglia and Posture,* Londres, 1967. En el capítulo 7 se aludirá más por extenso a este importante libro.

Weir Mitchell, S. Véase más adelante el capítulo 6.

Sterman, A. B., y otros, «The acute sensory neuronopathy syndrome», *Annals of Neurology* (1979), 7:354-8.

4. *El hombre que se cayó de la cama*

Pötzl. O. Obra citada.

5. *Manos*

Leont'ev, A. N., y Zaporozhets, A. V. *Rehabilitation of Hand Function,* traducción inglesa, Oxford, 1960.

6. *Fantasmas*

Sterman, A. B., y otros. Obra citada.

Weir Mitchell, S. *Injuries of Nerves,* 1872, reed. Dover, 1965. Este gran libro contiene las referencias clásicas de Weir Mitchell a miembros fantasmas y parálisis refleja, etc., de la Guerra de Secesión estadounidense. Posee un maravilloso vigor expresivo y es fácil de leer, pues Weir Mitchell era novelista además de neurólogo. De hecho, algunos de sus escritos neurológicos más imaginativos (como «El caso de George Dedlow») no se publicaron en revistas científicas sino en el *Atlantic Monthly,* en las décadas de 1860 y 1870, y no son fáciles de obtener hoy debido a ello, aunque gozaron de gran popularidad en su época.

7. *A nivel*

Purdon Martin, J. Obra citada, especialmente cap. 3, págs. 36-51.

8. *¡Vista a la derecha!*

Battersby, W. S., y otros. «Unilateral "spatial agnosia" (inattention) in patients with cerebral lesions», *Brain* (1956), 79:68-93.

Mesulam, M. M. *Principies of Behavioral Neurology,* Filadelfia, 1985, págs. 259-88.

9. *El discurso del Presidente*

El mejor análisis de Frege en lo relativo al «tono» se encuentra en la obra de Dummett, M., *Frege: Phylosophy of Language,* Londres, 1973, especialmente págs. 83-89.

Donde mejor se expone el análisis de Head sobre el habla y el lenguaje, en particular su «tono de sentimiento», es en su tratado sobre la afasia (obra citada). La obra de Hughlings Jackson sobre el habla estaba muy dispersa, pero gran parte de ella se agrupó póstumamente en «Hughlings Jackson on aphasia and kindred affections of speech, together with a complete bibliography of his publications of speech and a reprint of some of the more important papers», *Brain* (1915), 38:1-190.

Sobre el tema, complejo y confuso, de las agnosias auditivas, véase la obra de Hecaen, H., y Albert M. L., *Human Neuropsychology,* Nueva York, 1978, págs. 265-76.

10. *Ray, el «ticqueur» ingenioso*

Gilles de la Tourette publicó en 1885 un artículo en dos partes en el que describía con gran expresividad (era dramaturgo además de neurólogo) el síndrome que ahora lleva su nombre: «Étude sur une affection nerveuse caracterisée par de l'incoordination motrice accompagnée d'echolalie et de coprolalie», *Arch. Neurol.,* 9:19-42, 158-200. La primera traducción inglesa de estos artículos, con interesantes comentarios editoriales, se debe a Goetz, C. G., y Klawans, H. L., *Gilles de la Tourette on Tourette Syndrome,* Nueva York, 1982.

En la gran obra de Meige y Feidel *Les Tics et leur traitement* (1902), brillantemente traducida por Kinnier Wilson en 1907, hay una reseña autobiográfica personal maravillosamente sincera de un paciente, «Les confidences d'un ticqueur», que es única en su género.

11. *La enfermedad de Cupido*

Lo mismo que en el caso del síndrome de Tourette, debemos remontarnos aquí para encontrar descripciones clínicas completas a la literatura científica decimonónica. Kraepelin, contemporáneo de Freud, aporta varios ejemplos sorprendentes de neurosífilis. El lector interesado podría consultar el libro *Lectures on Clinical Psychyatry,* Kraepelin, E., (traducción inglesa, Londres, 1904), en particular los capítulos 10 y 12 sobre megalomanía y delirio en la parálisis general.

12. *Una cuestión de identidad*

Véase Luria (1976).

13. *Sí, padre-hermana*

Véase Luria (1966).

14. *Los poseídos*

Véase antes, capítulo 10.

15. *Reminiscencia*

Alajouanine, T. «Dostoievski's epilepsy», *Brain* (1963), 86:209-21.

Critchley, M., y Henson, R. A., eds. *Music and the Brain: Studies in the Neurology of Music,* Londres, 1977. Especialmente capítulos 19 y 20.

Penfield, W., y Perot, P. «The brain's record of visual

and auditory experience: a final summary and discussion». *Brain* (1963), 86:595-696. En mi opinión, este excelente artículo de 100 páginas, es la culminación de casi 30 años de pensamiento, experimentación y observación profundos, y uno de los más originales e importantes de toda la neurología, me asombró cuando apareció en 1963 y lo tuve constantemente presente cuando escribí *Migraña* en 1967. Es la inspiración y la referencia básica de todo el conjunto de esta sección. Se lee mejor que muchas novelas y contiene un material abundante y extraño que cualquier novelista envidiaría.

Salaman, E. *A Collection of Moments,* Londres, 1970.

Williams, D. «The structure of emotions reflected in epileptic experiences», *Brain* (1956), 79:29-67.

Hughlings Jackson fue el primero que recurrió a «ataque psíquico» para describir su fenomenología casi novelística y para identificar su localización anatómica en el cerebro. Escribió varios artículos sobre el tema. Los más interesantes a este respecto son los publicados en el volumen 1 de su *Selected Writings* (1931), págs. 259 y siguientes y 274 y siguientes y los que se enumeran a continuación (no incluidos en ese volumen):

Jackson, J. H. «On right- or left-sided spasm at the onset of epileptic paroxysms, and on crude sensation warnings, and elaborate mental states», *Brain* (1880), 3:192-206.

—. «On a particular variety of epilepsy ("Intellectual Aura")», *Brain* (1888), 11:179-207.

Purdom Martin ha propuesto la intrigante posibilidad de que Henry James se entrevistase con Hughlings Jackson, analizase con él esos ataques y utilizase ese conocimiento en su descripción de las extrañas apariciones de *Otra vuelta de tuerca.* «Neurology in fiction: *The Turn of the Screw*», *British Medical J.* (1973), 4:717-21.

Marr, D. *Vision: A Computational Investigation of Visual Representation in Man,* San Francisco, 1982. Se trata de una obra sumamente original e importante, de publicación póstuma (Marr contrajo leucemia siendo aún muy joven). Penfield nos muestra las formas de las representaciones últimas del cerebro (voces, rostros, melodías, escenas), lo «icónico»; Marr nos muestra lo que no es intuitivamente evidente, o no se experimenta normalmente nunca, la forma de las representaciones iniciales del cerebro. Quizás debiese haber dado esta referencia en el capítulo 1, no hay duda de que el doctor P. tenía algunos déficits «tipo Marr», dificultades para formar lo que Marr llama un «esquema primordial», además, o por debajo, de sus dificultades fisonómicas. Es muy posible que ningún estudio neurológico de la imaginería o la memoria pueda prescindir de las consideraciones que plantea Marr.

16. *Nostalgia incontinente*

Jelliffe, S. E. *Psychopatology of Forced Movements and Oculogyric Crises of Lethargic Encephalitis,* Londres, 1932. Sobre todo página 114 y siguientes, en que se analiza el artículo de Zutt de 1930.

Véase también el caso de «Rose R.» en *Despertares,* Londres, 1973, 3.ª edición, 1983.

17. *Un pasaje a la India*

No estoy familiarizado con la literatura científica relacionada con este tema pero he tenido la experiencia personal de otro paciente (también con un glioma, con ataques y presión intracraneal incrementada, y con tratamiento de esteroides) que, como esta paciente, se estaba muriendo y tenía reminiscencias y visiones nostálgicas similares, en su caso del Medio Oeste.

18. *El perro bajo la piel*

Bear, D. «Temporal-lobe epilepsy: a syndrome of sensorylymbic hyperconnection», *Cortex* (1979), 15:357-84.

Brill, A. A. «The sense of smell in neuroses and psychoses», *Psychoanalytical Quarterly* (1932), 1:7-42. El extenso artículo de Brill abarca más campo del que podría indicar su título. Contiene, en concreto, una consideración detallada de la fuerza y la importancia del olfato en muchos animales, en «salvajes» y en niños, y cómo sus potencialidades y sus asombrosos poderes parecen haberse perdido en el hombre adulto.

19. *Asesinato*

No tengo conocimiento de referencias exactamente similares. He visto, sin embargo, en casos raros de tumor de lóbulo frontal, «ataque» de lóbulo frontal (cerebral anterior) y (con similar incidencia) lobotomía, la precipitación de «reminiscencia» obsesiva. Las lobotomías estaban previstas, claro está, como una «cura» de esa «reminiscencia»... pero, en estos casos, la hicieron mucho más grave. Véase también Penfield y Perot, obra citada.

20. *Las visiones de Hildegard*

Singer, C. «The visions of Hildegard of Bingen» en *From Magic to Science,* Dover reed., 1958.

Véase también mi libro *Migraña,* 1970, 3.ª ed., 1985, especialmente el capítulo 3 sobre aura de la jaqueca.

Respecto a las visiones y raptos epilépticos de Dostoievski, véase Alajouanine, obra citada.

Introducción a la cuarta parte

Bruner, J. «Narrative and paradigmatic modes of thought», presentado en la Asamblea Anual de la American Psychological Association, Toronto, agosto 1984. Publicado con el título de «Two Modes of Thought», en *Actual Minds, Possible Worlds,* Boston, 1986, págs. 11-43.

Scholem, G. *On the Kabbalah and its Symbolism,* Nueva York, 1965.

Yates, F. *The Art of Memory,* Londres, 1966.

21. *Rebeca*

Bruner, J. Ídem.

Peters, L. R. «The role of dreams in the life of a mentally retarded individual», *Ethos* (1983), 49-65.

22. *Un Grove ambulante*

Hill, L. «Idiots savants: a categorisation of abilities», *Mental Retardation,* diciembre, 1974.

Viscott, D. «A musical idiot savant: a psychodynamic study, and some speculation on the creative process», *Psychiatry* (1970), 33-4:494-515.

23. *Los Gemelos*

Hamblin, D. J. «They are "idiots savants" –wizards of the calendar», *Life 60,* 18 de marzo de 1966, 106-8.

Horwitz, W. A., y otros. «Identical twin "idiots savants" –calendar calculators», *American J. Psychiat.* (1965), 121:1075-79.

Luria, A. R., y Yudovich, F. Ia. *Speech and the Development of Mental Processes in the Child,* traducción inglesa, Londres, 1959.

Myers, F. W. H. *Human Personality and its Survival of Bodily Death,* Londres, 1903, véase capítulo 3, «Genius», especialmente págs. 70-87. Myers era en parte un genio, y este libro es en parte una obra maestra. Esto es patente en el primer volumen, que resulta a menudo comparable con *Principles of Psychology* de William James, del que era amigo íntimo. El segundo volumen «Phantasms of the Dead», etc., es, en mi opinión, embarazoso.

Nagel, E., y Newmann, J. R. *Gödels's Proof,* Nueva York, 1958.

Park, C. C., y D. Véase más adelante, capítulo 24.

Selfe, L. *Nadia,* véase capítulo 24.

Silverberg, R. *Thorns,* Nueva York, 1967.

Smith, S. B. *The Great Mental Calculators: The Psycho-*

logy, Methods, and Lives of Calculating Prodigies, Past and Present, Nueva York, 1983.

Stewart, I. *Concepts of Modern Mathematics,* Harmondsworth, 1975.

Wollheim, R. *The Thread of Life,* Cambridge, Mass., 1984. Véase, en especial, el capítulo 3 sobre «iconicidad» y «centricidad». Yo acababa de leer este libro cuando me puse a escribir sobre Martin A., los Gemelos y José; en consecuencia aparecen referencias a él en los tres capítulos (22, 23 y 24).

24. *El artista autista*

Buck, L. A., y otros, «Artistic talent in autistic adolescents and young adults», *Empirical Studies of the Arts* (1985), *3,* 1:81-104.

—. «Art as a means of interpersonal communication in autistic young adults», *JPC* (1985), 3:73-84.

(Estos dos artículos están publicados bajo el patrocinio del Talented Handicapped Artist's Workshop, fundado en Nueva York en 1981.)

Morishima, A. «Another Van Gogh of Japan: The superior art work of a retarded boy», *Exceptional Children* (1974), 41:92-6.

Motsugi, K. «Shyochan's drawing of insects», *Japanese Journal of Mentally Retarded Children* (1968), 119:44-7.

Park, C. C. *The Siege: The First Eight Years of an Autistic Child,* Nueva York, 1967 (edición de bolsillo, Boston y Harmondsworth, 1972).

Park, D., y Youderian, P. «Light and number: ordering *principles in the world of an autistic child»,* Journal of *Autism and Childhood Schizophrenia* (1974), *4,* 4:313-23.

Rapin, I. *Children with Brain Dysfunction: Neurology, Cognition, Language and Behaviour,* Nueva York, 1982.

Selfe, L. *Nadia: A Case of Extraordinary Drawing Ability in an Autistic Child,* Londres 1977. Este estudio, magníficamente ilustrado, de una niña excepcionalmente dotada despertó una gran atención cuando se publicó y aparecieron algunas reseñas y críticas muy importantes. Se remite al lector a Nigel Dennis, *New York Review of Books,* 4 de mayo de 1978, y C. C. Park, *Journal of Autism and Childhood Schizophrenia* (1978), 8:457-72. Este último contiene un profuso análisis y una amplia bibliografía de los fascinantes trabajos japoneses con artistas autistas con los que concluye mi última posdata.

NOTAS

CAPÍTULO 1

1. Más tarde, por accidente, cayó en la cuenta y exclamó: «¡Dios mío, es un guante!» Esto recordaba a un paciente de Kurt Goldstein, «Lanuti», que sólo podía reconocer objetos intentando utilizarlos en la práctica.

2. Me he preguntado muchas veces acerca de las descripciones visuales de Helen Keller, si también éstas, pese a toda su elocuencia, son un tanto vacuas. O si, por la transferencia de imágenes de lo táctil a lo visual o, más extraordinario aún, de lo verbal y lo metafórico a lo sensorial y lo visual, alcanzaba ella una capacidad de imaginería visual, pese a que su córtex visual no hubiese sido estimulado nunca, directamente, por los ojos. Pero en el caso del doctor P. es precisamente el córtex lo que estaba dañado, el requisito orgánico previo de toda imaginería pictórica. Es interesante, y peculiar, el que no soñase ya pictóricamente, transmitiéndose el «mensaje» del sueño en términos no visuales.

3. Así, como supe más tarde a través de su esposa, aunque no podía identificar a sus alumnos si estaban sentados y quietos, si eran tan sólo «imágenes», podía identificarles de pronto si se movían. «Ése es Karlo», exclamaba. «Conozco sus movimientos, su música corporal.»

4. Hasta después de terminar este libro no he descubierto que hay, en realidad, una literatura bastante extensa sobre agnosia visual

en general y prosopagnosia en particular. Tuve, en especial, recientemente, el gran placer de conocer al doctor Andrew Kertesz, que ha publicado por su parte algunos estudios extremadamente detallados sobre pacientes con este tipo de agnosias (ver, por ejemplo, su artículo sobre agnosia visual, Kertesz, 1979). El doctor Kertesz me mencionó el caso que él conocía de un campesino que había contraído prosopagnosia y no podía diferenciar debido a ello (los rostros de) sus *vacas,* y de otro paciente similar, un ayudante de un museo de historia natural, que confundió su propia imagen reflejada con el diorama de un *mono.* Como en el caso del doctor P., y como en el del paciente de Macrae y Trolle, es lo animado sobre todo lo que se capta de un modo tan absurdamente erróneo.

CAPÍTULO 2

1. Después de escribir y publicar esta historia emprendí con el doctor Elkhonon Goldberg (discípulo de Luria y director de la edición original, rusa, de *La neuropsicología de la memoria)* un estudio neuropsicológico sistemático y detenido de este paciente. El doctor Goldberg ha expuesto algunas de las conclusiones preliminares en conferencias, y esperamos publicar un informe completo a su debido tiempo.

Acaba de exhibirse en Inglaterra (septiembre de 1986) una película extraordinaria y profundamente conmovedora sobre un paciente con una amnesia profunda *(Prisoner of Consciousness),* obra del doctor Jonathan Miller. También se ha hecho (la ha hecho Hilary Lawson) una película con un paciente prosopagnósico (con muchas similitudes con el doctor P.). Estas películas son fundamentales para ayudar a la imaginación: «lo que *puede* mostrarse *no puede* decirse».

2. Studs Terkel, en su fascinante historia oral *The Good War* (1985), transcribe innumerables relatos de hombres y mujeres, sobre todo combatientes, para los que la Segunda Guerra Mundial era profundamente real (era, con mucho, la época más real y significativa de sus vidas), palideciendo en comparación todo lo demás después de

ella. Estos individuos tendían a recrearse en la guerra y a revivir sus combates, la camaradería, las convicciones morales y la intensidad experiencial. Pero este recrearse en el pasado y esta torpeza relativa hacia el presente (este embotamiento emotivo del recuerdo y el sentimiento presentes) no se parecen en nada a la amnesia orgánica de Jimmie. Recientemente tuve ocasión de analizar la cuestión con Terkel: «He conocido a miles de hombres», me contó, «que tienen la sensación de haber estado sólo "haciendo tiempo" desde el cuarenta y cinco... pero jamás he conocido a nadie para quien el tiempo concluyese, como su *amnésico* Jimmie.»

3. Véase *La neuropsicología de la memoria,* 1976, de A. R. Luria, págs. 250-2.

CAPÍTULO 3

1. Estas neuropatías sensoriales existen, pero son raras. Lo que era excepcional en el caso de Christina, que supiéramos nosotros por entonces (esto era en 1977), era la extraordinaria selectividad desplegada, de modo que soportasen lo peor de la lesión las fibras propioceptivas y sólo ellas. Pero véase Sterman (1979).

2. Comparar con el caso fascinante que describió el difunto Purdom Martin en *The Basal Ganglia and Posture* (1967), pág. 32: «Este paciente, a pesar de años de fisioterapia y adiestramiento, no ha recuperado nunca la capacidad de andar de un modo normal. Para lo que tiene más dificultad es para empezar a andar y para impulsarse hacia delante... Tampoco es capaz de levantarse de un asiento. No puede gatear ni ponerse a gatas. Cuando está de pie o caminando depende por entero de la vista y se desploma si cierra los ojos. Al principio no era capaz de mantener la posición en un asiento normal si cerraba los ojos, pero ha ido adquiriendo poco a poco la capacidad de hacerlo.»

3. Purdom Martin, y es un caso casi único entre los neurólogos contemporáneos, solía hablar de «postura» facial y vocal, y de su fundamento, último, en la integridad propioceptiva. Se quedó sumamente intrigado cuando le hablé de Christina y le mostré unas pelícu-

las y grabaciones suyas... muchas de las sugerencias y formulaciones que se exponen aquí son, en realidad, suyas.

CAPÍTULO 9

1. «Tono de sentimiento» es un término favorito de Head, que lo utiliza no sólo en relación con la afasia sino con la cualidad afectiva de la sensación, tal como puede alterarse por trastornos periféricos o talámicos. En realidad nosotros tenemos la impresión de que Head tiende semiinconscientemente, de forma continuada, a la exploración del «tono de sentimiento»... digamos que tiende hacia una neurología del tono de sentimiento, en contraste con una neurología clásica de proceso y proposición o complementariamente a ella. Se trata, por cierto, de un término corriente en los Estados Unidos, al menos entre los negros del Sur: un término corriente, mundano e indispensable. «Mira, existe una cosa que es el tono del sentimiento... Y si no lo tienes, muchacho, estás listo» (citado por Studs Terkel como epígrafe de su historia oral de 1967 *Division Street: America).*

CAPÍTULO 10

1. Una situación muy similar se dio con la distrofia muscular, que no se había visto nunca, hasta que la describió Duchenne en la década de 1850. En 1860, después de su primera descripción, habían sido identificados y descritos varios centenares de casos, hasta el punto de que Charcot dijo: «¿Cómo es posible que una enfermedad tan corriente, tan extendida y tan identificable a simple vista, una enfermedad que indudablemente ha existido siempre, no se haya identificado hasta ahora? ¿Por qué necesitamos que el señor Duchenne nos abriese los ojos?

CAPÍTULO 12

1. Luria cuenta una historia muy similar en *La neuropsicología de la memoria* (1976) en la que el fascinado taxista no se dio cuenta de que su exótico pasajero estaba enfermo hasta que le dio, para pagarle, un gráfico de temperaturas que llevaba. Sólo entonces comprendió que aquella Sherezade, capaz de tejer 1.001 historias, era uno de «aquellos extraños pacientes» del Instituto Neurológico.

2. En realidad se ha escrito esa novela. Poco después de que se publicase «El marinero perdido» (capítulo 2), un joven escritor llamado David Gilman me envió el manuscrito de su libro *Croppy Boy,* la historia de un amnésico como el señor Thompson, que disfruta de la libertad extravagante y sin trabas de crear identidades, nuevos yos, a su capricho, y sin poderlo remediar: una imaginación asombrosa de un genio amnésico, expuesta con un gusto y una exuberancia claramente joyceanas. No sé si se ha publicado; estoy absolutamente convencido de que debería publicarse. No pude evitar preguntarme si el señor Gilman había conocido realmente (y estudiado) a un «Thompson»... lo mismo que me he preguntado muchas veces si el «Funes» de Borges, tan misteriosamente similar al Mnemonista de Luria no se habrá basado en una relación personal con un mnemonista de este tipo.

CAPÍTULO 15

1. Mi paciente Emily D. (véase «El discurso del Presidente», capítulo 9) mostraba una incapacidad similar para captar la expresión o el tono vocal *(agnosia* tonal).

CAPÍTULO 18

1. Estados un tanto similares (una emotividad extraña, a veces nostalgia, «reminiscencia» y *déjà vu)* asociados con intensas alucinaciones olfativas son característicos de los «ataques uncinados», una

forma de epilepsia del lóbulo temporal que describió hace aproximadamente un siglo Hughlings Jackson. Lo habitual es que la experiencia sea bastante específica, pero a veces hay una intensificación generalizada del olfato, una hiperosmia. El uncus, que filogenéticamente es parte del «cerebro olfativo» antiguo (o rinoencéfalo), está relacionado funcionalmente con todo el sistema límbico, al que se otorga cada vez más el carácter de elemento crucial en la regulación y determinación de todo el «tono» emocional. Su excitación, por el medio que sea, provoca una emotividad aumentada y una intensificación de los sentidos. David Bear ha estudiado con el mayor detalle todo este tema, con sus intrigantes ramificaciones (1979).

2. Esto lo describe bien A. A. Brill (1932), comparándolo con la fragancia y la brillantez globales del mundo olfativo en los animales macrosomáticos (como los perros), los «salvajes» y los niños.

3. Véase la crítica de Head que hace Jonathan Miller, titulada «El perro bajo la piel», en *Listener* (1970).

CAPÍTULO 19

1. Y sin embargo esto no era así invariablemente. En un caso particularmente horroroso y traumático que refiere Penfield, el paciente, una niña de doce años, creía correr en sus ataques frenéticamente, perseguida por un asesino que esgrimía una bolsa llena de serpientes. Esta «alucinación experiencial» era una representación exacta de un horrible incidente real que había ocurrido cinco años antes.

CUARTA PARTE (INTRODUCCIÓN)

1. Toda la primera parte de la obra de Luria se centró en estos tres sectores relacionados, su trabajo de campo con niños de comunidades primitivas de Asia Central y sus estudios en el Instituto de Defectología. Ambas cosas le lanzaron a una exploración de la imaginación humana que duró toda su vida.

2. Véase el extraordinario libro de Francis Yates que lleva ese título (1966).

CAPÍTULO 23

1. W. A. Horwitz y otros, 1965, Hamblin, 1966.

2. Véase la novela de Robert Silverberg *Thorns,* 1967, en especial págs. 11-17.

3. Algo comparable al talante de Buxton, que quizás parezca el más «antinatural» de los dos, lo mostraba mi paciente Miriam H. en *Despertares* cuando tuvo ataques «arritmomaníacos».

4. La percepción e identificación de rostros plantea problemas particularmente fascinantes y fundamentales, pues hay muchas pruebas que demuestran que identificamos los rostros (al menos los familiares) directamente, y no a través de un proceso de agregación o análisis gradual. Esto, como hemos visto, puede apreciarse espectacularmente en la «prosopagnosia», en la que, debido a una lesión del córtex occipital derecho, los pacientes pierden la capacidad de identificar rostros como tales, y tienen que utilizar una vía complicada, absurda e indirecta, que entraña un análisis fragmentado de rasgos sin sentido y separados (capítulo 1).

5. Por otra parte, si este análisis se considerase demasiado singular o perverso, es importante tener en cuenta que en el caso de los gemelos estudiados por Luria esta separación fue básica para su propio desarrollo, los «liberó» de una tarea estéril y les permitió desarrollarse como individuos sanos y creativos.

ÍNDICE

Impreso en Talleres Gráficos
LIBERDÚPLEX, S. L. U.,
ctra. BV 2249, km 7,4 - Polígono Torrentfondo
08791 Sant Llorenç d'Hortons